컨설턴트

컨설턴트

제6회
세계문학상
수상작

임성순 장편소설

은행나무

차례

컨설턴트

스탈린과의 권력 싸움에서 패한 트로츠키는 멕시코로 도망친다. 역사가들은 온건한 합리주의자였던 그가 집권했다면 소비에트 연방과 공산주의의 미래는 제법 달라졌을 거라고 말하곤 한다. 하지만 그는 자신의 라이벌에 비해서 충분히 비겁하지도, 냉혹하지도 못했다. 삶은 참 모호한 것이어서 결정적 순간에 한 인간이 지닌 인간적인 장점이 그를 몰락시킨다.

트로츠키의 가족은 모두 스탈린의 서슬 아래서 빠져나가지 못했다. 끝없는 추적이 있었고, 한 명 한 명씩 숙청되었다. 가족뿐만이 아니었다. 그의 정치적 동료와 친구들 역시 모두 살아남지 못했다. 망명한 트로츠키는 사실상 작은 방에 홀로 감금됐다. 세상의 절반이 그를 노리고 있었으니까. 하지만 스탈린은 그 정도에 만족할 사람이 아니었다.

어느 날 트로츠키의 여비서는 한 남자와 사랑에 빠진다. 정중하고 진지한 보기 드문 인품의 남자였다. 비서는 자신이 사랑하는 착하고 좋은 남자를 트로츠키에게 소개한다. 둘은 통성명을 하고 이내 친해진다. 이 외로운 노인은 사람의 친절함에 너무나 굶주려 있었던 것이다. 남자는 서두르지 않는다. 트로츠키와 그를 지키는 사람들의 신임을 얻을 때까지. 그가 속한 곳에서 실수는 용납되지 않으니까.

1년이 지난 어느 날 오후, 두 사람은 단 둘이 이야기를 나눈다. 항상 함께하던 경비원도, 그의 추종자들도 없었다. 사내는 주저하지 않고 트로츠키의 정수리에 등산용 피켈을 꽂는다. 그의 정체가 밝혀지는 데는 10년의 세월이 걸리지만 사람들은 이미 누가 지시했는지 알고 있었다. 사내가 속해 있었던 NKVD란 '내부사건 사고처리 인민위원회의'의 약자로, 그가 감옥에 있는 동안 2차 대전을 거치며 KGB로 이름을 바꾸게 된다. 정말 아이러니한 부분은 NKVD의 창설자가 트로츠키라는 사실이다. 러시아 혁명 후, 소비에트 연방 내의 치안 부재 상태를 해결하기 위해서 만들었던 일종의 경찰 조직이었다.

어떤 사람들은 이걸 암살이라고 부른다. 하지만 이것은 일종의 선언이다. 어느 누구도 더 이상 스탈린에게 맞서지 말라는.

가장 성공적인 암살의 예를 들어보자. 그룹 너바나의 싱어인 커트 코베인이 있다. 그가 암살당했냐고? 그런 음모론이 있다. 용의자 리스트에는 그의 사랑하는 부인부터 열성팬, 매니지먼트 회사, 같은 밴드 멤버, 라이벌 밴드, 심지어 CIA까지 등장한다. 대개의 음모론이 그렇듯이 어딘가 논리가 취약하고 과장된 것들뿐이다. 만약 커트 코베인의 팬이라면 한나절거리의 즐거움 정도는 된다. 꽤나 흥미진진하니까. 하지만 의지를 가지고 조사해본다면 반나절이면 반박 가능하다. 아주 특이한 취향을 지닌 사람을 제외하고 누구도 그 암살 음모를 믿지 않는다. 왜냐하면 그가 남긴 유서는 너무나 커트답고 훌륭하며, 그의 삶과 노래는 자살이란 마침표와 딱 맞아 떨어지기 때문이다. 그의 죽음으로 판들은 미친 듯이 팔려나가고, 마지막 순간은 신화가 되며, 죽음의 장소는 성지가 된다. 누군가는 돈을 벌고, 누군가는 슬퍼하고, 누군가는 아쉬워하지만 그걸로 불행해지는 사람은 없다. 진정 위대한 암살이란 바로 그런 것이다. 모두 만족스러운 결과를 주는 암살. 심지어 사람들은 암살당했다는 걸 믿지조차 않는다. 그래서 정말 암살당했냐고? 나도 모르겠다. 만약 암살이라면 정말 훌륭하다는 이야기를 하고 싶다. 그러니까 어디까지나 예일 뿐이다.

위대한 암살의 예를 드는 것은 아주 어렵다.

첫째로 위대하다는 표현에서 알 수 있듯이 그 빈도수가 매우 드물다. 위대함의 영역까지 끌어올릴 만한 암살은 얼마나 있을까? 오직 암살자들만이 알고 있을 것이다. 그건 두 번째 이유와 맞물린다.

진정 위대한 암살은 사람들이 그것이 암살이란 사실을 미처 깨닫지 못한다. 만약 스탈린처럼 과시할 생각으로 죽였다거나 지시한 사람이나 실행한 누군가가 명백하게 드러난다면 그건 암살이 아니라 테러다. 둘을 같은 것으로 착각하는 사람들이 있다. 정말 훌륭한 암살은 커트의 예에서 알 수 있듯이 폭력에 의한 것임에도 그 스스로 주장하는 바가 없으면서 공리를 지향한다.

이런 이유로 위대한 암살을 알아차리기란 거의 불가능하다. 누군가가 암살이라는 걸 알아차리고 그것을 증명하는 순간, 암살은 평범한 어떤 것으로 전락한다. 따라서 가장 위대한 암살은 사인이 모호한 것들이 결코 아니다. 누구나 그 사인을 명확하게 알고 있다고 믿고 있으며 인정하는 것들이다.

이것은 내가 다니는 회사에 대한 이야기이다. 아니, 다닌다는 말은 적합하지 않다. 실제로 출근하지는 않기 때문이다. 따라서 정확히 말하자면 내가 '일하는' 회사인 셈이다. 어쩌면 당신도 나와 같은 회사에서 일할지 모르겠다. 하지만 그렇다 해도 우린 서로를 알아볼 수 없을 것이다. 회사는 그런 식으로 되어 있기 때문이다. 어쩌면 당신은 회사를 위해 일하면서도 자신이 무슨 일을 하고 있는지 조차 모를지도 모른다. 심지어 당신 스스로가 자신이 회사 소속이라는 걸 알지 못할 수도 있다. 콩고에서 만난 전직 대기업 직원은 내게 이런 말을 했었다.

"요샌 다들 자기가 어디서 누굴 위해 일하는지도 모른다니까."

정말 그렇다. 사람들은 자신이 어디서 누굴 위해 일하고 있는지 알지 못한다. 내가 만난 대부분 사람들은 그랬다. 물론 나 역시 크게 다르지 않으리라.

구조조정

이 부장이 구조조정으로 명예퇴직한 이후, 체납된 고지서 마냥 연이어 불행이 닥친 것은 그저 운이 나쁘다는 말로는 치부하기에는 부족한 무언가가 있었다. 퇴직과 동시에 부인이 다른 남자와 눈이 맞아 그의 집을 담보로 자산을 챙겨 도망간 것은 닥쳐올 재난의 전주곡에 지나지 않았다. 퇴직금으로 마련한 전세금마저 사기당하고 나자 당장 길거리에 나앉아야 할 처지가 됐다. 거기에 방점을 찍은 것은 애지중지하던 외아들이 휘말린 폭행 사건이었다. 피해자 측에서는 터무니없이 높은 합의금을 불렀고, 빈털터리가 된 그가 할 수 있는 일은 없었다. 얼마나 절박했던지, 온화하고 진중한 성격이라는 세간의 평을 받았던 이 부장은 경찰서에 찾아가 난동을 일으켰다. 도망간 부인도 찾지 않으면서 사소한 시비에 휘말려 실수를 한 아들을 구속하려 하는 경찰의 태도에 거칠게 항의해봤지만, 돌아왔던 건 싸늘한 유치장 바닥에서의 하룻밤뿐이었다.

침통한 표정으로 경찰서를 나선 지 이틀 후, 그는 경매에 붙여질 예정이었던 자신의 집 차고에서 차가운 시신으로 발견되었다. 이 부장은 자신의 승용차 운전석에서 의자를 뒤로 젖혀놓은 채 편안한 자세로 누워 있었다. 그의 발밑에는 커다란 과실주용 소주병이 버려져 있었고 차고의 문은 닫혀 있었다. 혈중 알코올 농도는 예상대로 만취 상태였고 사인은 일산화탄소 중독이었다.

최초 목격자인 부동산 중개인 김 씨의 말에 따르면 차고 문을 여는 순간 자동차의 배기가스로 앞이 보이지 않을 지경이었다고 한다. 겨울의 차고는 완벽하게 밀폐되어 있었으므로 시동을 켜놓은 자동차로 차고가 작은 가스실이 되는 데는 그리 오랜 시간이 걸리지 않았다. 경찰은 서둘러 사건을 마무리 지었다. 유서가 발견되지 않았기에 자살인지 사고인지 명확하지 않았지만 유족들은 그가 천주교를 믿기에 자살할 리 없으며 술에 취해 잠든 것뿐이라고 주장했다. 과연 그의 불행은 그저 불운이었을까?

불운이 아니라면 누군가에게 책임이 있을 것이다. 그를 한창의 나이에 백수로 만든 회사였을까, 도망간 부인이었을까, 아니면 전세금 사기를 친 부동산 업자였을까, 함부로 주먹을 휘둘렀던 아들이었을까, 혹은 합의해주지 않았던 피해자일까. 어쩌면 그의 절박한 사정을 들어주지 않고 무작정 구치소에 감금했던 경찰 탓일 수도 있다. 그들 중 누군가는 이 불행의 연쇄작용을 막을 수 있었을지도 모른다. 하지만 아무도 그러지 않았다. 경찰은 공무를 법대로 행했을 뿐이고, 피해자는 자신의 피해를 보상받기 위해 최대한 합리적으로 행동했을 뿐이다. 그의 아들은 갑자기 닥쳐온 가족의 불행에 대한 절망감을 폭력이란 형태로 표출했을 뿐이며, 부인은 지난 18년간 별로 행복하지 않았던 결혼 생활에 실직이란 그림자가 드리워지자 최대한 자신의 행복을 보장할 수 있는 결단을 내렸을 뿐이다. 회사 역시 마찬가지였다. 회사는 그가 비용을 최소화하고 이윤을 극대화하는 데 부적합한 인물이라고 판단했다. 따라서 그들의 행위는 자신들의 욕망에 대해 합리적이었다. 다들 아담 스미스의 추종자라 할 만하다. 보이지 않는 손이 부린 작은 심술. 그의 불행은 그 이상도, 이하도 아닌 것처럼 보인다. 이게 회사에 적합하지 않은 사람들이 걷는 운명이다. 중산층이라고 목에 힘을 주는 사람들조차 명함에 써넣을 직함이 사라지면 세상의 광막함과 마주해야 한다. 비탈을 굴러 떨어지는 건 누구에게나 그야말로 순식간이다.

나 역시 명함이 있다. 상당히 멋지지만 아쉽게도 좀처럼 쓸 일이 없다. 때문에 이 자리를 빌려 자랑하고 싶다. 바탕은 흰색이고 조금 초록에 가까운 푸른 기운이 돌지만, 자세히 보지 않으면 알 수 없을 정도로 희미하다. 재질이 그런 건지 일부러 그런 건지 알 수 없지만 불규칙적인 패턴이랄지 희미한 문양이랄지, 우툴두툴한 질감의 요철이 전체적으로 그려져 있다. 하지만 그건 어디까지나 시각적인 느낌일 뿐, 실제로 만져보면 부드럽다. 아주 매끄러운 부드러움이다. 그리고 거의 구겨지지도 않는다. 활자들은 모두 끝이 약간 동그랗게 말린, 하지만 단단해 보이는 영문 고딕체로만 되어 있다. 그리고 단출하게 구석에는 회사 이름과 직함이, 정중앙엔 내 이름이 적혀 있다. 뒤집어 보면 하단에는 더 작고 선명한 느낌의 폰트로 핸드폰번호와 메일주소가 쓰여 있는 명함은 더할 나위 없이 단순하며 깔끔하고 아름답다. 이 명함을 만들어준 내 매니저는 재질에 면이 섞여 있다고 자랑했다.

"종이 같지만 진짜 면이라니까요. 미국 달러에 들어가는 성분과 비슷한 거죠. 웬만한 곳에서는 구할 수도 없을 걸요."

그녀가 자랑스러워할 만하다고 생각한다. 정말 그렇다. 자주 사용하지 못해서 유감일 따름이다. 난 집에서 주로 혼자 일하고 결과는 우체국 사서함으로 보낸다. 심지어 매니저에게 명함을 받은 날도 그녀를 거의 석 달 만에 만난 것이었다.

"아마 쓸 일은 별로 없을 거예요. 하지만 알잖아요. 회사에선 어느 순간 그게 당신한테 필요할 거라는 걸 알고, 그래서……."

그녀는 아쉽다는 표정으로 어깨를 으쓱했다. 이해할 수 있었다. 지갑 속에 묵혀 두기에는 너무나 아름다운 명함이었으니까. 앤디워홀이 이 명함을 봤다면 몇 장 복사해 각기 다른 색을 칠한 뒤 액자에 넣어 벽에 걸어뒀을지도 모르겠다. 하지만 그걸 원 없이 써본 건 몇 년 전 동창회에서 정도였다.

그해에는 여러 사건이 있었고, 따라서 유난히 힘든 한 해를 보냈다. 나는 내가 정상적인 삶을 살고 있다고 믿고 싶었고, 때문에 아주 평범하고 일상적인 사람들의 모임이 필요했다. 만약 동창회가 없었다면 난 하다못해 교회나 절, 성당, 심지어 모스크에라도 나갔을 것이다. 물론 일 때문에 종교를 갖는다는 건 바람직하지 못하다. 아니, 실은 회사에서 그렇게 볼까 두려웠다. 지금 생각해보면 회사는 내가 어떤 종교를 갖든 일에 지장만 없다면 개의치 않았을 것이다. 회사는 그런 면에 있어서 항상 관대하다. 그러나 당시에는 그런 생각을 할 만한 여유도 없었다. 여러 가지 사건과 맞물려 너무나 조심스러운 시기였기 때문이다. 그래서 동창회가 열린다는 연락을 받았을 때 난 설레었고, 약간 과장하자면 구원받는 기분이었다. 결국 양복 한 벌까지 새로 맞춰 입었다. 만약 들떠 있는 내 모습을 아는 사람이 봤다면 동창회에서 내 첫사랑이라도 만나는 줄 알았을 것이다. 하지만 내가 나온 곳은 전형적인 남자고등학교였고, 난 게이가 아니다. 알고 있다. 그런 스토리야 말로 사람들이 좋아한다는 걸. 그래서 유감이다. 그렇지만 이건 어디까지나 회사에 관한 이야기이며 난 직업 외에는 정말 평범한 사람이니까. 아니, 콩고에 다녀온 후로 직업조차 그다지 특별한 게 아니라고 생각한다.

정장을 입은 사람들이 둘러선 동창회장에 들어서는 순간 두 가지 사실을 깨달았다. 나 역시 이들 사이에 있으면 그냥 보통 사람처럼 보인다는 것과 내가 고등학교 때 친구가 별로 없었다는 과거를 말이다.

학창 시절, 난 눈에 띄지 않는 학생이었다. 어느 반에 그런 학생 하나쯤은 있었을 것이다. 유난히 존재감이 약한 친구들. 그러니까 그 반을 기억할 때 책상이나 걸상처럼 배경으로써만 존재하는 친구들 말이다. 나는 특별히 어둡거나, 인간관계가 나쁘다거나 왕따여서가 아니라 그냥 존재감이 없는 학생이었다. 심지어 자신이 수컷이라는 걸 과시하기 위해 약자들을 괴롭히는 친구들조차 자신들의

인지 영역 안에 들어오지 않기에 절대 건드리는 일이 없는 그런 존재, 선생님이 수업시간에 임의로 떠오르는 이름을 불러 책을 읽게 할 때 결코 부르지 않는 이름, 그게 나였다. 때문에 나를 만난 동창들은 하나같이 긴장했다. 맹렬히, 아주 맹렬히 내가 누구인지 떠올리려 애쓰는 얼굴들과 악수하는 일은 조금 유쾌하기까지 했다. 난 평범하고도 정중한 사람이므로 이름을 기억하지 못하는 일로 그들을 괴롭히지는 않았다. 내가 이름을 말하면 그들 중 상당수가 날 기억해내긴 했다. 하지만 어디까지나 교실에서 급훈의 위치가 태극기 오른쪽에 있었나, 아니면 왼쪽이었나 하는 정도의 기억과 유사한 것이었다. 추억이 부재하다는 것은 바로 그런 것이다. 그래서 다들 내게 미안해했다. 대다수의 반응은 비슷했다. 먼저 당황하고, 그 후엔 기억을 떠올리고, 날 기억해냈든 못했든 최대한 반가운 척하며 명함을 교환하고, 성마른 칭찬 몇 마디와 함께 다음에 또 보자는 인사를 남긴 채, 내 뒤쪽에 있는 다른 누군가의 이름을 지나치게 커다란 목소리로 반갑게 외치며 사라졌다. 몇몇은 달랐다. 아마 나와 같은 일을 당했거나 그런 행동이 무얼 의미하는지 아는 친구들이었다. 그들은 형식적으로나마 화제를 이어가려 했고 거의 필사적으로 화젯거리가 될 무언가를 찾아 말을 이어가려 했다. 그러나 나는 나름대로 즐기고 있었으므로 그런 그들이 안쓰러웠다. 그런 인물들 중 하나였던 3학년 때 반장은 컨설턴트라 적힌 내 명함을 보며 이렇게 물었다.

"그런데, 여기서 뭘 컨설팅하는 건데, 정확히?"

"별거 아니야, 구조조정."

순간 반장의 표정이 변했다. 그걸 시작으로 아주 천천히, 마치 맑은 물에 떨어진 한 방울의 먹물이 번져나가듯, 날 보는 다른 친구들의 시선이 변하는 걸 느낄 수 있었다. 등 뒤에서 수군거리는 목소리들이 느껴졌다. 어쩔 수 없었다. 구조조정이란 단어는 늘 우리 세대의 생존본능을 자극하곤 하니까.

그날 밤, 술집에서 다른 술집으로 옮기는 길에 한 친구가 내 멱살을 잡았다. 학창 시절 제법 싸움으로 이름을 날리던 친구였다. 그는 다짜고짜 내게 주먹을 날렸다. 나는 거의 바닥에 쓰러질 뻔했다. 찢어진 입술에서는 쇠 맛이 났다. 고개를 들었을 때 그는 다른 친구들에게 잡혀 꼼짝할 수 없었다. 그렇게 내게 욕을 하다가 갑자기 아이처럼 울음을 터뜨렸다. 친구들이 잡았던 팔을 풀어주었고, 누군가 그를 위로했다. 나는 어리둥절한 표정으로 멍하니 서 있었다. 반장이 내게 다가와 이렇게 말했다.

"이해해라. 얼마 전 은행에서 구조조정 당해서 정수기 회사에서 일하는 모양이더라."

정수기를 팔기 위해 그가 오늘 겪어야 했을 일들을 짐작할 수 있었다. 누군가 원망할 사람이 필요했겠지. 수컷들은 모아놓으면 서열이 생기기 마련이고, 그는 동창회라는 피라미드의 가장 바닥이었다. 추억 속에서 언제나 먹이사슬의 정점을 지켰던 그에게 오늘 하루는 감당할 수 없는 모욕이었으리라. 결국 수컷의 세계는 이렇다. 이게 평범한 모임이었고, 난 안도했다. 맞아서 조금 후련하기도 했다. 나는 누군가에 한 대 맞아도 마땅한, 그런 사람이기 때문이다.

평범함을 입증했으므로 더 이상 동창들을 따라갈 이유는 없었다. 집으로 돌아와 찢어진 입술을 확인하고 혼자 술을 마셨다. 다큐멘터리 채널에서는 내가 좋아하는 〈동물의 왕국〉이 나오고 있었다. 마운틴고릴라들이 어떻게 무리를 이루며, 서열을 이루고, 짝짓기를 하는가에 대한 내용이었다. 불 꺼진 방 안에서 한 무리의 유인원들이 내 주위를 맴돌았다.

그 후로 명함을 쓴 일은 손에 꼽을 정도이다. 아직도 집 서랍에는 박스에 고이 담겨 뜯지도 않은 명함 상자가 두 개나 있다. 매니저 역시 그런 내 사정을 잘 알기에 명함이 더 필요하냐고 묻지 않는다. 그녀의 모든 일 처리는 그런 식이었다. 너무나 능숙하게 모든 일을 알아서 해치웠다. 만약 내가 내 일을 좋아한다면 그녀는 그 이유들 중 가장 큰 자리를 차지하고 있으리라. 문제는 내가 내 일을 별로 좋아하지 않는다는 데 있다. 묻고 싶다. 당신은 당신 일을 좋아하는가? 이 글이 끝날 때까지 잊지 않길 바란다. 나는 다른 사람들과 별로 다를 바 없다.

명함에 나온 것처럼 나는 공식적으로 한 회사에서 일하는 컨설턴트이며 구조조정을 자문하고 있다. 자문이란 말에서 알 수 있는 것처럼 내가 직접 소매를 걷어붙이지는 않는다. 그저 어떻게 처리해야 하는지만 알려줄 뿐이다. 어떤 대상에 심대한 피해나 문제를 일으키는 사람이 있을 때 그 대상과 관련된 조직, 혹은 단체, 때때로 개인이 회사로 연락을 한다. 그러면 회사는 내게 자문을 구하고 나는 계획을 세운다. 그 계획을 토대로 회사는 전문가를 구해서 깔끔하게 구조조정을 한다. 얼마나 말끔한지 구조조정 대상들이 떠나며 퇴직금을 달라고 하는 경우는 한 번도 없었다. 물론 그에 상응하는 돈을 받긴 한다. 그러나 거기에는 단 한 푼의 회사 돈도, 회사를 고용한 누군가의 돈도 들지 않았다. 그 돈은 대체로 흰 봉투에 담겨 지급되었고 그 봉투들에는 '근조'라 쓰여 있다. 당연히 누군가는 울고, 누군가 화환을 보내며, 누군가는 고스톱을 칠지도 모르겠다. 어쨌거나 장지로 떠나고 매장이 되든 화장이 되든 장례가 끝나면 구조조정은 마무리된다.

이 부장의 죽음은 사고사로 처리되었다. 그가 신입사원 시절 가입했던 종신보험 덕에 그의 아들은 자신이 때렸던 남자와 합의를 볼 수 있었다. 그의 부인은 정확히 석 달 뒤, 무덤 앞에 엎드려 참회의 눈물을 흘렸다. 충동적이었고 정념에 휩싸여 저질렀던 늦바람은 그렇게 회한을 남긴 채 끝났다. 그녀에게 접근했던 남자는 회사에서 보낸 사람이었다. 전세금 사기의 뒤에도 회사가 있었고, 그의 아들에게 시비를 건 후 일방적으로 두들겨 맞았던 피해자도 회사에서 고용한 남자였다. 공무집행 방해로 그를 집어넣은 경찰도 아마 회사의 입김이 닿아 있을 것이다.

이 부장은 명예퇴직을 하면서 명예롭지 못하게 가지고 나와선 안 될 무언가를 가지고 나왔다. 이 부장의 직장은 내가 다니는 회사에 이 문제를 의뢰했고 회사는 다시 내게 자문을 구했다. 그런 이유로 나는 그를 위한 작은 불행의 연쇄를 계획했다. 그는 우연히 차

안에서 잠들었던 게 아니며, 우연히 술에 취했던 게 아니다. 마지막으로 그의 자동차에 시동을 켰던 사람은 절대 그가 아니다. 그게 실제 이 부장에게 일어났던 일이다.

오해하지 않기 바란다. 난 아직까지 사람을 죽여본 일은 고사하고 상처를 입히거나 괴롭힌 일도 없다. 내가 사랑하는 폭력은 어디까지나 활자화된 수준의 것들뿐이다. 사람을 죽이지 않는 킬러라는 게 가능할까 싶기도 하겠지만 내가 아는 한, 나는 적어도 쉰 명 정도의 자연스러운 죽음에 간접적으로 관여했었다. 그렇다. 요컨대 핵심은 자연스러운 죽음이다. 영화나 소설, 만화에서 보면 킬러들은 요란한 복장에 요란한 무기를 들고 요란한 사건들을 일으키며 요란하게 누군가를 죽인다. 물론 그런 편이 재밌고 스릴 넘치기 때문이다. 하지만 현실에서 그런 죽음을 상대에게 선사하길 원하는 경우는 거의 없다. 당신이 마피아의 대부이고 상대 조직과 전쟁 중이라면 그런 히트맨이 필요할지도 모르겠다. 세력을 과시할 필요가 있으니까. 하지만 심지어 마피아들조차도 대상을 가능하면 몰래 죽이고 상대 조직에는 물고기를 신문에 싸 보낸다. 그러면 상대 조직의 누군가는 브루클린 다리 밑에 처박혀 있거나, 새로 건설되는 주택단지 터 밑 시멘트 바닥 속에 묻혀 있다는 암시가 된다. 그들 역시 사업가이고 사업을 위해서는 문제의 소지가 없는 것이 좋다. 그러므로 현실 속의 상속받을 유산이 있는 아들이나, 골치 아픈 노조위원장이 있는 대기업 대표나, 이번 선거에서 자신을 이길 게 거의 분명한 후보를 상대해야 하는 정치인이라면 상대의 부자연스러운 죽음은 매우 좋지 못하다. 적어도 법이 있는 국가라면 형법에는 다음과 같거나 거의 유사한 항목이 존재하기 때문이다.

> 제31조 (교사범) ①타인을 교사하여 죄를 범하게 한 자는 죄를 실행한 자와 동일한 형으로 처벌한다.

따라서 시끌벅적한 죽음을 사랑하는 사람들은 거의 없다. 킬러 입장에서도 마찬가지다.

영화나 드라마 속에서 흔히, '쥐도 새도 모르게 죽는 수가 있어'라고 협박하는 사람들을 보곤 한다. 이들이 간과하는 것이 있다. 소리 소문 없이 죽인다 해도 시체의 처리는 여전히 힘들다는 점이다. 장의사들이 많은 돈을 버는 이유가 있다. 그 일은 기술을 필요로 하고 지저분하며 힘들기 때문이다. 한 인간이 죽으면 체중만큼 고스란히 짐 덩어리가 된다. 썩으면 고약한 냄새를 풍기고, 누군가 보면 골치 아파진다. 뿐만 아니라 혼자 운반하기란 거의 불가능하다. 연쇄살인범을 위시한 많은 살인자들이 시체를 토막 내는 이유는 그 때문이다. 시신을 갈아서 배수구에 버리는 사람부터, 황신에 녹이고 소각내서 개나 고양이에게 주는 등 많은 살인범들이 이 문제로 고민을 해왔다. 결국 대개의 경우 이들은 이런 시신 처리 과정상의 문제로 체포됐다. 이쯤 설명하면 그토록 많은 연쇄살인범들이 왜 자신의 범행을 드러내는 결정적인 증거인 시신을 버리고 가는지 이해할 수 있을 것이다. 결국 가장 좋은 시신의 처리 방법은 유가족에게 맡기는 것이다. 그들이 알아서 묻든 태우든 자기들이 원하는 대로 처리할 것이다. 하지만 죽은 사람이 부자연스러운 방법으로 사망한 것이라면 시신이야 말로 가장 큰 범죄의 흔적이고, 우리의 사법제도는 원칙적으로 일어난 범죄에 대해 강경한 입장을 취하고 있다. 쉽게 말해서 누군가 살해하고 시체를 버리면 경찰들이 미친 듯 쫓아다닐 거라는 소리다. 그래서 자연스러운 죽음이 필요하다. 시신을 처리하기도 쉬우며 문제가 될 소지도 없다. 범죄에는 '성립요건'이 필요하다. 굉장히 그럴 듯하게 들리는 단어인 이 '성립요건'이라는 말을 쉽게 풀어 우리 직업에 적용하자면 이렇다.

> 만약 누군가 죽이고 싶다면, 최대한 자연스럽게 죽여라. 모두가 위법이라고 알아차리지 못한다면 법은 그것을 용인할 것이다.

그러므로 살인자와 격무에 시달리는 경찰들, 그리고 법을 위해서도 죽음은 자연스러운 것이 좋다. 유명한 범죄 영화 〈차이나타운〉의 명대사처럼 만약 넘칠 정도로 돈이 많거나 충분한 권력이 있다면 누군가 죽이고 빠져나올 수도 있다. 하지만 누군가를 죽이고 빠져나오려면 권력이든 명예든 재산이든 어느 것 하나에는 돌이킬 수 없는 손상을 입는다. 결국 살인보다 더 힘들고 긴 고난의 시간이 기다리고 있다.

그런 이유로 나 같은 사람들이 필요하다. 풍부한 지식과 많은 인력을 투입해 주도면밀한 계획을 세우고 전문적인 사람들이 사법기관을 능가하는 풍부한 경험을 토대로 일을 한다면 아무도 살인을 살인으로 알아차릴 수 없는 자연스러운 죽음이 결코 불가능한 것만은 아니다. 이 부장의 경우처럼 말이다. 다들 납득할 만한 죽음이기에 납득하고, 그의 불행을 진심으로 슬퍼한다. 그리고 집으로 돌아가 잠든 가족의 이마에 키스를 하며 자신이 그와 같은 불행을 겪지 않음에 감사함을 느낄 것이다. 나를 비난하고 싶은 마음은 잘 알겠다. 하지만 난 회계사나, 변호사, 펀드 매니저와 크게 다를 바 없다. 죽음조차도 하나의 서비스 상품일 뿐이다. 실종이란 이름으로 바다 속, 시멘트가 가득 찬 드럼통 안에 버려져 있는 것보다 얼마나 인간적인가. 나는 죽음을 비극적이고 현실적인 동시에 모두가 만족할 만한 무언가로 만든다. 이게 내가 지닌 전문성이다. 원한다면 날 킬러라고 불러도 좋다. 하지만 난 이 일을 구조조정이라고 부른다. 세상엔 많은 구조조정들이 있지만 그중 죽음이야말로 진정한 구조조정이기 때문이다. 사람들이 흔히 하는 착각은 구조조정이 보다 좋고 합리적인 새로운 구조를 만드는 것이라고 믿는 것이다. 전문가로서 말하자면 실상은 이렇다.

진정한 **구조**는 결코 조정되지는 않는다. 사라지는 건 늘 그 **구조**의 구성원들뿐이다.

회사

내 명함에 적혀 있는 회사명이 결코 내가 말하는 회사의 이름은 아니다. 그건 일종의 페이퍼 컴퍼니다. 물론 페이퍼 컴퍼니라고 해서 종이 위에 법인 등록만 되어 있는 유령회사는 아니다. 만약 명함을 보고 인터넷에서 회사 이름을 검색하면 어렵지 않게 찾을 수 있다. 홈페이지도 있으며, 연락도 가능하고, 심지어 사무실과 직원들도 존재하고 있다. 물론 작은 규모의 서울 지점이라는 꼬리표가 붙어 있겠지만 말이다. 난 이 회사를 통해 세금도, 4대 보험도 빠지지 않고 내고 있다. 만약 살인 계획을 세우다 스트레스로 위궤양이라도 얻으면 직장 의료보험의 혜택을 받을 수 있다. 지역 의료보험의 가격을 생각하면 정말 좋은 직장이다. 그리고 그럴 일은 없겠지만, 경찰이 날 잡더라도 적어도 마피아처럼 탈세로 기소할 수는 없을 것이다. 나는 소득세부터 국민연금까지 내야할 돈은 모두 내고 있다. 심지어 위장회사에서 잘리면 실업급여도 탈 수 있다. 나만 그런 게 아니다. 사무실의 모든 직원이 그렇다. 그리고 이 지점의 직원들은 실제로 어떤 일을 하고 있다. 본사에서 날아오는 서류와 요청, 자료 조사 같은 일을 한다. 물론 본사는 없다. 본사가 지시하는 업무의 대부분은 내가 하는 일과 관련한 필요한 전문적인 참고 자료 조사나 정보 조사 같은 것들이다. 직원들은 자신들이 작은 외국계 리서치 회사에서 근무하고 있다고 믿고 있다. 요는 이것이다.

이 위장회사는 순전히 날 위해 존재하고 있다.

내 자랑을 하고자 하는 게 아니다. 회사의 일하는 방식을 설명하려는 것이다. 회사는 나로 시작해 나로 끝나는 작은 폐쇄 공간에 날 가둬놓았다. 누군가 날 캐면 명함에 나오는 이 유령회사가 나올 것이다. 그리고 아무리 뒤져도 그 안을 맴돌 것이다. 마치 하나의 뫼비우스 띠처럼.

진짜 회사의 모든 지시는 내 아름다운 매니저를 통해 전달된다. 내가 회사에 대해 아는 것이라고는 매니저의 전화번호와 일이 끝나면 결과를 보내는 우체국 사서함뿐이다. 사서함이라면 웃기게 들릴지도 모르겠다. 안다. 나도 아직도 이런 걸 쓴다는 게 촌스럽게 느껴지긴 한다. 인터넷 세상 아닌가. 하지만 인터넷은 흔적이 남는다. 물론 유능하면 흔적을 지울 수도 있을지 모르겠다. 하지만 그건 매우 번거롭고, 믿을 수 없이 골치 아픈 과정을, 수많은 장비로, 전문가와 함께 해야 한다. 때문에 회사는 전통적인 방식을 사용한다. CIA의 위장회사들도 여전히 사서함을 사용한다고 한다. 국가정보원은? 모르겠다. 하여간 사서함이란 여러 첩보 기관의 검증된 연락 방식이다.

매니저는 내가 일을 하는 데 필요한 모든 편의를 제공한다. 물론 아름다운 그녀와 개인적이고 육체적인 접촉을 갖고 싶긴 하다. 그리고 그것이야 말로 내가 가장 제공받고 싶은 편의이다. 그녀는 늘 그것이 회사 규정상 불가능하다고 말한다. 그 말이 사실인지는 모르겠다. 하지만 그녀가 회사 이름을 걸고 날 속인다 해도 알아낼 방법은 없다. 그건 정말이지 유감스러운 일이다. 그녀는 믿을 수 없을 만큼 육감적이기 때문이다. 그녀를 처음 보았던 날을 잊지 못한다. 아마 평생 잊지 못할 것이다. 내가 이 일을 하기로 결정한 날이었기 때문이다.

그날 나는 약속했던 카페에 앉아 약속한 시간이 되기 직전까지 마음을 정하지 못하고 있었다. 커피 잔은 이미 바닥을 드러내고 있었고, 시계는 세 시를 향해 가고 있었다. 테스트는 끝났지만, 그리고 그 결과가 합격이란 말을 들었지만, 마음은 불편하기 짝이 없었다. 은행에는 이미 내 또래들의 몇 년 치 연봉이 들어 있었고 처음 받았던 충격도 이제는 충분히 사그라져 감당할 수 있는 무언가로 변해 있었다. 그러나 킬러가 될지 결정하는 것은 간단한 일이 아니었다. 만화책이나 영화에 나오는 것처럼 양심의 가책을 느낄 필요 없는 정의의 살인 결사나 심판자 집단-그런 걸 믿지도 않았겠지만-도 아니었다. 그냥 돈 때문에 사람을 죽일 뿐 거창한 이념이나 종교, 철학 따위는 없었다. 그때까지 내렸던 가장 큰 결정 중 하나인

'학점 때문에 군대나 가야지' 같은, 아니면 말고의 문제도 아니었다. 많지는 않겠지만 죽여야 할 대상 중에는 무고한 사람도 있을 것이 분명했다. 난 그들의 죽음을 감당할 수 있을지 자신이 없었다. 그 일은 내가 어떤 상상을 하든지 간에 상상했던 것보다 힘든 일임이 분명하다고 생각했다. 아니, 좀 더 솔직히 말하자면 내가 죽일 사람들보다는 그들을 죽일 때 느낄 괴로움이 걱정됐다. 그 시기, 나는 지금보다 젊었고 자신의 도덕성과 양심을 과대평가하는 경향이 있었다.

전 세계적인 프랜차이즈 원두에서 우러나온 전 세계적인 카페인이 주는 전 세계적인 안도감도 내겐 아무 소용없었다. 창밖으로는 화창한 오후의 햇살이 쏟아지고 있었고 그 앞으로 지나다니는 사람들은 모두 행복해 보였다. 카페 안도 다를 바 없었다. 공정무역 표시가 붙어 있는 메뉴판 아래, 줄지어 서 있는 저들의 고민은 아마도 어떤 커피를 마실까 정도이리라.

그 모습을 보고 있자니 절로 한숨이 나왔다. 저 사람들처럼 평범한 직장에 취직해야 하는데. 마음 한편으로 후회도 있었다. 시기상 평범한 취직이 늦은 건 아니었다. 학점이 엉망이긴 했지만 아직 학교도 졸업하지 않았고, 반년쯤 손 놓았던 취업준비는 남들보다 1년 더 한다고 생각하면 될 것이었다. 하지만 솔직히 저들은 나보다 통장 잔고가 적을 것이 분명했다. 그리고 그 격차는 점점 벌어질 것이었다. 밖에는 아직 IMF의 여파가 남아 있었고 취직은 결심한다고 해서 할 수 있는 간단한 것도 아니었다. 또한 이미 너무 많이 알게 된 나를 회사에서 놔줄지도 확신할 수 없었다. 무엇보다도 가장 혼란스러웠던 부분은 이 일을 내가 기대 이상으로 훨씬 잘한다는 사실이었다. 중학교 윤리 교과서의 표현을 빌리자면 이 일은 적어도 내게 더할 나위 없는 자아실현의 장이었던 것이다.

창밖에서 담배를 피우고 있는 남자가 시야에 들어온 건 그때였다. 그를 보는 순간 이런 생각이 머리를 스쳤다.

'내가 평생 쉴 새 없이 일해서 아무리 많은 사람들을 죽인다 해도 저 남자가 들고 있는 담배 광고를 만든 인간보다는 적겠지.'

담배는 수백만의 사람을 죽인다. 하지만 누구도 그들을 비난하지 않는다. 과거 담배인삼공사는 선배들에게 손꼽히는 좋은 직장 중 하나였다. 죽음을 국가에서도 팔고 있는 것이다. 그들은 죄책감을 느낄까? 내가 몇 명이나 죽일 수 있을까? 백 명? 이백 명? 하지만 타르와 니코틴이 뿜어대는 죽음보다는 그 수가 적을 게 분명했다.

고개를 숙였다. 시계는 막 세 시로 넘어가고 있었다. 은행 잔고를 떠올려보았다. 나는 마른침을 삼킨 후 번호를 눌렀다. 딱 세 번의 통화 연결음 후 상대는 전화를 받았다. 수화기 너머에서는 무거운 침묵이 흘렀다. 나는 숨을 깊이 들이쉬었다.

"하겠습니다."

순간 전화가 끊겼다. '뚜'하는 통화 종료 음을 들으며 나는 멍한 표정으로 전화기를 바라보았다. 다시 걸기 위해 통화 버튼을 누르려는 순간, 맞은 편 빈자리에 누군가 앉았다.

"안녕하세요. 앞으로 당신을 담당하게 될 거예요."

가늘고 흰 손이 테이블 앞에 나타났다. 손가락은 부러질 것처럼 가늘었고, 팔목을 따라 푸른 혈관이 도드라졌다. 나는 고개를 들었다. 그리고 숨을 쉴 수 없었다. 그 순간, 누군가 내게 서큐버스(succubus)의 존재를 믿느냐고 물었다면 난 그렇다고 대답했을 것이다. 그녀는 마치 내 꿈을, 몽정을 훔쳐다가 빚어낸 피조물 같았다. 육감적인 몸매가 고스란히 드러나는 붉은 원피스에 붉은 하이힐, 그리고 망사스타킹을 신은 그녀는 쇼트커트의 헤어스타일을 하고 있었다. 때문에 작은 머리가 더욱 작아 보였고 팔등신의 몸매는 더욱 두드러졌을 뿐 아니라 중성적이면서도 묘한 매력을 더하고 있었다. 무언가 말을 해야 했지만 아무 생각도 나질 않았다. 모든 게 불끈거렸으며, 동시에 하얗게 변했다. 그러자 그녀는 살짝 비웃는 듯한, 당신이 무슨 생각을 하는지 다 알고 있다는 듯한 미소를 지었다. 입에서는 나도 모르게 풍선에서 바람이 빠지는 것처럼 한숨이 나왔다. 그러자 그녀는 들으라는 듯이 코웃음을 치고는 악수하기 위해 내밀었던 손을 다시 거둬들였다. 난 고개를 숙였다. 귀가 빨개지는 것을 느낄 수 있었다.

"생각보다 귀엽네요."

잠시 침묵이 흘렀다. 그녀는 다리를 꼬았다. 두 개의 다리가 겹쳐지는 순간 짧은 미니스커트 사이로 흰 허벅지가 드러났다. 시신을 뗄 수 없었다. 마른침을 삼켰다. 그리고 문득, 내가 무얼 멍하니 응시하고 있는지를 깨닫고는 화들짝 놀라 고개를 들었다. 그녀는 상관없다는 듯이 고개를 돌린 채 잠시 창밖을 보고 있었다.

나는 찬찬히 그녀의 얼굴을 뜯어보았다. 그녀의 외모는 내 몽정 속 이상형에 거의 근접해 있었지만 어딘가 인위적인 데가 있었다. 코는 좀 세웠고 턱 역시 약간 깎은 것 같았다. 모르긴 해도 서구적인 느낌의 큰 눈 역시 앞트임과 쌍꺼풀 수술의 결과임이 틀림없었다.

순간 등 뒤에서 싸한 한기가 올라왔다. 그녀의 얼굴은 회사의 솜씨였다. 어떻게 이런 일이 가능한지 이해할 수 없었다. 내 여자 취향 같은 건, 특히 자위할 때 여자 취향 같은 건 회사는 고사하고 누구에게도 말한 적이 없기 때문이다. 하지만 그것보다 더욱 나를 오싹하게 했던 것은, 이 일을 하기로 결정한 게 고작 3분 전이란 사실이었다. 수술을 받고 붓기가 빠지기까지는 최소한 반년은 걸렸을 것이 분명했다. 회사에 대해 잘 모른다면 이 일과 그녀의 외모를 절묘한 우연의 일치라고 생각할 수도 있을 것이다. 하지만 내가 이 카페에 앉아 있기까지 겪었던 모든 일들을 돌이켜볼 때, 그녀의 고친 얼굴이 내 성적 환상과 우연히 맞아 떨어질 가능성은 전혀 없었다. 적어도 반년 전, 그들은 이미 내 욕망의 구체적인 형태와 내가 내릴 결정마저 알고 있었던 것이다. 나도 모르게 얼굴이 굳었다.

"표정을 보니 바보는 아니네요. 다행이네. 같이 일하는 사람이 멍청하면 나만 고생하는데."

그 순간, 불끈거리던 하복부에 힘이 빠졌다. 지금 느끼는 내 감정마저 회사의 의도라는 사실을 깨달았기 때문이다. 회사는 내가 자신들을 두려워하고 경외하게 만들기 위해서, 또한 일을 함에 있어서 최대한의 효율성과 편의를 보장받기 위해서 그런 매니저를 말 그대로 만들어낸 것이다. 도대체 회사에서 나에 대해 어디까지 아는 걸까? 나는 내가 선택하고 있다고 믿고 있었지만 그건 내 착각일 뿐이었다.

회사가 일하는 방식은 늘 그런 식이다. 결정권을 주는 듯하지만 선택의 여지는 없다. 회사는 적어도 자신들이 필요한 만큼 모든 것을 알고 있으며 모든 것에 관여한다. 욕망을 지배하는 것은 일도 아니다. 나도 그 요령을 알고 있으니까. 그들은 마치 물이나 공기, 돈과 같은 존재이다. 이렇게 말해도 회사가 두렵지 않다면 당신은 아직 회사를 잘 모르는 것이다. 난 가끔 그들에 대한 악몽을 꾼다. 꿈속에서 난 뭔가 실수를 하고 그들에게 쫓긴다. 그리고 결코 그들을 피할 수 없다. 아직 이 두려움을 당신은 이해할 수 없을 것이다. 하지만 그건 당신이 회사에 대해 전혀 모르기 때문이다. 그리고 바로 그 점이 회사의 가장 무서운 부분이다.

선택

회사가 내 삶에 존재를 드러낸 것은 막 군에서 전역한 직후였다. 입대 전까지 난 학교 출석부에 이름만을 올려놓은 채 PC통신 추리소설 동호회에 미쳐 있었다. 하루에도 수십 번씩 게시판을 들락거렸고, 습작들을 연재했다. 바야흐로 PC통신 소설의 시대였다. 매일 표지에 새로운 아이디가 적힌 띠지를 두르고 책들이 쏟아져 나왔고, 조회 수가 높은 누구는 출판사에서 잡으러 다닌다는 소문이 게시판마다 돌고 있었다.

나 역시 당시엔 그런 꿈을 꾸고 있었다. 인기 있는 온라인 작가로 오프라인에서 책을 낼 수 있을 거라는 막연한 상상을 하곤 했었다. 실제로, 적어도 우리 동호회 안에서는 제법 광적인 인기를 자랑하고 있었다. 오프 모임에 가면 다들 내 옆자리에 앉길 원했고, 몇몇은 내게 사적으로 글을 잘 읽고 있다며 술과 선물들을 사주곤 했다.

문제는 추리소설이 대중 문학임에도 불구하고 지극히 마이너한 장르라는 점이었다. 아무리 많은 사람을 아무리 특이하게 죽이고 아무리 천재적인 추리로 범인을 잡아도 판타지와 무협물에 밀려 사람들의 흥미를 끌지 못했다. 귀신에 씐 채 허공을 나는 칼과 운석을 떨어뜨리는 마법사, 불을 뿜는 용을 당해낼 재간이 없었다.

한 문학 동호회의 경우 일일 접속자가 수만 명에 이르렀고 최다 게시물의 조회 수가 수천 건을 넘었지만, 우리 동호회의 경우 일일 접속자가 많아야 수백 명이었고 가장 많이 읽은 게시물의 조회 수도 결코 백 건을 넘지 못했다. 당시 친했던 시삽의 말에 따르면 운영진들은 이 수를 '마의 백의 벽'이라고 불렀다고 한다. 지금은 추리소설도 제법 많은 출판물이 나오지만, 당시만 해도 한 출판사의 애거서 크리스티 시리즈 이후 제대로 된 추리소설은 나오지도 않고 있었다. 그나마도 아동 서가에 꽂혀 있던 터였다.

결국 꿈은 꿈으로 남았고, 당시 나고야의 태양 선동렬의 방어율과 똑같은 학점의 2학년 2학기 성적표와 함께 입영 영장을 받았다.

사람들은 흔히 군에 다녀와야 어른이 된다고들 말한다. 이 말이 사실인지는 잘 모르겠다. 하지만 적어도 군 시절이 내게 PC통신에 글을 열심히 써 나르던 자신을 되돌아보게 해주었다. 일병을 달 무렵엔 스스로 백 명도 안 되는 사람들이 열광하는 글을 써봐야 먹고 살 수 없다는 사실을 인정하기 시작했고, 상병을 달 무렵엔 그 뜨겁던 PC통신 소설들의 기세도 한풀 꺾였다.

그해 여름, 사단장의 부대 방문을 앞두고 휴게실에 있던 PC통신 소설들은 일제히 묶여 폐지창고로 옮겨졌다. 그리고 채 가을이 되기 전에 용과 마법, 무협과 무공의 세계는 행보관의 손에 근수로 팔려나갔다. 뒤이어 IMF가 터졌다. 군인들 중 IMF가 무얼 의미하는지 제대로 알고 있는 사람은 아무도 없었다. 사회에 나가도 할 일이 없다는 뜻이라고들 떠들었다. 실제로 몇 명의 말년들이 전역 대신 군에 남는 쪽을 택했고 부대 안은 술렁거렸다.

병장을 달 무렵엔 신병들의 입을 빌려 인터넷이 대세라는 풍문이 들려오기 시작했다. 스타크래프트와 오양 비디오, 빨간 마후라라는 알 수 없는 단어들이 부대원들의 입에 오르내렸다. 신병이 도착하면 더블 백을 내려놓기 무섭게 이런 식의 질문이 뒤따랐다.

"인터넷이 도대체 뭐냐?"

"PC방에 가보시지 말입니다. 거기 가면 다 있습니다."

"정말 거기에 그렇게 좋은 게 많아? 이, 이런 것도?"

침상 구석에 누워 있던 말년이 사타구니를 움찔거리며 이렇게 말하면 내무반은 쥐죽은 듯 조용해졌다.

"완. 전. 다~ 나오지 말입니다."

일제히 수십 개의 목젖에서 마른침이 넘어가는 소리가 들렸다. 아마 같은 수의 아랫도리에 일제히 피가 쏠렸으리라. 그렇게 부풀어오른 사타구니처럼 인터넷에 대한 풍문은 입고 타며 일종의 설화이자 전설처럼 살이 입혀졌다. 이를테면 빨간 마후라의 화질이 어찌나 선명한지 극장에서보다 분명하게 여자의 그곳을 볼 수 있다는 식이었다.

얼마나 그럴듯한가? 컴퓨터가 있고, 전 세계가 연결되고, 생판 모르는 사람들이 컴퓨터로 이야기하며, 심지어 여자의 그곳도 모자이크 없이 볼 수 있다는데 뭐가 더 불가능하겠는가.

부대원들은 열광했지만 나는 불안했다. 그 불안의 이유를 알 수 없기에 더더욱 초조해졌다.

전역을 앞두고 휴가를 나간 겨울밤, 나 역시 PC방이란 곳에 앉아 있었다. 그곳에서 PC통신에 접속하려 했지만 도무지 방법을 알 수 없었다. 직원에게 물었고, 직원은 웃었다.

"그런 건 전화선으로 하는 거죠. 이건 랜이에요, 랜."

랜이 뭔 줄 몰랐지만 더 이상 물어볼 의욕조차 나질 않았다. 힘없이 집으로 돌아와 벽장을 뒤져 먼지를 뒤집어쓴 한 통신사 이름이 선명하게 박힌 단말기를 찾아내 전화선에 연결했다. 모뎀의 접속 음은 변함없었다. 그 긴 다이얼음과 노이즈. 나도 모르게 손가락이 근질거리기 시작했다.

하지만 첫 접속 화면부터 무언가 이상했다. 화면 하단에는 머지않아 PC통신 서비스를 중단할 것이라는 공지가 떠 있었다. 그리고 그 공지를 읽은 접속 건수가 믿을 수 없이 적은 고작 세 자릿수였다. 2년이 지났음에도 잊지 않은 단축키들을 눌러 동호회로 들어갔다. 동호회의 마지막 게시물은 3개월 전 것이었다. 그마저 고작 다섯 명이 읽었을 뿐이었다. 아주 미련이 많은 다섯 명이 있었구나.

나는 PC통신 동호회 게시판에 들어가 그동안 내가 썼던 글을 지우기 시작했다. 그리고 내게도 어떤 시기가 끝나가고 있음을 절감했다. 만약 PC통신 동호회가 여전히 북적거렸다면, '이런 시절이 있었지'라며 웃어넘길 수도 있었을 것이다. 그러나 현실은 너무 선명히 이제 끝이라고 말하고 있었다. 아니, '끝난 지 벌써 언젠데, 넌 지각이야'라고 말하고 있었다.

취업, 결혼, 그리고 보다 많은 월급과 자녀 양육으로 이어지는 평범한 삶이 내 앞에 기다리고 있었다. 그런 삶이 싫다는 것은 아니었다. 부대에서 어느 할 일 없는 밤, 불침번 근무를 서며 내 첫째 아이와 둘째 아이 이름까지 지어놓았다. 하지만 그렇기에 더더욱 백 명도 되지 않는 사람들이 열광하던 글을 쓰던 시절이 끝났다는 사실을 쉬이 받아들일 수 없었다.

다음날 단말기를 집 앞에 버렸다. 전화국에 반납하겠다고 했지만 그럴 필요 없다는 대답을 들었다. 휴가 내내 집에 들어올 때마다 대문 앞에 버려져 있는 단말기와 눈이 마주쳤다. 아무도 주워가지 않았다. 그때마다 나는 치부가 들킨 듯 얼굴이 후끈거렸다.

휴가에서 복귀했을 때 후임병들은 내게 빨간 마후라가 어땠는지 물었다. 나는 대답했다.

"허리 놀림이 아주 예술이야. 그냥 녹아. 아주 녹아."

연병장엔 눈이 녹고 있었다. 나는 나보다 한 주 먼저 휴가 복귀를 한 일병을 향해 공범자의 미소를 지어 보였다. 눈이 녹은 자리는 흙과 눈이 뒤섞여 더러운 진창을 이루고 있었다.

봄이 되고 군에서 전역한 나는 이른바 적응이라는 것을 하기 위해 몸부림쳤다. 삐삐를 새로 사려 하자 누군가 휴대폰을 사야 한다고 말해주었고, PC방에 앉아 당구의 쓰리쿠션을 뽑는 법 대신 스타크래프트의 단축키를 배웠다. 스타크래프트는 너무나 어려웠다.

당구처럼 생각할 시간이 없었다. 빠른 시간 안에 최대한의 자원을 모아서 가장 효율적으로 건물들을 지어야 했고, 그 건물들에서 가용 자원을 최대한 이용해 유닛들을 뽑아서, 역시나 가장 효율적인 전투를 해야 했다. 요는 효율성과 경제성이었다. 그건 정말이지 내게는 새로운 개념이었다. 놀기 위해 학습을 해야 한다니. 그리고 인터넷에 접속해 휴가 때 마쳤어야 할 임무들을 마무리하고 월드와이드웹의 새로운 세상을 경험했다. 대단하다면 대단한 새 세상이었지만 군복을 벗고 보니 본질적으로는 PC통신을 지구 규모로 부풀린 것에 지나지 않았다. 새로 신청한 인터넷 회선 업체가 지난 번 PC통신을 하던 회사였기에 조금 속았다는 기분도 들었다. PC통신이 끝났다고 그 회사들이 망한 것은 아니었다. 그저 수익이 떨어져 서비스를 중단했을 뿐이었다. 전공수업을 빠지지 않고 수강했고, 세 가지 색의 형광펜과 자를 사서 노트를 정리했다.

IMF 이후, 취직이 얼마나 힘든가에 대한 흉흉한 소문이 유령처럼 복학생들 주위를 맴돌았다. 올해 졸업생들은 모두 놀고 있다더라. 작년 졸업생 중 누군가 자살했다더라. 나는 살아남기 위해 새벽같이 일어나 도서관의 자리를 맡았고, 점심엔 미친 듯이 토익 책을 펴들고 단어를 외웠다. 저녁이면 다른 복학생들과 소주에 붐이 끝난 닭갈비를 먹으며 적응의 어려움을 토로했으며, 그것이 과해 토하기까지 했다. 이번엔 무슨 붐이 다가올까. 늦어선 안 됐다. 그것이야 말로 부적응의 증거였으니까.

다들 본능적으로 알고 있었다. 군에서 배운 것은 그것이었으니까. 결코 남들보다 튀어서도, 그렇다고 처져서도 안 된다. 적응하지 못하면 살아남지 못한다. 다윈은 그걸 적자생존이라 불렀고, 아담 스미스는 시장이라고 불렀고, 군대에서 그걸 적응과 개념이라고 불렀으며, 사회에서는 철이 들었다고 말했다. 회사에서 날 찾아온 것은 바로 그때였다.

그와 마주친 것은 교문 근처 한 PC방 입구에서였다. 막 중간고사가 끝난 기념으로 다른 복학생들과 스타크래프트의 가상공간에서 별 볼일 없는 전투를 마치고 나오는 길이었다. 어디선가 지린내가 풍겨오는 후미진 교문 옆 뒷골목에서 그는 검은 정장에 금테 안경을 끼고 서 있었다. 골목의 모습과는 이질적인 아우라를 뿜어내던 40대 중반의 평범한 인상의 사내는 내 이름을 불렀다. 나는 멈춰서서 몇 년 뒤 동창회에서 다른 동창들에게 수없이 보게 될 예의 그 표정을 지은 채 서 있었다. 그 표정을 본 그는 이름 대신 내 PC통신 아이디를 불렀다. 그 짧은 단어에 반사적으로 속절없이 미소가 흘러나왔다.

그는 자신이 그 백 명이 채 못 되는 팬 중 하나였으며, 3년 전 어느 오프 모임에서 한 번 통성명을 한 적이 있다고 말했다. 하지만 기억나지 않았다. 그는 술이나 한잔하러 가자고 청했다. 과거에 더 이상 미련은 없었다. 그러니 더더욱 술을 마셔야 했다. 돈은 그가 낼 테니.

긴 붉은색의 화강석 테이블 위에 놓여 있는 잔들을 보며 벌어진 입을 다물지 못했다. 할로겐램프의 빛이 벽을 따라 흘러내리고 있었고, 가죽으로 만든 소파는 안으로 푹 가라앉으면서도 이상할 정도로 단단한 포근함을 느끼게 했다. 나는 마른침을 삼켰다. 문득 신종 술값 사기가 아닌가 하는 의구심이 머릿속을 맴돌기 시작했다. 심장이 쿵쾅거리며 입 안이 마르기 시작했다. 부적응의 공포가 밀려왔다. 나는 진정하기 위에 스스로에게 중얼거렸다. 사기라면 그가 내 이름과 아이디를 알 리 없어. 그러는 사이 검은 양복의 사내는 마담을 불렀고 일련의 아가씨들이 들어왔다. 내가 멍하니 입을 벌리고 있는 사이, 어느새 말을 놓은 그가 말했다.

"골라봐."

처음이었다, 룸살롱에 온 것은. 그래서 이 상황을 이해할 수 없었다. 방 안에 들어온 여자들은 각자 간단하게 자기소개를 했다. 도대체 무얼 고르란 말인가? 내가 어리둥절한 사이, 그가 인상을 찡그리며 마담에게 말했다.

"맘에 안 드는 거 같은데 다른 애들 더 보지."

마담이 고개를 끄덕이자 앞서 들어왔던 사람들이 나가고 또 한 무리의 아가씨들이 밀려왔다. 나는 그제야 방 안에 들어온 아가씨들 중 하나를 고르라는 뜻이라는 걸 깨달았다. 그러니까 마치 자동판매기에서 상품을 고르듯 여자를 선택하는 곳이었다. 내가 모르던 세상의 다른 면을 처음으로 접하고 묘한 감동을 느꼈다. 하지만 동시에 두려웠다. 이곳은 술값을 얼마나 내야 하는 걸까? 그러니까 20대 초중반의 딱 붙는 탱크톱을 입은 매끈한 몸매의 저 아가씨의 상업적 가치를 도무지 짐작할 수 없었다.

하지만 이런 생각과는 별개로 내 몸은 반사적으로 거의 엉덩이 끝이 보일 정도로 등이 파인 원피스를 입은 한 아가씨를 손가락으로 가리키고 있었다. 검정 양복은 만족스러운 표정으로 고개를 끄덕였다. 아가씨가 앉고 내 앞 테이블에 녹차와 생수, 위스키와 맥주가 차례로 깔리는 동안 온갖 상념들이 꼬리에 꼬리를 물고 이어졌다. 아직 군에서 짧게 잘랐던 머리가 채 자라지도 않았던 내게 이 모든 건 이해할 수 없는 장소, 이해할 수 없는 상황, 이해할 수 없는 세계였다. 부적응의 대가로 사기를 당할지도 모른다는 불안에 다리가 파르르 떨리는 걸 느낄 수 있었다. 옆에 앉아 있던 아가씨는 내 왼팔을 자신의 양 가슴 사이에 꾹 누른 채 속삭였다.

"너무 긴장하시는 거 같은데, 혹시 처음…… 와보세요?"

나는 고개를 끄덕였다. 이어지는 웃음소리가 귀 끝을 간질였다. 왼팔을 타고 전해오는 포근한 감촉에 복잡하던 머릿속은 조금 멍하고 하얗게, 혹은 불끈하고 뜨겁게 열화했다. 불안은 그런 식으로 탈색되었다. 검은 양복은 그런 내게 미소인지 비웃음인지 알 수 없는 표정을 지어 보였다. 이제 와 돌이켜보면 그에게 이 모든 것은 별다를 것 없는 일상적인 절차였으리라. 이를테면 대한민국 업무 접대의 스탠더드였던 셈이다. 하지만 회사의 존재를 몰랐던, 그리고 아직 학생이었던 내게 이 모든 상황은 너무나 낯설고 이해할 수 없는 것이었다.

어느새 내 앞에는 작은 회오리를 일으키고 있는 맥주잔이 놓였고 단숨에 들이켜자 긴장과 다리가 동시에 풀리는 것 같았다.

"자네 글에서 가장 마음에 들던 부분이 어딘 줄 아나?"

검은 양복은 마치 모든 걸 이해할 수 있다는 관대한 표정으로 이렇게 물었다.

"예? ……잘 모르겠는데요."

"사건 해결보다는 범죄의 과정에 작품의 중심이 있다고나 할까. 사실 말이야, 사건은 해결하는 것보다 저지르는 게 스릴 있지 않나 싶어. 사람들은 그걸 잘 모르더라고. 그래서 늘 만나서 한잔 거하게 사고 싶었다네."

그는 호쾌한 웃음을 터뜨렸다. 나도 따라 웃었다. 내 글에 대한 그의 견해는 '릴렉스'라는 하나의 영어 단어로 번역되었다. 토익 책을 열심히 판 나머지 영어가 일취월장했구나. 스스로 너무나 대견했다. 적어도 사기는 아닌 것 같았다. 긴장이 풀리자 나도 모르는 사이 한 손이 옆에 앉은 아가씨의 허벅지 위에 올라갔다. 그건 조건반사일 뿐이었다. 그 탄력 있는 허벅다리 안쪽을 주물럭거린 것도 정말이지 무의식적인 행동일 뿐이었다.

두 시간 동안 단속적인 대화가 오가며, 그는 자신이 한 컨설팅 회사에서 헤드 헌팅을 담당하고 있다고 말했다. 난 아무래도 좋았다. 지금 옆에 앉아 있는 아가씨의 향수 냄새와 팔 너머로 전해져오는 체온, 가슴의 촉감이면 그걸로 족했다. 그리고 그 긴장된 상황에서도 이 아가씨를 선택한 자신의 안목에 마음속으로 대견함을 느꼈다. 시간당 천 원의 PC방도 큰 부담이었던 내가 다시 이곳에 올 리 없었다. 따라서 흘러가버릴 이 시간을 최대한 즐겨야 했다. 그는 그런 내 마음을 알고 있다는 듯 이해심 가득한 미륵의 미소를 지었다.

룸살롱을 떠나기 전 그는 마담을 불렀다. 그리고 카드를 내밀었다.

"애들 준비시켜줘요."

그가 손짓하자 아가씨들은 마담을 따라나갔다. 다시 이해할 수 없는 상황에 어리둥절한 내게 그는 상체를 기울인 채 나지막이 속삭였다.

"자네, 그 글 기억하나?"

"뭐, 말입니까?"

"그, 게시판에 올렸던 한 부자 노인이 자신의 아들들을 대상으로 완전범죄를 계획하고 실행하는 단편. 기억나나?"

"예. 〈완전한 살인〉. 그거 게시판에서 반응 꽤 좋았지 말입니다."

술에 취하자 나도 모르게 군대 말투가 나왔다. 아직도 사회생활에 적응하지 못한 모습을 보인 것 같아 부끄러웠다.

"내가 요즘 컨설팅하고 있는 출판사에서 그런 류의 범죄소설을 기획하고 있다던데, 어떤가? 난 말이야. 자네가 딱이라고 생각하는데."

나는 웃었다.

"어우, 말도 안 돼요. 한 백 권이나 팔리려나. 마지막으로 글 써본 게 언제인지 기억도 안 나는데…… 그런 게 팔릴 리 없잖아요."

"팔릴지 아닐지는 우리가 결정하네."

그렇다. 그는 '우리'라고 말했다. 술에 취한 나는 그와 내가 '우리'이리라 생각했다. '우리'가 이미 결정했던가?

내가 횡설수설 하는 사이, 그는 내 상의 주머니에 자신의 명함을 꽂아주었다. 당황스러웠다. 글을 써보라니. 그런 건 PC통신 단말기를 버릴 때 같이 버렸다. 현실과 맞지 않으니까. 그런데 지금 내 앞에 양복을 입은 사람은 그게 가능하다고 말하고 있었다. 혼란에 빠진 내게 검은 양복은 모든 게 잘될 거라는 듯 온화한 격려의 미소를 지었다. 문득 그에게 몇 가지 종류의 미소가 남아 있을까 궁금했다. 그는 미소만으로 말하는 법을 알고 있었다.

다시 거절하려는 순간, 옆에 앉았던 아가씨가 옷을 갈아입고 나타났다. 아가씨는 내 팔을 잡아 팔짱을 꼈다. 다시 술기운이 올라왔고 양다리에 힘이 빠졌다. 몸의 한 면에 아가씨의 몸이 온전히 밀착되는 것이 느껴졌다. 너무나 부드럽고 따뜻하고 달콤했기에 그 몸뚱이에 엿처럼 녹아 붙어버릴 것만 같았다. 아가씨는 속삭였다.

"일어나요."

자리에서 일어날 때, 엉뚱한 다리에 힘이 쏠렸다. 나는 비틀거리며 가슴에 얼굴을 묻었다. 아가씨는 웃었다. 나도 따라 웃었다. 검은 양복은 말했다.

"생각해봐. 이런 기회는 좀처럼 없으니까."

무언가 말하고 싶었지만, 반쯤 삐져나온 정신을 제자리에 집어넣고 보니 어느새 호텔 방이었다. 귀신에 홀린 기분이었다. 아가씨는 다시 한 번 너무 긴장하지 말라고 말했다. 나는 긴장한 게 아니라고 답했지만, 내가 보기에도 별 차이는 없어 보였다. 그건 마치 왕복 16차선 도로 한가운데 혼자 서 있는 듯한 느낌이었다. 그리고 지나가는 차들을 보며 16차로의 중앙선에 서서 성기를 내놓은 채 자위하고 있는 것 같았다. 차들은 너무 빨리 달렸고 너무나 많았다. 그날 나는 사정없이 사정에 실패했다.

그에게 받은 명함엔 전화번호만 적혀 있었다. 직함도 회사 이름도 심지어 그 남자의 이름도 적혀 있지 않았다. 명함 사이즈의 검정색 종이에 전화번호가 은색으로 코팅되어 있지 않았더라면, 난 그게 명함이 아니라 메모지로 착각했을 것이다. 그리고 고민의 시간이 있었다. 사실 별로 고민할 문제는 아니었다. 다만 두려움을 극복할 시간이 필요했다. 끝이라고 마음을 정리한 일이 '실은 이제 시작이었어, 짠!' 하고 내 앞에 나타났던 것이다. 농담 같은 상황이 두려운 것은 너무나 당연했다. 하지만 지금 와서는 두려움을 느끼기보다는 좀 더 깊이 고민을 해야 하지 않았나 하는 생각이 든다. 순진하게도 당시의 그것이 밑질 것 없는 제안이라 생각하고 있었다. 내가 하게 될 일이 무엇인지도, 정상적인 삶에서 벗어나는 게 무엇을 의미하는지도 모르고 있었다. 그때가 선택의 여지가 있던 마지막 순간이었으리라. 물론 그 뒤로도 많은 선택의 순간이 있었지만 그때마다 다른 걸 선택했을 때 어떤 결과를 감수해야 하는지 너무나도 명백했다.

그 혼돈과 공포를 극복하는 데 3일이 걸렸다. 내가 두려워했던 3일이란 시간 역시 회사에게는 어떤 판단 대상이었을 것이다. 이제와 궁금한 것은 그 시간이 회사가 날 선택하는 데 플러스로 작용했을까 마이너스로 작용했을까이다.

콘도

정확히 일주일 뒤, 나는 강원도의 한 작은 콘도에 있었다. 글을 쓰기 위해서였다. 내가 간 곳은 큼지막한 텅 빈 주차장에 달랑 건물 한 동만 휑하게 서 있는, 어딘가 어설픈 콘도였다. 아마도 애초에 콘도로 지어지진 않았고 관광호텔이나 여관의 중간쯤 되는 물건이었을 텐데 90년대 중반에 불었던 콘도 붐 시기에 리모델링한 듯싶었다. 시설은 새것이라면 새것 같았지만 카펫이나 전등들은 낡았고 어딘가 음침한 구석이 있었다.

전날 그는 시간이 없다고, 당장 글을 써야 한다고 말했다. 그가 재촉하지 않았다면 그런 호러 영화에나 나올듯한 콘도에 혼자 가지는 않았을 것이다. 나는 "예? 당장이요?"라고 답한 뒤, "그건 좀 곤란한데"라는 말을 꺼낼 생각이었지만, 그럴 사이도 없이 그는 수표를 내밀었다. 수표에 적혀 있는 한글을 읽으면 될 텐데 너무 놀란 나머지 영의 개수를 세는 사이, 그는 이게 첫 번째 편의 계약금이라고 말했다. 나는 영의 개수를 두 번이나 확인했다. 그는 시리즈 한

질을 내기 위해서는 아주 많은 다음 편들이 필요하다고 말했고 나는 곤란하다는 표정을 지어 보려 했지만 잘 되지 않았다.

"이런 큰돈을……."

갑자기 화장실에 가고 싶었다. 내 표정을 본 그가 피식 웃으며 답했다.

"혹시 소설이 실패하는 건 아닌가 걱정하는 모양인데, 그건 신경 쓸 필요 없어."

"예?"

"철저한 기획소설을 부탁하는 거니까."

"예?"

"출판사 쪽 기획팀에서 캐릭터나 자료, 전체적인 줄거리 일체를 넘겨줄 거야. 자넨 그것만 보고 쓰면 돼. 전혀, 부담 가질 거 없어."

그는 '전혀'라는 단어에 힘을 실었다. 솔직히 기분이 좋지 않았다. 약간 낚인 듯한 기분도 들었고, 내가 얕잡아 보이고 있다는 생각도 했다. 하지만 동시에 안심이 되기도 했다. 그 출판사라는 곳에서 뭘 믿고 내게 한 질의 소설을 쓰게 하려는지 이해되기 시작했다. 자신들이 똑똑하다고 믿는, 범죄소설 붐이 불 거라고 생각하는 일군의 얼간이들이 모인 기획팀에서 헐값으로 소설을 양산할 작가를 찾고 있었고 그게 나였던 것이다. 작가적 자의식이나 문학적 야망, 창작자로써의 자존심 같은 건 박카스 안의 타우린만큼도 없었기에 크게 기분 나쁘진 않았다. 문득, 헐값에 양산했다고 하기엔 너무 큰 액수가 아닌가 하는 생각도 들었지만 묻지 않았다. 당시 소설가들이 얼마를 받는지 알지도 못했고 알고 싶지도 않았다. 적어도 위조

수표가 아니라면 말이다.

나는 서둘러 은행으로 달려갔다. 수표는 진짜였다. 질문은 필요 없었다. 돈을 받았다면 행동해야 하는 법이라는 정도는 나도 알고 있었다. 짐을 꾸리며 어쩌면 콧노래도 불렀던 것 같다. 16차선 위에서 자위를 하고 있다고 생각했는데 정신을 차려보니 텅 빈 도로에서 포르쉐를 몰고 있었던 것이다.

다음날 점심, 콘도 앞에서 조금 후회하기 시작했다. 건물을 보는 순간, "역시 수상해"라는 짧은 탄성이 반사적으로 튀어나왔다. 주차장은 텅 비어 있었고, 건물은 막 완공했거나 곧 철거를 앞둔 것 같았다. 외관부터 내부까지 인테리어가 새것과 옛것이 뒤섞여 있었기에 어느 쪽인지 짐작할 수 없었다. 발을 딛자 꺼져드는 느낌이 들 정도로 두꺼운 남청색의 카펫이 깔려 있는 복도의 벽면은 보라색 벽지로 도배되어 있었다. 뭔가 정상적인 인간의 감성으로 한 인테리어는 분명히 아니었다. 로비의 프런트는 이상할 정도로 모던 했지만 바로 옆에 놓인 소파는 꽤 앤티크한 느낌이었다. 신기하게도 이 모든 것이 나름 어울렸다. 콘도 내에 있는 모든 것이 그런 식이었다. 막 부수려는 것과 막 지어지려는 것들이 이종교배한 사산아 같았다. 직원에게 묻자, 그는 "비수기에는 원래 이래요"라고 질문과 다른 답을 짧게 했다. 몇 개의 질문을 더 했지만 답은 똑같았다. 온고지신의 진정한 의미는 바로 이 콘도였던 것인가. 문득 그런 생각이 들었다.

새로 설치된 것 중 가장 인상적인 것은 내 방까지 깔려 있었던 인터넷이었다. 그 시절, 인터넷 붐이 막 불기 시작했지만 그건 어디까지나 대도시에 한정되어 있었다. 그와 헤어지기 직전까지 나는 자료와 취재에 대해 징징댔다.

"취재도 없이 다짜고짜 방에 틀어박히라니 말이 돼요?"

그러자 그는 방까지 인터넷이 깔려 있을 거라고, 출판사에서 자료들을 메일로 보내줄 것이기 때문에 걱정할 필요 없다고 말했다.

믿을 수 없게도 방의 인터넷은 집보다 빨랐다. 무언가 굉장히 억울한 기분이 들었다. 서울로 돌아가면 PC통신으로 날 배신했던 그 회사에 전화를 걸어야지. 웹브라우저를 띄우며 이런 생각을 했다.

하지만 나를 가장 놀라게 한 것은 인터넷도, 이상한 콘도의 외관도 아니었다. 아직 놀랄 일들은 많았고, 작업은 이제 막 시작됐을 뿐이었다.

그날 하루를 놀라움으로 마감하게 했던 마지막 사건은 콘도 창문을 여는 일이었다. 늦은 밤, 잠들기 전 마지막 담배를 피우기 위해서 창을 열었다. 어디선가 부엉이 울음소리가 들려왔다. 도시에서 태어나 도시에서 자랐으므로 처음 들어보는 진짜 부엉이 울음이었다. 〈전설의 고향〉에서나 듣던 그 울음소리에 오싹한 기분이 들었다. 창 너머로 보이는 검은 숲은 바람에 흔들릴 때마다 기분 나쁜 형상들을 연상시켰다. 그것들은 또다시 바람이 불면 나타났다 사라지곤 했다. 나는 내 폐활량의 한계를 시험하겠다는 듯이 빠른 속도로 담배를 빨아들였다. 순식간에 다가오는 붉은 불꽃을 보며 스스로 대견함을 느꼈다. 너무 빨리 피웠던 탓인지 조금 어지러웠다. 연기를 내뿜으며 정신을 차리기 위해 고개를 들었다. 발코니 문으로 쏟아져나오는 불빛 너머로 담배연기가 흩어지면서 어둠 속에 녹아들었다. 아름다운 광경이었다. 그리고 이상한 광경이기도 했다. 창에 비치는 불빛 외에는 어둠이라니. 나는 발코니 밖으로 나와 난간에 기댄 채 목을 빼고 콘도 쪽을 돌아봤다. 순간 숨이 멎었다. 어디에도, 그 많은 발코니와 창 들 중 단 한 곳에서도 불빛이 보이지 않았던 것이다. 콘도 전체에서 등이 켜진 곳은 오직 내 방뿐이었다. 갑자기 등 뒤에서 무언가 스멀스멀 기어올라오는 듯한 느낌이 들었다. 나는 문을 박차고 복도로 나갔다. 텅 빈 복도 양 끝이 유난히 멀게 보였다. 짙은 보라색 벽을 따라 침침한 벽 등의 불빛이 흘러내려 남청색의 카펫에 눌어붙어버릴 것 같았다. 나는 엘리베이터 통로를 향해 걸어갔다. 발소리마저 두꺼운 카펫에 먹혀 진공의 공간을 걷는 듯했다. 심장이 터질 듯이 요동쳤다. 나는 미친 듯이 엘리베이터 버튼을 눌렀다.

'어서 로비에 가서…….'

엘리베이터는 '웅'하는 소리를 내며 올라왔다. 하지만 숫자 하나하나가 마치 돌판에 새겨지기라도 하는 것처럼 천천히 바뀌었다. 문득 로비에 내려간다 해도 어떤 말을 들을지 깨달았다.

'비수기에는 원래 그래요.'

엘리베이터 문이 열렸다. 갑자기 내 모든 행동이 바보처럼 느껴졌다. 날이 밝으면 숙소를 옮겨달라고 전화해야지. 방으로 돌아와 자물쇠를 채웠다. 아무도 없다는 걸 알았지만 문을 잠근 걸 두 번이나 확인한 후에도 문고리에 의자를 비스듬히 세워놓았다. 영화에서 보았던 문을 걷어차도 열 수 없게 만든다고 하는 얼치기 요령이었다.

몇 번인가 잠에서 깨 누군가 복도를 지나가는 듯한 소리를 들었다고 생각했다. 하지만 열어보면 아무도 없었다. 오로지 텅 빈, 정적만이 감도는 복도뿐이었다.

숙소를 바꿔달라는 요청은 일언지하에 거절당했다. 출판사 쪽에서 자료를 보낼 방법이 없다는 이유에서였다. 호텔에서조차 인터넷이 거의 되지 않던 시절이었다. 집보다 빠른 인터넷은 실은 족쇄였던 셈이다. 그가 바꿔야 할 이유를 묻는데 답이 궁색했다. 명색이 범죄소설 작가라는 사람이 혼자 쓰기엔 겁난다는 이유로 콘도를 바꿔달라고 할 수 없었다. 그나마 다행인 것은 출판사에서 자료가 왔다는 것이었다. 일에 집중하면 공포도 잊을 수 있으리라.

자료들을 확인했다. 자료 역시 콘도만큼이나 놀라웠다. 그의 말이 옳았다. 취재는 필요 없었다. 배경이 되는 공간에 대한 단면도로 시작해서, 각 캐릭터의 신상에 대한 자료와 종합 검진결과라 봐도 좋을 상세한 건강자료, 각 캐릭터들의 일주일 단위의 일상까지 포함하고 있었다. 그들이 보내주지 않은 건 스토리뿐이었다.

나는 너무나 경이로운 자료에 감탄하며 벽에 각 인물들의 일과표와 그들이 거주하는 장소들을 붙였다. 그리고 핀과 색실로 그들의 행동과 움직임, 일상생활을 재구성할 수 있었다. 그러자 그들의 일상이 손에 잡힐 듯 다가왔다. 각자 어느 정도 모호한 부분들이 있었지만 소설을 쓰는 데 영향을 줄 정도는 아니었다. 오히려 너무 많은 자료로 상상의 여지가 줄어드는 건 아닌가 하는 걱정마저 들었다.

하지만 내가 가장 납득할 수 없었던 것은 사소한 주변 인물들에 대한 자료들은 그토록 자세했으면서도 정작 주인공에 대한 내용은 거의 없었다는 점이다. 자료를 잘 받았냐고 확인 전화를 걸었던 그는 내 물음에 그저 주인공은 작가의 자유에 맡겨야 하는 거 아니냐고 말하며 홈즈의 숙적인 모리어티 교수와, 포와로가 같이 죽을 수밖에 없었던 완전범죄자인 노튼을 합친 듯한 안티 히어로를 만들어 달라고 했다. 출판사에서 원한 것은 매력적인 배후살인 조종자가 나오는 시리즈였다. 시리즈에는 〈마스터 오브 퍼펫〉이라는 거창한 타이틀까지 달려 있었다. 그는 결코 법에 응징을 받지 않는 영악한 악인들에게 은밀한 죽음을 안겨주는 다크 히어로를 원했다.

마스터 오브 퍼펫

〈마스터 오브 퍼펫〉은 메탈리카가 1986년 내놓은 세 번째 앨범 제목이자 동명의 타이틀곡이다. 앨범의 표지에는 흰 십자가가 늘어서 있는 묘지 위로 커다란 붉은 손이 떠 있고, 붉은 손에는 꼭두각시를 조정하는 흰 실이 십자가 묘비로 드리워져 있다. 앨범에 들어 있는 곡들만큼이나 인상적인 커버였다. 동명의 타이틀곡 〈마스터 오브 퍼펫〉은 마약에 사로잡혀 꼭두각시처럼 조종당하는 중독자들 삶을 노래한다. 이 곡의 가사를 살펴보면 지배가 어떻게 이루어지는지 극명하게 알 수 있다. 그것은 환상과 중독, 그리고 공포와 명령으로 이루어져 있다. 이 곡은 메탈리카의 대표곡이 된다. 그리고 밴드를 순식간에 세계 최고의 자리에 올려놓았다. 나는 메탈리카의 곡을 들으며 글을 쓰기 시작했다.

주차장에서는 희미하게 페인트 냄새가 났다. 그는 룸미러를 힐끗 살펴보았다. 주차장에는 아무도 없었다. 글러브 박스를 열었다. 그곳에 주사기가 있었다. 그는 능숙한 솜씨로 주사기에 인슐린을 채웠다. 그동안 인슐린을 스스로에게 놓았기 때문일까. 이제 슬슬 주사를 놓는 일에도 익숙해지는 것 같았다. 투박한 손으로 주사기를 다루는 것은 늘 힘들었다. 손에 비해 주사기는 형편없이 작았던 것이다.

그는 자신의 손이 싫었다. 아버지 역시 이런 손이었다. 농사꾼의 손. 그 손으로 맞기도 많이 맞았다. 그의 아버지는 늘 송충이는 솔잎을 먹고 살아야 한다고 말하는 전형적인 농부였다. 하지만 그런 패배주의가 싫었다. 송충이도 고치에 들어갔다 나오면 날아오르는 거라고 그는 생각했다. 산비탈을 따라 밭을 갈던 시절부터 자신이 그냥 송충이로 끝나지 않으리라는 걸 알고 있었다. 그리고 그것을 실현하기 위해 수단과 방법을 가리지 않았다. 누군가 그런 삶을 욕할지도 모르겠다. 하지만 그건 패배자들의 변명이다. 결국 무언가 증명을 할 수 있는 건 결과뿐이며, 끝이 좋으면 다 좋은 법이다. 그는 미소 지었다. 이제 와서 자신이 모든 책임을 떠안고 물러날 수는 없었다. 끝까지 싸울 것이다. 그는 항상 그래왔다. 강원도 깡촌에서 감자를 캐던 시절부터 지금까지 싸움에서 물러선 적은 단 한 번도 없었다. 상대가 누구건 상관없었다. 개처럼 달려들어 쓰러질 때까지 물고 늘어졌다. 비록 지금은 양복을 입고 외제차를 끌고 사무처장이라는 직함을 달고 있지만 본성이 달라진 건 아니었다. 농부에게서 물려받은 이 손으로 사정없이 깨부수면 되는 거였다.

그는 고개를 숙였다. 주사기를 든 자신의 손이 눈에 들어왔다. 이상할 정도로 손이 작아보였다. 마치 손이 쪼그라들기라도 하는 것처럼.

"나도 나일 먹었군."

그는 다른 손으로 주먹을 꽉 쥐곤 앞으로 내밀었다. 그렇다고 아직 싸울 수 없는 건 아니었다. 도마뱀 꼬리가 되기 위해 30년간 당에 몸을 바친 것은 결코 아니었다. 그에게는 아직 마지막 카드가 있었다. 내일 기자회견을 하자. 그러면 발등에 불이 떨어지는 건 당 지도부가 될 게 분명했다. 지금처럼 자신의 연락을 피하는 일은 없겠지. 아니, 오히려 자신에게 연락하기 위해 그쪽에서 몸이 달아오를 것이다. 그는 상상만으로도 흐뭇했다. 그러면 일단 쥐새끼처럼 자신을 버리고 도망친 놈들부터 처리하자고 당 지도부와 거래를 할 것이다. 그들의 요구는 뻔했다. 거절할 생각은 없다. 빠져나갈 방법은 없으니까. 일단 어느 선까지 책임을 지고 물러나는 척할 것이다. 여론은 잠재워야 할 테니. 하지만 다음 번 경선 전에 원래 자리로 복귀할 수 있을 것이다. 아니, 원래 자리는 약하군. 명단만 있다면 최고위원도 망상은 아니었다. 상상만으로도 입가에는 흐뭇한 미소가 떠올랐다.

그는 호기롭게 와이셔츠를 풀어헤치고 뱃살을 움켜쥐었다. 그리고 주사기를 찔러 넣었다. 따끔한 통증이 느껴졌다. 피하지방 속으로 인슐린이 들어가는 차가운 느낌에 자신도 모르게 움찔했다. 이상한 일이었다. 늘 맞아왔지만 이런 느낌이 드는 건 처음이었다. 바보같이 쓸데없는 상상을 하다가 주사를 잘못 찔러 넣은 게 분명했다. 약해지고 있다는 증거였다.

지하주차장에 이렇게 앉아 있는 자신의 모습이 꼴사나웠다. 얼마 전까지 만년필 형태의 인슐린 주사를 사무실에서 사용했었다. 하지만 사무실에 한 달 전 새로 온 직원이 그 만년필의 정체를 알아챘다. 애써 둘러댔지만 그 뒤로 주차장에서 인슐린 주사를 맞기 시작했다.

자신이 당뇨라는 사실이 알려지면 어떻게 될까. 아마 야당에서 젊은 애송이들이 자신의 지역구를 노리고 하이에나처럼 달려들 것이다. 뿐만 아니라 다른 계파 인간들 역시 짓밟으려 들 것이다. 그가 키운 후배들도 다를 바 없었다. 자신을 만만한 노인네로 여기겠지. 하지만 그의 야심은 결코 이 정도가 끝이 아니었다. 다들 여기까지 간신히 올라온 운 좋은 촌놈이라고 생각할지도 모른다. 그들이 자신에게 방심하게 만드는 건 좋았지만, 짓밟힐 정도가 되서는 안 된다. 정글에서 가장 먼저 사냥감이 되는 건 늙고 병든 짐승들이다. 그래서 그는 당뇨환자가 가지고 다녀야 하는 어떤 것도 지니지 않고 있었다.

혈당 측정기는 그의 집 서랍장 안에만 있었다. 그가 혈당을 측정하는 건 유일하게 자기 전과 출근하기 전뿐이었다. 그건 그와 아내만이 아는 비밀이었다. 사탕이나, 초콜릿, 주스를 챙겨서 다니는 일 역시 자신이 당뇨병이라고 광고하는 꼴이나 다름없었다. 매일 지하주차장에 내려와 스스로에게 인슐린을 주사하는 것도 그 때문이었다. 가끔 필요하다면 술을 마셨다. 의사는 자살이나 다를 바 없다고 말했지만, 꼭대기에 올라가기 위해서라면 그 정도 리스크는 감수해야 했다. 심지어 운전기사조차 자신이 당뇨병 환자라는 걸 몰랐다. 이것을 감추기 위해 글러브 박스를 통째로 바꾸고 열쇠를 자신만 가지고 다녔다.

빈 주사기를 글러브 박스에 다시 넣은 그는 옷을 고쳐 입었다. 지하주차장이기 때문인지 아직 9월의 공기가 제법 쌀쌀하게 느껴졌다. 창밖을 둘러봤다. 주차장엔 아무도 없었다. 그는 항상 이 순간에 긴장했다. 혹시라도 아는 사람과 마주치면 뭐라고 해야 하나. 그는 너무 자주 지하주차장에 내려왔던 것이다. 떨리는 손으로 문을 열었다. 고개를 반쯤 내밀고 다시 주차장을 둘러봤다. 역시나 어두운 주차장 안에선 아무 소리도 들리지 않았다. 그는 완전히 차 밖으로 나와 헛기침을 한 후 문을 닫았다. 믿을 수 없었다. 가슴이 두근거리다니. 선거 때 수십억이 든 사과상자를 나를 때도 이 정도로 두근거리진 않았었다. 늙었다는 걸 이제는 부인할 수 없구나. 그는 갑자기 약한 생각이 들었다. 하지만 이내 이런 생각을 떨쳐버리기 위해 머리를 흔들었다. 너무 많은 생각을 한 탓인지 머리가 지끈거리는 것 같았다.

그는 주머니에 손을 찔러 넣고 엘리베이터를 향해 걷기 시작했다. 주머니 안에 든 손은 여전히 떨렸다. 어쩐지 걸어가는

다리 역시 술을 마신 것처럼 힘이 빠지는 것 같았다. 들리는 발소리가 이상했다. 마치 귀가 멍해진 것처럼. 십 년만 더 젊었다면 얼마나 많은 걸 할 수 있었을까. 그는 자신의 꼴이 한심했다. 눈앞이 흐려졌다. 침침한 눈을 비볐지만 별로 나아지지 않았다. 문득 불길한 생각이 머리를 스쳤다.

"이……거……."

느리고 길게 늘어지는 목소리. 믿을 수 없었다. 지난 4년간 단 한 번도 이런 적이 없었다. 그가 처음 당뇨를 진단받았을 때 한 귀로 흘려들었던 증상, 저혈당 쇼크가 다가오고 있었다. 누군가에게 도움을 청해야 했다. 하지만 텅 빈 지하주차장에선 아무도 보이지 않았다.

'빨리 엘리베이터까지만 가면…….'

하지만 순간 그의 한쪽 무릎이 맥없이 꺾이는 걸 느낄 수 있었다. 몸 가운데서부터 경련이 일어나고 있었다. 의심의 여지가 없었다. 인슐린 쇼크였다. 이해할 수 없었다. 그는 정확히 정량을 주사했다. 어째서…….

하지만 그걸 따질 겨를이 없었다. 당분을 지금 당장 섭취하지 못하거나 누군가 그를 발견하지 못하면 그는 죽은 목숨이었다. 사탕쯤은 지니고 다녀도 좋았는데. 후회가 밀려왔다. 희미해져가는 시선 속에서 사탕이 보였다. 이젠 헛것이 보이는군. 그는 미간을 찌푸렸다. 순간 그것이 환상이 아니라 실제라는 걸 깨달았다. 그의 바로 옆에 주차되어 있는 차 안 사이드 브레이크 밑 박스 안에 사탕이 담겨 있었다.

'저걸 꺼내야 해.'

그는 주차되어 있는 자동차의 사이로 들어갔다. 그리고 남아 있는 모든 힘을 짜내 운전석 유리창을 때렸다. 그가 그토록 싫어했던 타고난 농부의 손이 유리를 깨고 그를 구할 유일한 희망이었다. 하지만 '퍽'하는 절망적인 울림이 몇 번 반복된 후 그는 자신의 몸이 바닥을 향해 쓰러지고 있음을 깨달았다. 얼마 남지 않은 혈당을 꺼낼 수 없는 유리창 너머에 있는 사탕을 위해 낭비했던 것이다. 격렬한 경련 속에서 자신이 이렇게 죽는다는 게 믿어지지 않았다. 아직도 너무 많은 할 일이 남아 있었다. 이렇게 끝나서는 안 되는 인생이었다. 이런 식으로 죽어가기 위해 강원도 두메산골에서 꿈을 품고 나온 건 결코 아니었다.

그는 희미해지는 의식의 끈을 놓치지 않기 위해 발버둥쳤다. 그 순간, 누군가의 발소리가 들려왔다. 누군가 자신을 발견할 것이 분명했다. 지금 경련을 보고 바보가 아닌 다음에야 구급차를 부를 것이다. 그럼 몇 주의 입원치료를 받겠지만, 다시, 다시……. 그는 희미해지는 마지막 의식 속에서 문득 더 이상 발소리가 들리지 않는다는 걸 깨달았다.

M은 멈춰 섰다. 더 이상 걸어나가면 CCTV에 찍힌다는 걸 알고 있었다. 어리석은 인간. 감추면 아무도 모를 거라고 생각했다니. 그가 인슐린 주사를 맞는 모습은 수십 번도 더 주차장 감시 카메라에 찍혔다. 사실 카메라도 필요 없었다. 그

의 카드 사용 내역만 봐도 매달 인슐린을 구입한다는 걸 알 수 있었다. M은 생각했다. 자신이 강하다고 믿는 인간이야말로 얼마나 쉬운 먹이인가.

그의 경련은 잦아들고 있었다. 이제 그의 몸은 다음 단계로 넘어가고 있었다. 포도당이란 에너지원을 잃어버린 뇌는 천천히 작동을 멈추려 하고 있었다. 만약 그가 주차장 가운데 쓰러져 있었다면 오히려 발견되기 쉬웠을 것이다. 보이는 곳에 사탕을 넣어둔 자동차를 준비한 것은 바로 그 때문이었다.

M은 조금쯤 후련한 기분이 들었다. 한 달을 준비한 계획이었다. 지난 한 달간 주사기는 조금씩, 그가 느끼지 못할 만큼 커지고 있었다. 주사 놓기가 쉬워진다고 느꼈던 건 그 때문이었다. 물론 약이 들어가는 양은 변함이 없었다. 그 부분이 바로 계획의 핵심이었으니까.

한 달이 지나서 그가 사용하는 주사기는 이미 전보다 훨씬 크고 굵은 것으로 변해 있었다. 하지만 그 긴 시간이 그에게 주사기의 변화를 전혀 눈치 채지 못하게 했다. 그리고 오늘 마지막 주사기를 넣어뒀다. 크기에 맞는 내부 직경을 지닌 주사였다. 그는 자신이 맞아야 하는 정량보다 거의 네 배에 가까운 양을 투약했다. 스스로 자신의 목숨을 끊은 것이다. M은 궁금했다. 경찰이 그의 죽음을 자살로 결론 내릴 것인가, 아니면 사고사로 결론 내릴 것인가.

지금쯤 배수관이 역류해서 경비와 관리인들은 모두 그곳

에 가 있으리라. 물론 누군가 그를 발견할 수도 있을 것이다. 하지만 자신의 차 앞에 쓰러져 있는 것이 아니라면 대부분은 연유를 알 수 없는, 지하주차장에 쓰러져 있는 남자 따위야 상관하지 않으리라. 그 사이 에너지원을 잃어버린 그의 뇌는 천천히 괴사하기 시작할 것이다. 아마 충분히 운이 좋다면 누군가에게 발견되어 뇌사 판정을 받을 수도 있다. 어쩌면 그의 생에 처음으로 좋은 일을 할 수도 있겠지.

자동차들 밑으로 꼼짝하지 않는 그의 육중한 몸뚱이를 보며 M은 미소를 지었다. 그리고 자리에서 일어났다. 아이러니하게도 자신이 당뇨라는 걸 감추기 위해 그는 늘 가장 인적 없는 주차장에 차를 댔다. 그리고 지금 그 신중함이 그의 회생 가능성을 제로로 만들고 있었다. 하지만 그도 알아야 했다. 남들보다 똑똑하고, 충분히 야비하며, 적당히 권력이 있다면 어떤 책임에서도 달아날 수 있었다. 하지만 죽음은 그렇지 못하다. M은 나지막이 휘파람을 불었다. 그 소리가 적막한 지하주차장을 울렸다. 위층 어디선가 자동차 하나가 출구를 향해 올라가는 소리가 들렸다. 마치 누군가의 영혼이 육체를 빠져나가는 것처럼.

그렇게 쓴 소설을 우편으로 보냈다. 앞으로 수없이 보내게 될 우체국 사서함의 그 주소로 말이다.

첫 번째 소설은 4주쯤 걸렸고 한 주의 휴식이 주어졌다. 난 서울에 다녀오려 했지만 그가 반대했다. 내가 쓸 물품들을 가져온 그는 이제 막 흐름을 타기 시작했는데 속세를 다녀오면 그 흐름이 깨진다고 주장했다. 난 속으로 헛소리라고 외쳤지만 다시금 수표가 눈앞에 놓이자 그의 주장도 일리가 있게 들리기 시작했다. 한 주쯤 자연을 벗 삼아 마음을 가다듬으면 된다는 생각이, 이제는 액수는 알지만 홍이 나므로 다시금 세어보게 되는 영의 개수 때문에 절로 확신으로 바뀌었다.

그와 함께 읍내에 나가 은행에 돈을 입금한 후 다시 콘도로 돌아온 나는 모든 것이 만족스럽다고 생각했다. 하지만 하루 만에 서울에 가지 않은 것을 후회하기 시작했다. 할 일이 없었다. 가진 것은 컴퓨터와 인터넷뿐이었다.

비수기엔 원래 이렇다는 대답만 자동응답기처럼 반복하는 직원 외에 아무도 없는 고립된 공간에서 당신이라면 무얼 하겠는가? 난 동영상을 다운받아 보았다. 내가 주로 보았던 건 일본에서 만든 의상 담당들이 매우 한가한 종류의 것들이었다. 정말이지 인터넷의 발전은 아랫도리가 불끈거릴 정도로 놀라운 것이었다. 그리고 몇 번이나 성인용 비디오가 발전한 일본이 앞선 혹은 앞쪽이 서는 문화에 찬사를 보내고, 폭넓은 여배우의 폭에 한 번 더 감격하고- 남자 배우들은 늘 비슷했다. 이제 와서 그 많은 여배우들의 얼굴은 거의 기억나지 않지만 우연이라도 길에서 남자 배우를 만난다면 단번에 알아볼 수 있을 것이다- 다양한 변태 취향의 깊이에 놀라면서 한 주를 보냈다. 두루마리 휴지와 오른손 외에는 아무도 없는 쓸쓸한 한 주였다. 일주일 내내 어김없이 뛰쳐나오는 정액들이 나중에는 경이롭기까지 했다. 그렇게 시간을 보내고 나자 갑자기 미친 듯이 글이 쓰고 싶어졌다.

그런 내 마음을 읽기라도 한 것처럼 다시 자료가 왔다. 이번에는 한 교회 목사였다. 하지만 지난번과 달랐다. 그에게는 지병도 없었을 뿐 아니라 혼자 지내는 시간도 없었다. 무슨 심방과 행사가 그렇게 많은지 월요일부터 일요일까지 스케줄이 꽉꽉 차 있었다. 목사는 일요일에만 일하면 되는 거 아니냐고 생각했던 내 편견이 여지없이 무너지는 순간이었다.

바쁜 와중에도 그는 정부가 있었다. 자신의 교회에서 일하는 한 집사와 평일에 단둘이 모텔에서 만나 심방을 보곤 했다. 갑자기 살의가 치밀었다. 두루마리 휴지와 모니터 속 연인들과 한 주를 보낸 내게 가상과 현실의 구분 따위는 중요하지 않았다. 더구나 그는 목사이면서 주치의가 있었고 철저한 건강관리를 받았다. 목사에게 주치의라니 말도 안 되는 경우였다. 혼자 있는 시간도 없고, 가지고 있는 심각한 질환도 없으며, 주치의까지 딸린 그를 완전범죄로 죽이는 일은 거의 불가능해 보였다.

그렇게 암담함과 질투심 휩싸인 채 사흘을 보내고 나서야 문득 목사가 실존 인물이 아니라는 사실을 깨달았다. 질투할 이유가 없었다. 바닥을 구르며 거의 눈물이 날 정도로 자신을 비웃은 후, 원점부터 다시 시작했다. 역으로 그의 죽음을 재구성하는 과정을 통해 가장 완벽한 죽음을 설계해보았다. 꽤나 대단하게 들리지만 별다를 것 없는 일종의 요령이다. 그가 죽었다고 가정하고 어떤 죽음이 가장 자연스러운가로 시작해서 역으로 가장 논리적인 결과를 도출하는 방법이었다.

나는 그의 신변에 대한 자료들을 벽에 붙인 채 온갖 죽음을 떠올려 보았다. 모두 조금씩 문제가 있었다. 거의 항상 주치의가 문제였다. 자연스러운 죽음의 최고의 적은 부검이다. 더구나 그에게는 종합적인 건강기록도 있었다. 화가 치밀었지만 글이 막힌다고 설정을 바꿀 수 없었다. 뿐만 아니라 목사는 신중하고 주변 사람의 조언에도 잘 귀를 기울이는 그런 캐릭터로 설정되어 있었다. 불륜을 저지른다는 것 외에 약점을 찾을 수 없어 보였고, 실제로 그런 비밀을 아무에게도 들키지 않을 만큼 철저한 인간이었다. 아마도 이전에도 단둘이 심방을 보던 자매님들이 있었을 것이다. 하지만 어떤 스캔들도 없는 백옥 같은 경력을 자랑한다는 사실은 그가 얼마나 용의주도한지 잘 보여주고 있었다.

속절없이 이틀을 더 보냈다. 등장인물들을 소개하고 그들이 얽히는 부분까지 완성했지만 더 이상 진전이 없었다.

사방이 천천히 좁아들고 있는 듯한 갑갑함을 느끼며 며칠을 더 보냈다. 출판사 기획팀에서 내 능력을 시험하는 게 틀림없었다. 그렇지 않고서야 이런 무리한 설정을 할 이유가 없었다. 점점 생활 패턴이 무너지고 있었다.

어느 날 볼 일을 보고 나오다 문득 거울 너머로 비친 내 얼굴을 바라보았다. 며칠 간 씻지 않아 떡진 머리에 지저분하게 난 수염을 보며 꽤나 수치스러운 꼴이라는 생각을 했다.

순간 무언가 깨달았다. 때때로 어떤 사람들에게는 죽음보다 두려운 것들이 있다. 수치. 그는 목사였다. 굳이 자연스러운 죽음이 아니어도 상관없었다. 감추고 싶은 죽음이라면 산 자들이 알아서 자연스러운 죽음으로 만들 것이었다. 우리의 행동은 욕망에 따라 결정되고, 욕망이란 지향성을 지니고 있다. 〈마스터 오브 퍼펫〉의 가사처럼. 욕망과 두려움을 안다면 조종은 어렵지 않다.

그 후로 일사천리였다. 나는 컴퓨터 앞에 앉아 키보드를 두드렸다. 시간이 없었다. 이 지긋지긋한 콘도를 벗어나기 위해서라도 서둘러 소설을 완성해야 했다.

아주 간단한 이야기다. 한 목사가 있었다. 심방 중 새로 온 한 신자에게 농담을 듣는다. 불륜 도중 나타나는 남편을 피해 에어컨 실외기에 매달린 한 남자에 대한 이야기였다. 목사는 농담이 부도덕하다고 새 신자를 나무랐지만 모두 웃었다. 나머지는 차례로 쓰러지는 도미노와 같았다. 내연녀의 남편에게 부인의 불륜에 대한 정보를 알려주는 한 통의 전화가 걸려왔고, 남편은 의구심에 가득 차 그들이 정사를 치르는 모텔 문을 두드린다. 목사는 놀랐지만, 이야기를 떠올렸다. 그에게 허공에 매달리는 위험 따위야 명예보다 하찮은 것이었다. 창밖에는 녹슨 에어컨 실외기가 있었고 선택의 여지가 없었다. 하지만 이야기의 결말은 목사가 들었던 농담과 조금 달랐다. 철옹성같이 굳건한 믿음으로도 11층 아래의 시멘트 바닥은 실외기와 함께 처박히기엔 너무 딱딱했다. 주치의는 목사의 명예를 위해 과로사라는 진단서를 썼다. 틀린 말은 아니었다. 11층 높이에서 실외기에 매달려 있는 일은 누구에게나 과로한 일이다. 에

어컨 실외기의 걸쇠가 녹슬어 있다면 더욱 더.

한 달 반 만에 본 그는 갈아입을 옷가지를 사왔다. 난 집에 돌아가서 쉬겠다고, 돈이고 뭐고 다 상관없으니 날 좀 보내달라고 졸랐다. 그는 한 편만 더 쓰면 두 달 쯤 푹 쉬게 해주겠다고 날 설득했다. 하지만 이미 그런 말이 먹힐 상황이 아니었다. 그 역시 잘 알고 있었다. 그는 지난번 글이 만족스러웠다며 받았던 액수의 두 배쯤 되는 수표를 내밀었다. 받아드는 내 손이 떨리는 걸 느낄 수 있었다. 무슨 불평을 더 할 수 있단 말인가. 그는 룸살롱에서 지었던 인자한 미소를 보여줬다. 나도 따라 웃었다. 문득 참을 수 없이 스스로가 비굴하게 느껴졌다. 하지만 고고한 삶이 우리에게 무얼 줄 수 있단 말인가.

서울로 가진 못했지만 대신 춘천에 갔다. 퀴퀴한 시궁창 냄새가 나는 거리를 걸으며 텅 빈 콘도에서 예리하게 단련된 순수한 정념을 느꼈다. 골목 모퉁이를 돌면 유난히 군인들이 많았다. 충혈된 눈을 가진 군인들의 전투화 끈은 반쯤 풀려 있었고 상의는 전투복 바지 위로 삐져나와 있었다. 그리고 창 너머로 보이는 얼굴들이 있었다. 붉은 불빛이 그 위로 떨어졌다. 어디선가 경춘선 열차의 기적소리가 들렸다. 나는 어느 가슴에 얼굴을 묻고 유행가 가사처럼 울었다. 어떤 눈물이었는지는 아직도 모르겠다.

마지막 소설의 캐릭터는 앞의 둘과 달랐다. 그는 너무나 쉬운 목표였다. 그에게는 죽음을 막을 만한 장애도, 어떤 안전장치도 없었다. 그럴 수밖에. 그는 더할 나위 없이 형편없었으니까. 무언가 이상했다. 60대 중반의 농부는 누군가의 원한을 사기에는 너무나 보잘것없는 인물이었다. 하다못해 마을에서 매년 돌아가며 하는 계주조차 한 번 해본 적 없는 초라한 사내였다. 여러 성인병의 초기 징후가 보이고 있었고, 아침마다 챙겨나가는 담배 두 갑과 저녁마다 집에서 마시는 소주 세 병이 삶의 유일한 낙이었기에 건강 상태는 엉망이었다. 죽이는 건 문제가 아니었다. 아무리 생각해봐도 주인공이 그를 죽여야 할 이유가 없었다. 앞선 두 소설의 희생자들은 사람들과 이해관계로 얽혀 있었고 도덕적으로도 문제가 있었다. 따라서 극 중 그들의 죽음은 충분히 납득할 수 있었다. 하지만 이 사내에겐 아무것도 없었다. 집이라고는 새마을운동 때 지었던 반쯤 기울어진 시멘트 슬레이트 건물뿐이었고, 한때 축사를 한다고 농협에 졌던 빚이 있었으며, 가진 거라곤 돼지 열다섯 마리가 전부였다.

세상에 어떤 사람이 이런 초라한 인간을 죽이고 싶어 하겠는가. 누군가 죽어야 할 때는 상응하는 대가가 있어야 하는 법이다. 그래서 청부살인의 희생자들은 주로 부자들이다. 도대체 돼지 열다섯 마리가 전부인 농부를 죽여야 할 이유는 뭘까? 아무리 생각해도 아이디어가 떠오르지 않았다. 문득 깨달았다. 이건 기획팀의 새로운 과제라는 걸. 이런 캐릭터를 가지고 얼마나 흥미 있는 소설을 쓰는가에 대한 일종의 테스트이리라.

나는 농부의 삶을 재구성했다. 그는 왜 혼자 사는가? 그건 그에게 돌이킬 수 없는 무언가가 있다는 뜻이었다. 그의 기록을 다시 차근차근 살펴보자 월남이 시선을 끌었다. 그곳에 무언가 저질렀으리

라. 과거의 죄는 우리의 발목을 결코 놔주지 않으니까.

나는 가상의 한 생존자를 만들어냈다. 그는 한 마을의 소년이었다. 농부는 월남에서 상상할 수 없는 참혹한 짓을 저질렀고, 생존자는 그 소년뿐이었다. 그리고 모두 죽었다고 생각한 농부는 고향으로 돌아와 다시 농사를 짓기 시작한다. 한편 소년은 처참한 삶을 산다. 하지만 자신의 삶을 낭떠러지로 밀어넣었던 사내를 잊지 않는다. 마을 사람들을 한곳에 불러모아 송두리째 날려버렸던 폭발. 소년은 성인이 된 후에도 때때로 그날 밤의 꿈을 꾼다. 이윽고 그에게 기회가 찾아온다. 냉전이 끝나고, 소련이 무너지고 베트남이 개혁, 개방을 하면서 정말 수단과 방법을 가리지 않고 돈을 긁어모은다. 오직 복수를 위해서. 이제 중년이 된 소년은 정말 오래 기다렸으니까. 그리고 그 돈으로 주인공을 고용한다. 주인공은 의뢰인의 부탁대로 농부에게 마을 사람들과 같은 죽음을 안겨주기로 한다.

나는 황당하고 기이한, 그럼에도 사고처럼 보이는 죽음에 관한 글을 썼다. 너무나도 이상해서 마치 거짓말 같은, 그러나 모든 정황상 그 죽음이 사고로 받아들여질 수밖에 없는 그런 죽음을 창조해냈다.

그게 내가 마지막으로 썼던 쓰레기였다. 이렇게 말할 수 있는 이유는 간단하다. 사실 그렇게 길 필요도, 많은 등장인물이 나올 필요도 없었다. 며칠씩 사소한 관계나 설정을 가지고 고민했지만 모두 과잉이었다. 필요한 건 오직 죽음뿐이었다. 적당한 문장을 만들기 위해 세 번씩 읽어보고 고쳤지만 그건 마치 쓰레기를 세탁기에 넣고 돌리는 일과 다를 바가 없었다. 쓰레기는 세탁하건 하지 않건 간에 결국 쓰레기이다.

가끔 그 순간이 그리워지기도 한다. 정말 외롭고 지독한 순간이었지만, 어떤 형태의 꿈이 가득 차 있던 시절이었다. 나는 그 글들이 정말 출판되리라고 믿고 있었던 것이다. 순진하게도 말이다.

마지막으로 보았던 콘도의 모습은 처음처럼 황량해 보이지 않았다. 혼자 지내는 것도 익숙해져서 벌거벗고 텅 빈 복도를 뛰어다니기도 했고, 밤새 쿵쿵거리며 혼자 춤췄던 적도 있다. 이상한 소리가 들렸던 것은 오직 첫날뿐이었다. 더 이상 콘도에 놀랄 일은 없을 것 같았다. 그런데 적응이 되자마자 떠나야 한다니 조금 시원섭섭했다. 이곳의 성수기는 오기나 하는 걸까?

떠나는 차 안에서 고개를 돌려 콘도의 뒷모습을 보는 내게 그가 아쉽냐고 물었다. 난 아니라고, 그냥 처음엔 참 놀라운 곳이었는데 지금 보니 그렇지도 않다는 답을 했다. 그는 웃었다.

하지만 그게 끝이 아니었다. 콘도가 나를 가장 놀라게 한 건 한참 후의 일이었다. 몇 년 뒤, 우연히 그 앞을 지나다가 옛 생각이 나서 주차장으로 들어와 보았다. 콘도는 완전히 망해서 황폐하게 변해 있었다. 로비로 들어가는 유리문은 깨져 있었고, 시멘트는 군데군데 벗겨져 있었으며, 카펫에는 시간의 두께만큼 두꺼운 먼지가 쌓여 있었다. 난 차를 돌려 콘도를 빠져나오다가 그 앞에서 경운기를 몰고 가는 농부에게 물었다.

"저 콘도 언제 망했나요?"

"망하긴, 영업한 적도 없구먼. 개장 직전에 IMF로 부도나서 개시도 못했어. 그 뒤로 쭉 저 상태야."

식은땀이 났다. 그러니까 내가 군대에서 개처럼 땅바닥을 구르고 있던 시절 망했던 곳이었다. 인테리어가 그토록 수상했던 이유는 바로 그 때문이었다. 아마 내가 회사라는 곳을 몰랐으면 하나의 괴담처럼 기억될 사건이었다. 난 한 번도 문을 연 적 없는 콘도에 넉 달이나 투숙했던 셈이었다.

그렇게 서울로 돌아왔다. 집 앞에 내려준 그는 내게 고생했다고 말했다. 난 심호흡을 하며 대답했다.

"이 오염된 공기를 마시니 좀 살 거 같아요. 자유의 냄새는 독하네요."

그는 크게 웃으며 이렇게 말했다.

"자유라, 좋지. 열심히 일해서 그런 기분이 들 거야. 왜, 그런 말이 있잖아. 노동이 너희를 자유케 하리라."

그렇게 그는 떠났다. 그것이 그를 본 마지막 순간이었다. 노동이 너희를 자유케 하리라. 어디에서 많이 들어본 구절이었다. 하지만 기억나지 않았다. 몇 달 뒤, '진리가 너희를 자유케 하리라'는 내용이 성경에 나온다는 글을 한 잡지에서 읽게 된다. 난 그가 이 구절을 잘못 인용했다고 생각했다. 하지만 그게 아니었다.

몇 년 뒤 어느 늦은 밤, TV를 켜놓은 채 여든아홉 살의 부유한 할머니 살인 계획을 짜고 있었다. 그녀는 너무 오래 살았고, 손자는 참을성이 없었다. 그사이 부모는 죽었고 상속인은 자신뿐인, 그런 흔한 케이스였다. 집에 들어오면 늘 켜놓는 다큐 채널에서 "노동이 너희를 자유케 하리라"는 성우의 목소리가 들렸다. 나는 하던 일을 멈추고 TV 앞으로 달려갔다. 화면에는 한 무리의 사람들이 독어로 뭐라고 적힌 아치형 문을 지나 벽돌 건물 사이로 들어가는 흑백 사진이 나오고 있었다. 아마도 아치형의 문에 적힌 글귀가 '노동이 너희를 자유케 하리라'는 문구 같았다. 나는 멍하니 서서 그 다큐를 보았다. 이어 사진에 대한 설명이 내레이션으로 나왔다. 사진은 가스실로 향해가는 유태인들의 모습을 담은 것이었다. 그곳은 아우슈비츠였다.

증거

딱 두 달간 행복했다. 통장에는 크지 않은 집을 하나를 장만할 만한 돈이 들어 있었다. 납치되다시피 떠났기에 학점이 엉망이었지만 상관없었다. 이제 작가니까. 하지만 행복은 불안에 반쯤 기댄, 그런 종류의 것이었다. 정말 책들이 나오면 팔리기나 하는 걸까? 출판사에서 기획 자체를 포기하고 돈을 토하라고 하는 건 아닐까? 그럼 어떻게 해야 하나.

실은 불안의 이유를 알고 있었다. 마음속 한구석에서 계속 이런 목소리가 들렸다. 이럴 리가 없어. 어느 출판사에서도 젊은 작가에게 한 질의 소설을 맡기지는 않는다. 더구나 범죄소설이라니. 그때마다 은행에 가서 잔고를 확인했다. 통장에 찍힌 액수만이 한동안 내가 이상한 콘도에 갇혀 글을 썼다는 걸 증명하고 있었다.

무언가 어긋나 있다고, 정상이 아니라고 본능은 경고하고 있었다. 때문에 아무에게도 내가 했던 일을 알리지 않았다. 친구들은 어디 다녀왔냐고 물었다. 나는 어학연수라고 답했다. 그 무렵, 어학연

수 붐이 일었다. 다들 자신이 마셔본 외국물에 대해 떠들고 다녔으므로 나에게까지 캐묻는 사람은 없었다. 나는 마치 카지노에서 로열 스트레이트 플래시를 쥔 채 앉아 있는 도박사처럼 굴었다. 취직이 걱정인양 행세했고, 수업을 따라가는 일이 벅찬 것처럼 굴었다. 두 달간, 사람들은 유난히 내 표정을 보며 무슨 힘든 일 있냐고 물었다. 그때마다 나는 고개를 돌리고 한숨을 쉰 후, 답했다. 사는 게 그렇지.

두 달이 지나자 초조해지기 시작했다. 그가 두 달쯤 쉬라고 했는데 그 두 달은 딱 두 달일까? 두 달 하고 29일까지를 두 달로 말할 수 있는 건가? 내가 먼저 전화해야 하는 걸까? 기획이 취소된 건가? 아침에 일어나면 다른 생각은 할 수 없었다.

그날도 어김없이 하루만 더 기다려보자는 심경으로 학교에 갔다. 토익 책을 펴들고 앉아 있었지만 글자가 눈에 들어올 턱이 없었다. 영어 단어는 외우는 것보다 잊는 것이 더 많았다. 도저히 견딜 수 없어 열람실로 내려가 신문들을 읽었다.

한 달 치 신문 묶음을 펼쳐놓고 앉아 있었지만 넋이 반쯤 빠져 있었다. 활자들이 무너졌다가 다시 합쳐지는 듯한 현기증 속에서 머릿속에선 뭐가 잘못된 걸까? 라는 질문들만이 끊임없이 반복되고 있었다. 그때 사회면 하단에서 무너지는 활자들 사이로 작은 기사 하나가 스쳐 지나갔다. 교회, 목사, 에어컨 실외기, 사망. 나는 신문을 다음 페이지로 넘겼다. 다른 기사들을 훑어보다 문득 생각했다. 아까 그게 뭐였지? 다시 앞으로 넘기자 이런 제목이 눈에 들어왔다.

유명 목회자의 과로사, 알고 보니 추락사.

갑자기 웃음이 나왔다. 열람실에 있던 사람들이 시선이 일제히 내게 쏠렸다. 나는 자리에서 일어나 신문 묶음을 제자리에 놓고 열람실 문으로 향했다. 그리고 출구 앞에서 멈춰 서서 생각했다. 아니야, 아닐 거야. 하지만 내 팔은 이미 지난 달 신문 묶음을 뽑고 있었다. 우연이야. 나는 빠른 속도로 신문들을 넘겼다. 누군가 어깨를 건드렸다. 화들짝 놀란 나는 책상 위에 가방을 떨어뜨렸다. 옆 자리에 앉아 있던 여학생은 나보다 놀란 표정으로 작게 웅얼거렸다.

"좀 조용히 넘겨주실래요?"

고개를 숙여 미안하다는 인사를 하고 가방을 주워들었다. 깊이 심호흡을 한 후 다시 신문을 넘겼다. 그리고 꼼꼼히 기사들을 보기 시작했다. 그곳에 있었다. 지병인 당뇨로 사망한 여당의 전임 사무처장의 기사가. 그의 죽음으로 정치자금과 관련된 수사가 미궁에 빠질 듯하다는 내용이었다.

맥박이 뛸 때마다 머리가 쪼개질 듯 아팠다. 심장은 프라이팬에 올려둔 메뚜기처럼 뛰어다니고 있었다. 도서관에서 나왔다. 우연임이 틀림없었다. 매년 수많은 정치인들이 죽고 수많은 목사가 죽고 있으니까. 전혀 문제될 것 없었다. 그저 우연이니까. 집으로 돌아가는 발걸음이 후들거렸다. PC방 앞에서 친구가 내 이름을 불렀지만 대꾸조차 할 수 없었다. 집으로 돌아가 저녁도 먹지 않은 채 이불을 뒤집어쓰고 잠들었다. 내게는 정말 잠이 필요했으니까.

눈을 떴을 때 시간은 이미 자정을 지나 있었다. 배가 고팠다. 냉장고를 열었다. 씹을 수 있는 것들 중 먹을 만한 건 아무것도 없었다. 나는 우유를 꺼내 들고 거실로 나와 TV를 켰다. 화면 속 기자는 불탄 자국이 남아 있는 시멘트 건물 앞에 서 있었다.

"마치 전쟁터 같습니다."

정말 그랬다. 그건 거의 전쟁터 같았다. 불탄 시멘트 건물과 날아가버린 슬레이트 지붕, 그리고 불에 그슬린 돼지 주검들이 있었다. 나는 들고 있던 우유를 떨어뜨렸다. 우유갑에서 왈칵 왈칵 우유가 쏟아졌다.

"경찰은 축사 밑 분뇨 탱크 안의 돼지 분뇨에서 무더운 날씨로 인해 발생한 메탄가스가 김 모 씨가 버린 담뱃불에 의해 폭발한 것으로 추정하고 있습니다."

거실 벽을 따라 TV에서 흘러나온 빛이 일렁거렸다. 나는 반쯤 무너져버린 축사의 사라진 부분을 떠올릴 수 있었다. 그 단면도를 본 적이 있으니까.

"한편 김 모 씨는 전신에 삼도화상을 입고 병원으로 이송되었습니다만 두 시간 만에 사망했습니다."

그랬다. 폭발은 중요했다. 소설 속 소년의 복수였으니까. 내 소설에서 농부는 마을 사람들을 한곳에 모아놓고 미군에게 공습 요청을 했었다. 그 위로 네이팜탄이 비처럼 쏟아졌다. 물론 그건 어디까지나 내 창작이었다. 발가락 사이로 차가운 우유가 천천히 번져오는 것을 느낄 수 있었다. 나는 고개를 숙이고 바닥에 고인 흰 우유를 잠시 응시했다. 무슨 일이 일어난 거지? 그리고 중얼거렸다.

"우연이야."

알고 있었다. 메탄가스가 가득 찬 분뇨 통에 우연히 담배꽁초가 떨어지고, 우연히 폭발이 일어나, 우연히 사람이 죽지 않는다는 걸. 어쩌면, 누군가 지독히 재수 없다면, 그런 일이 일어날 수 있을지도 몰랐다. 하지만 그 폭발이 일어난 축사가 소설의 자료 속 단면도와 정확히 일치할 가능성과 열다섯 마리의 돼지의 수가 정확히 일치할 가능성은 얼마나 될까? 로또를 연달아 당첨되는 것만큼 낮은 확률이 분명했다. 그럼에도 난 계속 중얼거렸다. 아니야. 우연이야.

뉴스는 바뀌었다. 화면엔 전복된 트럭이 나왔다. 바닥에는 검은 기름이 흘러나와 있었다. 발가락 사이에 차가운 미끈거림이 느껴졌다. 고개를 숙였다. 우유갑에서 흘러나온 우유였다. 걸레를 가져와 바닥을 닦으며 내가 무슨 짓을 저질렀는지 생각했다. 세상에, 우유 한 통이 다 흘러나올 때까지 멍하니 있었다니. 문득, 그게 중요한 게 아니라는 걸 깨달았다. 뒤늦게 화가 치밀어 올랐다. 난 이용당한 거야. 걸레를 팽개치고 전화기를 들었다. 경찰에 신고해야 해. 하지만 전화번호를 누르다 멈췄다. 전화를 걸어 무슨 말을 해야 하나. 있는 그대로 설명하면 돼. 다시 전화번호를 누르려다 내가 할 말을 떠올렸다. 살인 사건이 있었지만 사고처럼 보이고, 사고처럼 보이지만, 실은 내가 계획을 짰고, 내가 계획을 세웠지만 그러려고 그런 게 아니었으며, 그 배후에는 누군가 있지만 누구인지는 잘 모르고, 하지만…….

홍분이 가라앉자 전화기를 쥔 손에 힘이 빠졌다. 경찰은 내가 무슨 소리를 해도 믿지 않을 게 분명했다. 그냥 들어도 그건 헛소리 같았다. 설사 누군가 믿는다 해도 증거가 없었다. 나는 너무도 훌륭하게 살인 계획을 세웠다. 증인도 증거도 없었다. 일하는 내내 나는 콘도에 있었다. 문득 그토록 비상식적인 공간에 갇혀 있었던 이유가 바로 이 때문이라는 걸 깨달았다. 어쩌면 경찰 중 누군가는 내 주장을 끝까지 들어줄지도 몰라. 하지만 전화할 것이다. 가까운 정신병원에. 그럼 끼니마다 약을 먹으며 생각할 것이다. 정말 이 일이 있었던 걸까, 아니면 내 망상일까? 콘도는 존재하기나 한 걸까? 손이 떨리고 있었다. 차라리 그건 사소한 문제였다. 내가 신고한 후, 그들이 가만히 있을까? 이건 현실이었다. 세 명을 죽였다면 네 명을 죽이지 못할 이유는 없었다. 정의감 넘치는 영화 속 주인공 흉내를 낼 수도 있었지만 철없는 영웅 노릇을 하기엔 너무 많은 것이 걸려 있었다. 다시 걸레 앞에 앉았다. 우유는 모두 닦아냈지만 불 꺼진 거실에서는 계속 젖비린내가 났다.

다음날, 다른 날과 다름없는 하루를 보냈다. 그 다음날도 다른 날과 다름없었다. 신문도, TV 뉴스도 보지 않았다. 이상할 정도로 수업이 머릿속에 잘 들어왔고, 영어 단어도 술술 외웠다. 나는 세심하게 나 자신과 주변을 관찰했다. 사소한 몇 가지를 제외하곤 평소와 다를 바 없어 보였다. 그것들에 대해 나는 신경과민이라고 생각하기로 했다. 너무나 강렬히 원했기에 나중에는 정말 그런 것 같았다. 일주일이 지나서 간신히 내가 어떤 상황에 처해 있는지 어설프게나마 파악할 수 있었다. 나는 그에게 전화를 했다. 전화번호는 결번이었다. 예상했던 그대로였다.

저녁을 먹은 나는 가벼운 복장으로 산책을 나섰다. 동네 슈퍼 평상에 앉아 담배를 피우며 통장을 펼쳐 보았다. 꿈은 아니었다. 뒤늦게 계좌 추적을 요구했다면 어땠을까 하는 생각도 들었다. 그 당시에는 왜 그런 생각을 못한 걸까? 당황했던 탓일까, 아니면 도망칠 여지가 필요했던 걸까? 의식하지 않았지만 이 돈을 포기할 수 없었던 것인지도 몰랐다. 물론 이것 역시 큰 증거가 되지 못했으리라. 수표는 내가 입금했고, 이 수표가 어디에서 나온 것인지 나는 모른다. 경찰이 기적적으로 내 말을 믿고 자금 추적을 한다 해도 아마 어딘가에서 그 끈이 끊기겠지. 사람을 죽이는 일보다 돈 세탁이 쉬울 테니. 담배를 끄고 평상에서 일어났다. 그리고 집 쪽으로 걸어갔다. 대문 앞을 지나쳐 일주일 내내 집 앞과 학교 앞에서 보이던 검정 승용차의 유리창을 두드렸다. 그 차를 어찌나 의식했던지 2415라는 뒷자리 번호를 아직도 기억할 수 있다.

하여간, 차 유리가 내려갔다. 처음 보는 얼굴이었다. 30대 중반쯤으로 보이는 남자가 타고 있었다. 검은 양복 안으로 터질 듯한 근육이 울끈불끈한 품이 직업을 짐작케 했다. 험악한 인상과는 반대로 그는 어리둥절한 표정을 지었다. 표정부터 복장까지 모두 어설퍼서 조금 웃겼다.

"전해주세요."

"예?"

"이야기하고 싶다고."

"무슨……."

"그렇게만 전해주세요."

"아니, 뭘……."

나는 등을 돌려 집으로 돌아왔다. 등 뒤로 꽂히는 시선을 느낄 수 있었다. 집 안으로 들어서기 전 고개를 돌려보니 자동차는 사라지고 없었다. 정확히 한 시간 후 문자가 왔다.

테스트에 합격하셨습니다. 계속 일하실지 여부를 결정해서 통보 바랍니다.

그리고 날짜와 시간, 장소가 적혀 있었다. 내가 알았다면 그들은 그걸로 족했다. 회사는 개인과 이야기하지 않는다. 그들은 확인과 지시만 할 뿐이다.

약속 전날, 뉴스에 나온 농부가 살던 마을로 내려갔다. 마을 입구부터 천막을 친 떴다방들이 입주권을 팔고 있었다. 그 축사가 신도시 쇼핑몰 건설 예정 부지 위에 있다는 걸 알게 되는 데는 그리 오래 걸리지 않았다. 늙은 농부는 축사의 위치를 바꾸고 싶어 하지 않았다. 월남전 따위는 아무런 상관도 없었다. 그가 혼자 살았던 이유는 베트남이나 다른 동남아시아로 부인을 구하러 갈만큼 돈이 없었기 때문이었다. 세상에 월남전이라니. 수치심과 죄책감, 분노로 얼굴이 붉어졌다. 집으로 돌아오며 중얼거렸다.

"어쩔 수 없어. 어쩔 수 없었던 거야."

비로소 내가 어떤 일에 휘말린 것인지 실감할 수 있었다. 집으로 돌아와 내가 썼던 글을 지워버렸다. 다른 선택을 할 수도 없었다. 이미 너무 많이 알았고, 너무 깊이 들어왔다. 정말 그랬었나? 모르겠다. 하지만 적어도 당시에는 그렇게 믿었다. 그렇게 약속을 잡고, 나는 카페에서 처음으로 매니저를 만나게 된다.

핸드폰의 문자에는 합격했다고 적혀 있었다. 하지만 회사는 내게 전부 말해주지 않았다. 거기에는 중요한 한 단어가 생략되어 있었다. 그걸 아는 데는 제법 오랜 시간이 필요했다.

고객들 혹은 의뢰인

나는 내 서비스를 제공하는 사람들을 고객이라 부른다. 그리고 내게 일을 맡기는 사람을 의뢰인이라 부른다. 그들에게 별다른 감정은 없다. 감정이라는 것은 어떤 상호작용의 소산이다. 하지만 고객과 의뢰인은 공히 나와 어떤 상호작용도 일으킬 여지가 없다. 그들은 항상 자료 너머에서 어떤 수학적이고 결과론적인 수치로만 존재할 뿐이다.

처음, 일에 익숙하지 않아 자신의 양심을 걱정하던 시절, 나는 고객이 죽어도 좋을 이유를 찾곤 했다. 이를테면 내 일에 정당성을 부여하고 싶었다. 물론 회사에서 보내는 두툼한 서류 속에 고객이 죽어도 좋은 이유 따위가 적혀 있을 리 없었다. 하지만 보내준 자료를 토대로 반나절만 조사해보면 누구에게라도 죽어 마땅한 이유가 있었다. 아니, 솔직히 말해 누군가 죽어야 할 이유를 찾는 데 세 시간 이상 써본 적이 없다.

펀드 매니저인 갑은 내 다섯 번째 고객이었다. 이름만 대면 누구나 아는 외국계 펀드 회사에 다니던 그는 어느 해 선물시장에 뛰어들어 기록적인 수익을 올렸다. 그해 가장 재미를 봤던 건 옥수수에서였다. 엘니뇨현상으로 냉해가 일어나면서 옥수수 값이 폭등했고, 그가 사들였던 옥수수의 가격은 하늘을 찌를 듯 치솟았다. 옥수수의 가격상승으로 직격탄을 맞은 건 가뭄으로 목이 타던 아프리카였다. 기아로 수십만의 사람들이 굶어 죽었다. 기아와 가뭄을 피해 난민들은 국경을 떠돌았고, 난민캠프를 향한 죽음의 행군에서 노약자들은 연이어 쓰러져갔다. 국제기구는 난민들을 위해 식량을 긴급 매입하려 했지만 살 수 있었던 건 거의 없었다. 우리의 고객 갑이 이미 선물시장을 싹쓸이했기 때문이었다.

국제기구까지 뛰어들자 옥수수 가격은 더 치솟았다. 아프리카뿐만이 아니었다. 커피를 팔아 옥수수를 사던 또 다른 남반구의 나라들 역시 나락으로 떨어졌다. 그해, 옥수수와는 달리 선물시장에서 관심을 받지 못했던 커피는 폭락했기 때문이다.

정말 재밌는 건 갑이 그 옥수수를 파는 마지막 순간까지 실질적으로 옥수수를 가지고 있었던 적도, 본 적도 없었다는 점이다. 아니 심지어 그 중에는 아직 밭에서 싹도 틔우지 않은 옥수수도 있었다. 그는 존재하지도 않는 옥수수를 사들여 본 적도 없는 옥수수를 가지고 수확도 안 한 채 팔았던 것이다.

더 웃긴 건, 그가 이른바 투자를 했던 건 자신의 돈도 아니었다는 점이다. 그는 자신의 것도 아닌 돈으로 존재하지 않는 옥수수를 사서 막대한 돈을 벌었다. 가상 속 갑은 가상의 절차를 밟아 가상의 가상을 거래하고 가상의 현실을 지배하여 현실의 부와 현실의 죽음을 창조해냈다. 누가 무에서 유를 창조하는 게 불가능하다고 했는가.

수많은 사람이 그의 수익률 높은 투자로 굶어 죽었다. 그가 거둔 수익률과 그해 그 가난한 나라들에서 아사로 증가한 사망률은 거의 유사했다. 나는 감상적인 사람이 아니다. 그가 아니었어도 누군가 투자란 이름의 매점매석을 했을 테고 기록적인 수익을 기록했을 것이다. 그는 단지 손이 조금 빨랐을 뿐이다. 그렇다고 그가 불러온 결과를 정당화할 수 있을까? 히틀러나 스탈린보다 많은 사람들을 몇 번의 마우스 클릭과 숫자 키 입력으로 깔끔하게 끝장냈다. 누군가는 이것을 효율성이라고 부른다. 전차나 폭격기, 대포, 총, 시베리아 수용소와 가스실은 얼마나 원시적이고 비효율적인가. 그는 이 수익으로 새 차를 뽑고 카드 값을 냈으며 자신을 믿고 투자를 한 회사와 투자자들에게 막대한 보답을 안겨주었다. 그것들은 어떤 이에게 부동산으로, 어떤 이에겐 연인의 밍크코트로, 어떤 이에게는 골프클럽 회원권으로 탈바꿈했다. 사장님, 나이스 샷!

그뿐만이 아니었다. 노사 협상을 계속 늘려 협력업체 직원들을 길거리로 나앉게 하고 결국 한 가족을 자살로 몰아넣었던 노조 위원장도 있었다. 여덟 번째 고객인 은행장은 로비를 통해 한 남미국가의 채권을 회수했다. 덕분에 그 나라의 보건 예산 집행에 차질을 빚으면서 빈민가의 아이들 수백 명이 콜레라로 죽었다. 말 그대로 나비효과였다.

오해하지 않기 바란다. 그들은 결코 흉악한 사람들이 아니다. 흔히 말하는 사이코패스도 아니었으며, 부자 하면 떠오르는 전형적인 돈독 오른 냉혈한도 아니었다. 그들은 모두 유능한 사람들이었고 좋은 이웃이었다.

히틀러만큼이나 많은 사람들을 학살했던 갑은 자선단체에 기아 추방을 위한 성금도 냈다. 물론 종합소득세를 감면받았기에 어떤 손해를 본 건 아니었다. 그럼에도 그는 어려운 사람들을 보면 그냥 지나치지 못했다. 애국가만 들어도 눈물을 글썽이는 애국자였으며, 타인을 위해 기꺼이 자신의 수고를 감수할 줄 아는 인물이었다. 엄밀히 말해서 그 죽음들이 그의 책임은 아닐 것이다. 하지만 그런 것을 엄밀함이라고 부른다면 내 경우 역시 '엄밀히 말해서' 책임을 물을 수 없을 것이다. 그리고 '엄밀하게 말해서' 그 누구의 어떤 죽음도 다른 사람의 탓은 아닐 것이다.

열 번째 살인을 계획하면서부터 내 고객이 죽어야 할 이유를 더 이상 찾지 않았다. 그건 시간 낭비다. 누구에게나 죽어도 좋을 이유 따위는 있었다. 양심의 가책이란 단어는 그저 사족일 뿐이었다.

고객들에 비해 의뢰인들은 늘 내 관심 밖에 있었다. 고객은 서비스를 제공하기 위해 철저히 분석했던 데 비해, 의뢰인들은 내게 수입의 원천일 뿐이었다. 원칙적으로 내가 의뢰인을 알 수는 없었다. 하지만 방대한 고객의 자료를 살펴보면 의뢰인을 짐작하는 건 어렵지 않다. 보통 의뢰인은 고객의 죽음으로 가장 큰 이익을 보는 사람들이다. 나로서는 돈만 제대로 준다면 모르는 편이 더 좋다. 하지만 딱 한 번, 의뢰인을 직접 만난 적이 있었다.

그는 단골이었다. 아니 정확히 말하자면 그의 기업이 회사의 가장 큰 고객이었다. 안전상의 이유로 자세히 이야기할 수 없지만 의뢰인, 그러니까 회장님의 회사는 20대 상장기업에 포함되어 있으며 많은 자회사들을 거느리고 있는 재벌이었다. 그는 경쟁에서 이기는 법을 알고 있었고 승리를 위해서는 수단과 방법을 가리지 않았다. 길게 설명할 것도 없이 그는 회사의 단골이었다. 누굴 죽여서라도 원하는 걸 갖는 인물이었던 것이다. 타인 위에 군림하는 걸 당연하게 생각하는, 나와는 다른 세계의 존재였고 평생 마주칠 일 없는 사람이었지만 회장님은 갑자기 내가 필요하다고 믿게 됐고, 그 집념이 엉뚱하게 내가 살고 있는 집 앞에 선 검정색 독일 세단이란 형태로 구체화됐다.

"XX 씨 맞으시죠?"

영화 속 높은 분들의 수족들은 항상 선글라스를 낀 두 명의 덩치들이다. 검정 양복을 입은 낮은 목소리의 어깨가 넓은 친구들. 하지만 내 경우에는 짙은 감색 정장을 입은 아리따운 20대 후반의 아가씨였다. 개인적인 감상을 덧붙이자면, 내 쪽이 영화 쪽보다는 좀 더 부드럽고 자연스러우며 효율적이었던 것 같다. 조금 차가운 인상에 딱 부러지는 태도의 비서는 어딘가 내 매니저를 연상시켰다. 명함을 확인하기 전부터 특유의 정중하면서도 딱딱한 말투로 직업을 한눈에 짐작할 수 있었다. 그녀는 비서실이라고 적힌 명함을 내밀었다.

"무슨 일입니까?"

"회장님께서 보고 싶어 하십니다."

나는 순순히 따라갔다. 정장에 싸인 허리에서 엉덩이로 내려가는 숨이 막히는 라인이 내게 따라오라고 말하고 있었기 때문이다. 그건 영화 속에 나오는 어깨들의 주먹보다 훨씬 설득력이 있었다. 물론 명함에 박힌 기업의 이름과 그 기업에 얽힌 이쪽 세계의 소문이 내 등을 떠밀긴 했지만 말이다.

도로 위를 미끄러지듯 달리는 세단을 타고 도착한 곳은 본사 건물의 회장실이 아니었다. 분양 사무실이 아직 남아 있는 한 신도시의 신축 고층 빌딩 지하주차장 가장 낮은 층의 장애인 주차 구역에 도베르만 같은 독일 세단이 나를 토해냈다.

"따라오세요."

정장 치마 뒤로 고스란히 실루엣이 드러난 비서의 엉덩이에 시선을 고정시킨 채 나는 말없이 뒤따랐다. 그리고 저 엉덩이가 어쩌면 그 기업을 대변하고 있는 건지도 모른다는 상상을 했다. '숨 막히는 흑자', '뜨거운 블루칩' 같은 단어가 의미 없이 떠올랐다.

'관계자 외 출입 금지'라고 써진 문을 두 개나 지나 한 엘리베이터 앞에서 그녀는 멈춰 섰다. 그런 문 뒤에 기계실이 있을 거라고 믿던 순진한 시절이 끝나는 순간이었다. 엘리베이터 앞에 버튼 따위는 없었다. 열쇠 구멍에 비서가 열쇠를 꽂고 돌리자 문이 열렸다. 비서는 들어가라고 손짓했다. 나는 어색한 표정으로 엘리베이터를 탔다. 금고처럼 생긴 금색의 엘리베이터 안에도 층 버튼 따윈 없었다. 오직 한 층에만 서는, 한 사람을 위한 엘리베이터였던 것이다. 비서는 변명하듯 말했다.

"회장님께서는 혼자 보고 싶어 하셨습니다. 그 방은 저도 함부로 갈 수 있는 곳이 아니라서요. 거긴, 회장님의 개인적인 방 입니다."

나는 대답 대신 괜찮다는 미소를 지어 보였다. 미녀 앞에서는 없던 용기도 샘솟는 법이다. 하지만 문이 닫히자 비서 덕분에 긁어모았던 용기도 순식간에 사라졌다. 창백한 얼굴, 축 처진 어깨, 겁먹은 표정. 명동 한가운데에서 킬러라고 소리 지르고 다녀도 다들 코웃음을 칠 듯한 병약한 남자가 금색 문에 비쳤다. 마지막으로 외출했던 때가 언제였는지 기억해보려 했지만 떠오르지 않았다. 고개를 들었다. 천장에는 CCTV 카메라가 붙어 있었다. 나는 카메라를 향해 웃어 보였다. 그건 정말이지 미소라기보다는 경련에 가까웠다.

'웅'하는 소리와 함께 엘리베이터가 멈추고 문이 열리자 그 분의 '개인적인 방'이 시선을 가득 메웠다. 방은 말 그대로 시선을 가득 메울 수밖에 없었다. 건물 한 층을 전부 차지한, 아니 천장의 높이만으로도 2층 정도를 통째로 차지하고 있는 그 공간에서 시야를 방해할 것은 아무것도 없었다. 비서는 그곳을 '개인적인 방'이라고 불렀다. 하지만 그곳을 방이라고 부른다면 내 방은 방이 아닌 다른 것으로 불러야 한다. 이를테면 쥐구멍이나 손바닥 같은. 정말이지 그곳이 방의 범주에 든다면 올림픽 체조경기장도 일종의 방일 것이다.

방의 중앙에는 소파 하나가 있었고 창가에는 흔들의자 하나, 구석에는 미니바가 있었다. 하지만 그게 전부였다. 축구를 해도 좋을 그런 텅 빈 공간이었는데 말이다. 커다란 통유리 너머로 신도시 전체가 한눈에 들어왔다. 그것은 가장 극적인 방식의 부의 표현이었다. 이 나라에서 가장 비싼 것은 공간이다. 그곳에선 공간이 낭비되고 있었다.

회장님은 흔들의자에 앉은 채 조용히 코를 골고 있었다. 나는 헛기침을 했다. 텅 빈 공간 탓에 내 헛기침 소리는 예상한 것 보다 크게 울렸다. 코 고는 소리가 멎었다. 잠시 침묵이 흘렀다.

"자네가 그 친군가?"

회장님의 목소리는 생각보다 굵었다. 하지만 상체를 일으키자 그의 키가 TV에서 언뜻 봤을 때보다 훨씬 작다는 걸 깨달았다. 하긴, 역사 속 정복자들 중 많은 사람들이 단신이었다. 작은 키에도 불구하고 어딘가 위압적인 느낌이 들었다. 그가 말하는 친구가 어떤 친구인지 알 수 없었지만 이런 순간 하는 답은 늘 정해져 있기 마련이다.

"예."

"우리 쪽에서 부탁한 일들, 처리하는 게 마음에 쏙 들더군."

잠시 뭐라고 해야 할지 떠오르지 않았다. 긴장감으로 움켜쥔 주먹에서 땀이 고였다.

"예, 가, 감사합니다. 일, 일단은…… 그걸로 먹고 살고 있습니다."

나는 떨리는 목소리를 가다듬기 위해 작게 헛기침을 했다. 그는 피식 웃었다. 얼마나 많은 사람들이 그의 앞에서 말을 더듬을까?

그는 느린 걸음걸이로 미니바를 향해 걸어갔다. 슬리퍼를 끄는 소리가 텅 빈 공간에 울렸다.

"참, 요즘은 말이야. 제대로 일할 줄 아는 사람이 없어."

"회사가 하는 겁니다. 저는 계획만……."

목소리가 너무 떨리고 있었다. 앞으로 닥쳐올 일을 생각하면 이건 좋지 않았다.

"계획이 중요하지. 시키는 대로 하는 거라면 내 밑에만 수만 명은 돼. 그러면 뭐 해? 생각하는 놈이 없는데. 가만히 보면 다 헛똑똑이들이야. 미국 명문대 졸업장만 있으면 뭐 하냐고. 앞뒤 꽉 막혀서 이건 안 됩니다, 저건 안 됩니다. 한심한 것들."

그는 혀를 차며 미니바에서 잔을 꺼내들었다. 그리고는 심각한 표정으로 잔을 허공에 든 채 유심히 바라본 후 내려놓았다. 나는 심호흡을 한 후 간신히 떨림을 억누른 채 답했다.

"그냥 직업입니다. 익숙할 뿐이죠."

"겸손하군. 익숙할 뿐이라…… 맘에 들어."

그는 위스키를 꺼냈다. 병을 보는 순간 나도 모르게 미간이 찌푸려들었다. 위조방지 캡으로 유명한 그 위스키는 회장님의 지위를 생각할 때 전혀 격이 맞지 않았다. 술집에서 마신다면 좀 부담이 될지 모르겠지만 대형마트에서 산다면 나 같은 사람도 고르지 않을 술이었다. 싼 위스키 병과 이곳의 낭비되는 공간이 묘한 부조화를 이루고 있었다. 그는 병을 땄다. 위조방지 캡이 내려가는 '똑' 하는 소리가 들렸다. 저렇게 되면 병목을 깨야 술을 다시 채울 수 있다고 자랑하던 남성지의 지면 광고가 떠올랐다. 그는 잔을 반쯤 채웠다. 얼음은 넣지 않았다. 그리고는 잔을 잠시 유심히 노려보았다. 마치 그 안에서 어떤 답이라도 찾는 것처럼.

"자네도 마시겠나?"

"괜찮습니다."

그러자 그는 미소를 지은 후 고개를 끄덕였다. 그리고 남은 위스키를 싱크대에 붓기 시작했다. 자신과 격이 맞지 않음을 증명이라도 하겠다는 듯이 채 한 잔도 마시지 않은 술병의 남은 술을 싱크대에서 흘려보내고 있었다. 보는 내가 다 초조한 기분이 들었다. 어떤 사람은 이걸 사치로 볼 것이다. 혹은 부자들의 기행이라 생각할 수도 있다. 하지만 나는 직업상 부자들의 삶을 잘 이해하고 있었다. 저게 의미하는 바는 너무나 분명했다.

"자넨 무슨 목표가 있나?"

그는 잔을 흔들었다. 호박색 위스키가 일렁거렸다.

"예?"

"요즘 젊은 친구들은 말이야, 목표가 없어. 우리 땐 다들 있었어. 몇 살에 부장이 되고, 몇 살에 이사를 달아서 어떤 집을 사고 자식들은 어떻게 키울 것이고, 그런 거 말이야."

나는 고개를 잠시 갸웃거렸다. 그런 시기가 있었다. 70, 80년대는 그런 게 가능했다. 아니, 세계화를 외치는 대통령이 나타났을 때나 IMF 이전까지만 해도 우리 삶에는 어떤 목표가 있었다. 우리 아버지들의 삶은 서사적이었다. 목표가 있었고 실패 혹은 성공이 명확했으니까. 하지만 내 친구들은 1년 뒤 자신이 회사에 남아 있을지조차 알 수 없다. 우리에게 목표란 너무나 거창한 무엇이었다.

"삶에 어떤 목표가 있다고 해서 이뤄질 세상이 아니라고 생각합니다."

"그래도 사내라면 말이야, 두둑한 뱃심을 가지고 목표에 매진하는 맛이 있어야지."

"예측 가능한 삶이 아니라서요. 회사에 속해 있어도 어떻게 될지 모르지 않습니까, 요즘에는."

"예측 가능한 삶이라…… 그런 삶을 살 수 있다면 어떻겠나? 우리 회사에서."

그는 위스키를 한 모금 삼킨 후 이렇게 물었다.

"지금 받는 돈의 세 배, 아니 다섯 배를 주겠네."

나는 눈을 질끈 감았다. 그 액수를 상상해봤다. 한숨이 나왔다. 최대한 감정을 드러내지 않으려 노력하며 답했다.

"대단하군요."

그의 제안을 예상했기에 놀라지는 않았다. 하지만 그런 제안을 듣고 어떤 표정을 지을지는 생각해보지 않았기에 그만 어정쩡한 얼굴이 되어버렸다. 그가 다시 말을 이었다.

"나쁘지 않을 텐데. 사람을 죽일 필요는 없어. 그냥 내 개인적인 신변 보호를 맡아주면 되니까. 직함도 받을 테고, 명함도 나올 테고, 혼자 쓰는 사무실도 생기고. 직위는…… 실장 정도가 어떨까?"

나는 대답 대신 미소를 지었다. 내 나이에 대기업 본사의 실장이라. 파격적 인사인 셈이다. 대학 동기들은 아직 다들 대리였다. 이 나이에 실장이라면 보통 회장님의 직계 자손이나 누려볼 호사였다. 액수도 나쁘지 않았고, 무엇보다 사람을 죽이지 않아도 된다는 건 꽤나 끌리는 제안이었다. 거절할 이유가 없었다.

"그 외에도 적당한 플러스알파가 있을 거야. 차부터 시작해서 집까지 최고로 준비시켜두지."

나는 미소를 지었다. 그건 상상만 해도 멋진 일이었다.

"아, 출근하려면 양복이라도 몇 벌 맞춰 입게. 친구들이랑 축하주라도 마시고."

그는 내게 카드를 내밀었다. 그건 그냥 신용카드가 아니었다. 전 세계에서 두 자리 숫자의 사람만이 가지고 있다는 카드였다. 위스키 광고를 봤던 그 남성지에서는 한 아랍의 부호가 그 카드 발급을 요청했다 거절당했다는 내용의 글이 실려 있었다. 기사의 제목은 이랬다. '최고들의 증거.' 기사 속엔 최고라면 가져야할 아이템이라는 이름의 리스트가 있었다. 그 안에서 이 신용카드는 자가용 비행기와 커다란 돛을 단 요트 사이에 자리 잡고 있었다. 풍문처럼 들리는 그의 괴팍한 성격에 대한 소문과 그와 나의 관계나 위치를 종합해봤을 때 회장님이 보여준 태도는 거의 파격이라 불러도 좋을 법했다. 어느 모로 보나 거절할 이유는 없었다. 단 한 가지만을 제외하고는.

"제 의사로 어쩔 수 있는 문제가 아닙니다. 아시겠죠. 전 회사가 있으니까요."

회장님에게 거절이라는 걸 하는 건 현명하지 못한 처사였다. 그걸 알고 있는 내 목소리는 어쩔 수 없이 떨렸다. 그러자 그는 단숨에 술잔을 비웠다. 그리고 다소 격양된 목소리로 이렇게 물었다.

"자넨, 회사가 자넬 보호할 수 있다고 생각하나? 내가 어떻게 자네 신분을 알았을 것 같나?"

그가 옳았다. 만약 회사가 믿을 만한 곳이라면 나에 대한 정보는 회사만이 알고 있어야 했다. 물론 여기까지도 이미 예상하고 있었던 질문이었다. 그럼에도 몸의 떨리는 것을 더 이상 감출 수 없었다. 나는 키보드와 모니터 뒤에 숨어 있는 편이 적성에 맞았다. 너무 오래 이야기하면 더 이상 버틸 수 없을 것 같았다. 나는 그 방이라고 부르기에도 미안한 넓은 공간을 천천히 서성이기 시작했다.

"실례가 안 된다면 그걸 어떻게 알아내셨는지 여쭤봐도 될까요?"

그는 만면에 득의양양한 미소를 지어 보이며 컵을 내려놓았다.

"나는 장사꾼이야. 거래를 했지. 만나게 해주지 않으면 앞으로 일을 맡기지 않겠다고."

"회사가 압력에 굴복한 거군요. 혹시, 제가 회장님이 찾는 그 사람이 아닐 수도 있지 않을까요?"

"그건 걱정 안 해도 되네. 우리 쪽에서 이미 확인했으니까."

그는 서성거리는 내 모습을 눈으로 쫓으며 미니바 위에 놓인 컵을 만지작거렸다.

"생각해보게. 회사가 자넬 나한테 소개해줬을 때 이런 제안을 할 거라는 걸 몰랐을까? 그들도 알고 소개시켜준 거라고. 자네가 내 제안을 받아들인다고 해도 걱정하는 그런 일은 생기지 않을 걸세."

마치 타이르는 듯한 그의 말을 들으며 흔들의자 주변을 서성였다. 신도시의 야경이 눈앞에 펼쳐졌다. 멀리 그의 회사가 건설한 빌딩과 아파트 단지가 보였다. 이곳에서 그는 자신의 소유물들을, 왕국을 내려다보고 있었다. 이 자리는 그의 왕좌였다. 나는 돌아서며 잠시 고개를 들었다. 바로 머리 위, 을씨년스러워 보이는 환풍구가 눈에 들어왔다. 환풍구에서는 건조한 온풍이 흘러나오고 있었다.

그럼에도 조금 추웠고 떨렸다. 아니, 너무 긴장해서 이미 몸 전체가 떨리고 있었다. 고개를 돌려 그를 바라보았다. 그리고 쓴웃음을 지으며 말했다.

"더 잘 아시지 않습니까? 회사가 제 신의를 저버린 것과 제가 회사의 믿음을 배반하는 건 전혀 다른 문제라는걸."

그의 표정이 변했다. 무언가 끓어오르는 걸 가까스로 참는 것처럼 보였다. 소문에 따르면 그는 거절당하는 것과 소유하지 못하는 걸 가장 싫어한다고 했다. 그 성격이 지금의 대기업을 만들었다고 소문으로 들은 적이 있었다. 회사를 거스르는 것도 위험하지만 당장 눈앞의 회장님의 기분을 상하게 하는 것도 현명한 처사는 아닌 것 같았다.

"한 번 확인해보겠습니다, 회사의 의중이 어떤 건지. 그리고 별 문제가 없다면 저건 그때 받는 걸로 하겠습니다."

나는 미니바에 놓여 있는 카드로 시선을 옮겼다. 최고들의 증거라는 그 카드는 조명을 받아 반짝였다. 그의 표정이 다시 온화하게 변했다. 등에서는 식은땀이 흘러내렸다.

"저건 저 자리에 두겠네. 금방 돌아올 테니까."

승자의 미소를 띤 채 그는 내게 손을 내밀었다. 나는 땀이 고인 손바닥을 옷자락에 쓰윽 문지른 후 그에게 내밀었다. 우리는 악수를 했다. 그의 손은 생각보다 작고 부드러웠다.

"그런데 누가 그러는지 알아내셨습니까?"

손을 거둬들이던 그의 표정이 움찔했다. 나는 그가 내려놓았던 빈 위스키 병을 가리켰다.

"회장님이 드시기엔 너무 싼 거라서요."

그러자 그는 웃음을 터뜨렸다. 호쾌한 웃음이었지만 나는 따라 웃지 않았다. 아직 그의 직원이 아니었으므로 비위를 맞출 생각은 없었다. 그래서 혼자 웃는 그의 웃음의 끝은 꽤나 쓸쓸한 울림으로 변했다. 독살이 두려워 최신 위조방지 캡이 달려 있는 새 위스키만을 먹어야 하는 남자가 처한 사정이란 너무나 뻔한 것이다.

"짐작 가는 사람이 없진 않아. 그런데 그럴 사람이 너무 많아서 말이야. 사업이란 원래 그런 거니까."

호기롭게 말했지만 아주 잠깐, 그의 얼굴에 쓸쓸한 표정이 스쳤다. 나는 고개를 끄덕였다. 이 넓은 방에서 혼자 있는 그의 모습은 너무나 초라해 보였다. 엘리베이터에 탔다. 문이 닫히는 동안, 마지막으로 그의 모습을 바라보았다. 그는 처음처럼 흔들의자에 앉아 있었지만 아까 같은 놀라움이나 위압감은 없었다. 그는 수만 명을 거느린 피라미드의 정점에 있었지만 정작 빌딩의 한 층에서 벗어날 수 없었다. 그 방은 매우 컸지만, 아무리 큰 감옥도 결국 감옥일 뿐이다. 피라미드가 아무리 거대해도 결국 무덤에 지나지 않는 것처럼 말이다. 마치 신화와도 같은 소문 속의 그가 어쨌건, 회장님이라는 직위를 지닌 그가 어쨌건 간에 내 눈에는 그저 겁에 질린 채 허세를 부리는 한 노인에 지나지 않았다. 문이 닫히고 회장님은 혼자 남았다. 나는 세상으로 나왔고, 소유주는 두려움 때문에 더 이상 탈 수 없는 검정 세단을 타고 집으로 돌아왔다.

그리고 회사에서 맡긴 일을 마무리 지었다. 회장님께 회사의 의중을 물어보겠다고 답했지만 그럴 필요는 없었다. 나를 채 다시 부르기도 전에 회장님은 병원에 입원하셔야 했으니까.

내가 방에서 나온 후 며칠 지나지 않아 그는 폐렴에 걸렸다. 병원에 입원 한 후 치료를 받는 사이 폐렴은 패혈증으로 변하며 여러 합병증이 동시에 나타났다. 일주일 만에 그는 휠체어 없이는 화장실에도 갈 수 없는 신세로 전락했고, 며칠 후엔 요도에 관을 박고 기저귀를 차면서 더 이상 화장실에 갈 필요가 없어졌다. 그리고 다음 계절을 보지 못했다.

회사의 가장 큰 의뢰인 중 하나가 그렇게 죽었다. 하지만 회사에는 별 영향이 없었다. 새로운 고객이 생겼기 때문이다. 새 고객은 그의 아들이었다. 회장님의 사인은 패혈증이었다. 하지만 나는 이렇게 말하겠다. 회장님의 사인은 구조조정이었다고.

회사는 결코 나를 배신하지 않았다. 그의 아들이 단독으로 행했던 어설픈 독살 기도가 실패로 돌아간 후, 겁에 질린 회장님은 '지극히 개인적인 방'에 틀어박혔다. 뒤늦게 아들이 전문가를 찾아서 회사에 의뢰했지만 정보가 부족했다. 계획을 짜기 위해서는 반드시 무대가 되는 공간을 봐야 했고 그래서 내가 직접 간 것이었다. 회장님의 '개인적인 방'은 정말이지 본인 외에는 아무도 들어가 본 적이 없었으니까.

고객들의 자연스러운 죽음을 위해 필요한 건 예지이다. 고객이 앞으로 어떤 행동을 할지 정확히 알아야 한다. 예지는 능력이 아니다. 그런 능력을 지닌 초인이 있을지도 모르겠지만 나는 철저한 분석을 통해서 일을 한다. 내가 그토록 많은 정보가 필요한 건 그 때문이다. 그리고 그 정보를 통해 가장 중요하게 분석하는 것은 고객의 욕망이다. 우리는 욕망대로 행동한다. 우리가 의식하지 못하는 아주 사소한 결정들조차 우연히 행하는 것은 없다. 예컨대 내가 썼던 두 번째 소설에 등장하는 목사는 명예욕과 성욕이 상충하고 있었다. 이게 불륜이라는 형태로 표현된 것은 아마도 그의 굴절된 지배욕 때문이었을 것이다. 신의 목자, 불륜, 치밀한 성격, 높은 명망, 주치의. 이 모든 것들이 말해주는 건 그가 어떤 욕망들을 지니고 있는지, 그 욕망들이 어떤 모순을 지니고 있는지 나타낸다. 이것들이 충돌하는 지점에서 그가 할 선택을 예측하는 것은 어렵지 않다. 그는 명예욕이라는 욕망이 위기에 빠지자 아주 작은 희망, 심지어 그것이 허황되고 거짓된 것이라 하더라도 그 희망에 매달릴 가능성이 아주 컸다. 그 확률에 자신이 이 상황을 통제할 수 있다는 지배욕까지 끼어들면 선택은 곧 필연이 되어버린다. 그렇게 에어컨은 추락하는 것이다.

회장님의 경우도 마찬가지였다. 그가 창밖으로 보던 전망은 단순히 전망이 아니었다. 그의 왕국은 위기에 빠져 있었고 그 왕국을 지배한다는 믿음을 유지하기 위해서 흔들의자는 꼭 그 자리에 위치해야 했다. 자신의 안위에 대한 편집증적인 집착, 왕국에 관한 굳건한 지배욕. 그것들은 그의 행위를 제한적으로 만든다. 그래서 나는 한 치의 의심 없이 계획을 세운다. 그 위치는 환풍구를 통해 에어로졸 상태로 배양한 폐렴균을 쏟아 붓기에는 더없이 좋은 자리였다.

일단 '개인적인 방'에서 나온 후로는 너무나도 간단했다. 노인들에게 폐렴은 쉽사리 패혈증으로 진행되고 패혈증에 항생제가 듣지 않는 경우는 흔하니까. 물론 나을 수도 있다. 하지만 회장님이 진짜 항생제를 맞은 적은 단 한 번도 없었다. 그렇게 고객을 위한 자연스러운 죽음이 또 하나 만들어졌다.

의뢰인에게는 시간이 별로 없었다. 발등에 불이 떨어진 아들은 회사에 무척이나 좋은 제안을 했고, 회사는 내게 더더욱 좋은 제안을 했다. 회장이 날 찾았던 것 역시 계획의 일부였다. 각자가 최선의 이익을 위해 움직였고 그뿐이다. 또다시 하는 말이지만 결국 구조조정에서 살아남는 건 구조뿐이다. 예외는 없다. 이 안에서 그 누구도 결코 자유롭지 못하다.

Q&A

이쯤에서 이 글을 읽는 사람들이 정말 궁금해할 부분에 대해 이야기를 해보겠다. 이 직업에 대한 보통 사람들의 가장 일반적인 궁금증은 이것일 것이다. 얼마나 버는가? 사실 모든 직업에 대한 모든 사람들의 지극히 일반적인 호기심이리라. 아마도, 모두가 공감할 수 있는 가장 중요한 가치의 잣대는 결국 돈이기 때문이리라.

내가 버는 돈은 변호사들의 연봉과 비슷하다. 정확히 말하자면, 일 년에 세 명을 죽이면 보통의 변호사보다 조금 낮고, 네 명을 죽이면 조금 높다. 일의 난이도와 성과에 따라서 대가는 기하급수적으로 증가한다. 회장님의 경우엔 특별 출장비에 위험수당까지 포함해 일상적인 보수의 열다섯 배를 챙겼다. 하지만 일 년에 다섯 명을 넘겨본 적은 없다. 자연스러운 죽음이란 제법 많은 준비 시간이 필요하고 그건 회사에게도 내게도 힘든 일이다.

그렇다고 바쁜 것은 아니다. 심지어 다섯 명을 죽였던 해에도 내가 실질적으로 일했던 순간은 반 년 남짓이었던 것 같다. 나머지 시간, 그러니까 여섯 달은 일 없이 보냈다. 무척 좋은 직업처럼 보일 것이다. 이렇게 글을 쓰는 내가 보기에도 정말 하고 싶은 직업으로 느껴질 정도니까. 그러나 살인 계획을 짜며 보낸 시간만 그렇다는 거다. 나는 나머지 대부분의 시간을 다음 일을 준비하면서 보낸다. 기껏해야 자문 주제에 뭘 준비한다는 건지 이해할 수 없을 것이다. 그토록 많은 사람들이 완전범죄를 꿈꾸지만 늘 실패하는 이유는 철저히 준비하지 않기 때문이다. 내 적들은 형사와 검시의, 그리고 현장 감식을 하는 과학자들이다. 그들은 보이지 않는 증거를 가지고 범인을 찾고, 나는 보이는 증거의 의미를 다른 것으로 바꾼다. 그들은 머리가 좋고 첨단 장비를 가지고 있으며 과학 이론에도 통달해 있다. 아마 다들 나보다 똑똑할 것이다.

내가 지닌 유일한 전략적인 이점은, 나는 그들의 존재와 일하는 방식을 알지만 그들은 내 존재를 모르며 내가 일하는 방식도 모른다는 점이다. 따라서 이 위치가 역전되는 순간, 나는 이 게임에서 질 수밖에 없다. 그리고 단 한 번의 실패도, 아주 작은 실수도 내 삶에 치명적이다. 그러므로 나는 철저히 내 자신을 시스템 속에 완벽히 적응시킨다. 자신을 시스템 속 하나의 일부로서 오차 없이 작동하도록 스스로를 설계한다.

아침에 일어나면 나는 전 세계 법의학자들이 논문을 주고받는 뉴스그룹에 가서 밤새 올라온 논문을 확인한다. 상상해보라. 영어로만 쓰인, 거기에다 전문용어가 난무하는 곳이다. 사실 이 일을 하기로 선택했을 때 가장 기뻤던 일 중 하나가 더 이상 토익 공부를 할 필요가 없다는 점이었다. 하지만 계획을 짜기 위해 자료 조사를 시작하면서 가장 먼저 한 일이 새 전자사전을 사는 일이었다. 슬프게도 한글로 된 전문자료는 어디에도 없었다. 그나마 인터넷이 있어서 자료 자체를 구하는 건 쉬웠기에 망정이지 하마터면 이 일을 하기 위해 유학을 가야 할 뻔했다.

학자들 간에 의견을 주고받고 논문을 공유하는 뉴스그룹은 내게 거의 구세주나 다름없었다. 물론 이것도 지금 와서 느끼는 감정일 뿐, 처음엔 정말이지 입에서 단내가 날 지경이었다. 새로 올라온 논문 목록과 그 내용에 대한 요약을 읽는 데만도 하루 종일 걸렸다. 법의학 세미나에 날 참석시켜주든지, 전문 번역사를 달아주든지, 자문을 고용하든지, 아니면 국립 과학수사 연구소 자료라도 훔쳐달라고 매일 매니저에게 하소연했다.

회사에서 반응이 돌아오는 데 딱 석 달이 걸렸다. 그래서 생긴 게 지금의 위장회사이다. 그리고 정말로 국립 과학수사 연구소의 내부 자료들을 받았다. 조금 당황스러웠다. 그리고 회사라는 존재가 더욱 두려워졌다. 그들의 팔이 어디까지 미치는지 그 끝이 보이질 않았다.

어쨌든 이제는 뉴스그룹을 살펴보는 데도 한두 시간이면 충분하다. 요령은 포르노사이트에 가서 야한 동영상을 고르는 일과 비슷하다. 둘 다 올라온 뒤 반응이 분명하다. 열광적인 지지를 보내건, 놀라움을 표시하건, 심지어는 헐뜯건, 사람들 사이에서 무언가 입질이 온다. 그런 것들을 가장 먼저 확인하는 것이다. 물론 난 법의학자가 아니므로 내 판단이 그들의 반응과 꼭 일치하진 않는다. 나는 범인을 찾는 법을 배우고 싶은 게 아니라 그들을 피하는 법을 알고 싶은 거니까. 그중 꼭 필요하다거나 중요하다고 생각하는 몇 가지를 추려내어 내 명함에 적혀 있는 위장회사에 보낸다. 그러면 그들은 그걸 번역한다. 보통 하루, 길면 이틀 정도의 시간이 걸린다. 읽기에 딱딱한 번역체의 문장이긴 하지만 찬밥 더운밥을 가릴 처지는 아니다.

하여간 이런 시스템 덕에 나는 우리나라 누구보다 법의학에 관한 최신의 정보를 접하고 있다. 내가 하는 꼬리 물기 게임에서 살아남기 위해서는 정보야 말로 최고의 무기이다.

논문 검색이 끝나면 일반적인 조사를 하며 오전을 보낸다. 여기엔 범위가 없다. 약리학부터 화학, 심리학, 공학, 심지어 통계학까지 예외는 없다. 살인을 위한 데이터베이스를 만들어두기 위해 이러한 정보들을 컴퓨터 안에 체계적으로 정리한다. 법의학과는 달리, 전반적이고 확실한 이론들을 정리해둔다. 언제 뭐가 필요할지 알 수 없기 때문이다. 이건 회사에도 밝히지 않은 거지만-이미 알지도 모르겠다- 내가 계획한 자연스러운 죽음을 맞이한 사람들을 유형별로 통계를 내본다면 사람들의 평균적인 사망 원인과 거의 일치한다. 조금 강박적으로 보일지도 모르겠다. 하지만 이런 것조차 자연스러운 죽음을 위해서는 매우 중요하다. 평균적인 사망 원인에서 크게 벗어나는 죽음은 예민한 사람들에게 커다란 단서가 되기 때문이다.

가장 완전범죄가 쉬운 연쇄살인범들은 누굴까? 바로 의사와 간호사들이다. 가장 많은 사람을 죽인 연쇄살인범 타이틀을 이들이 공히 독식하고 있다. 그들은 자연스럽게 피살자에 접근할 수 있고 각종 의료지식에 능통하며, 온갖 약품을 손쉽게 손에 넣을 수 있다. 뿐만 아니라 완전범죄를 꿈꿀 만큼 좋은 머리와 장비, 환경을 지니고 있다. 환경으로 보자면 나를 능가하는, 그야말로 축복받은 살인자들이다. 하지만 그들이 연쇄살인범의 상위 타이틀을 가지고 있다는 뜻은, 그런 그들조차도 심지어 결국 잡혔다는 의미이다.

그들이 어떻게 잡혔을까? 바로 통계다. 유능한 통계학자에게 각 병원의 사망률에 대한 자료를 건네주면 그들은 거기에서 부자연스러운 죽음을 찾아낸다. 통계 범위를 과도하게 벗어난 죽음이야 말로 뭔가 문제가 있다는 지표니까. 언뜻 생각하면 별 차이가 없을 것 같다.

한 간호사가 어느 병원에 취직하고 원인 모를 심장 발작으로 네 명의 환자가 더 죽었다고 가정하자. 이 간호사는 1년에 고작 네 명을 살해한 자제심 강한 연쇄살인범인 셈이다. 들통날 가능성은 거의 없어 보인다. 하지만 심장 발작으로 병원 내에서 죽는 경우는 사람들이 생각하는 것처럼 많지 않다. 잦은 발작이 일어나고 그 때문에 수술을 받고, 수술 도중 죽기도 하지만 심장 발작이라는 단일 원인으로 사망하는 경우는 극소수다. 왜냐하면 병원은 당장 달려와 심폐소생을 해줄 사람들이 널린 곳이다. 심장 질환으로 인한 직접적인 사인의 상당수는 심장이 아니라 약해진 심장 때문에 일어나는 부수적인 질환들 때문이다. 만약 그 병원에서 작년까지 심장 발작으로 매해 여덟 명이 죽었다면 그녀의 등장으로 심장 발작이 50퍼센트나 증가한 셈이 된다. 자, 이제 좀 수상한 냄새가 날 것이다. 나라면 당장 그녀가 전에 일했던 병원 기록을 찾아 그녀가 그만두기 전과 그만둔 후의 심장 발작 사망자 수를 비교할 것이다.

다른 예를 들겠다. 어떤 사이코패스 의사가 수술할 때마다 열 명 중 한 명씩, 수술 중 일어날 수 있는 죽음을 가장해 살해를 했다고 가정해보자. 별 큰 차이는 없어 보일 것이다. 병원 사람들 역시 좀처럼 운이 없는 의사 정도로 생각할 것이다. 하지만 통계 지표상에서 보면 그의 불운은 다른 사람들에 비해 수백 퍼센트 높은 사망률을 자랑할 것이다. 왜냐하면 빈도상으로 볼 때 열 번 중 한 번은 크지 않겠지만, 사망자의 통계상으로 보자면 월등한 수가 되어버린다. 그리고 그 통계가 누적되면 될수록 한 인간에 대한 많은 정보가 드러난다.

우리는 자신이 통계 외의, 예외적인 존재라 믿는 경향이 있다. 하지만 어떤 인간도 유일하지 않다. 통계적 정보가 충분히 누적되면 본인은 인식하지 못하는 피해자를 고르는 방식 같은 취향조차 드러난다. 그것을 극단적으로 몰아붙인 게 바로 프로파일링이라는 것이다. 어떤 행위가 반복된다면 아무리 작은 단서만으로도 그걸 통계적으로 감추기는 더더욱 어려워진다. 거기에 심리적 분석까지 개입하면 빠져나갈 여지는 없다. 통계학자들에게 충분한 자료와 시간만 주어진다면 그들은 연쇄살인범이 죽인 환자의 수와 누가 범인인지 거의 근삿값으로 맞출 수 있다. 자연스러운 죽음을 만드는 일은 결코 쉽지 않다. 그것을 위해서는 우연과 확률까지 속여야 하는 것이다.

점심을 먹고 나면 전날 의뢰했던 논문들이 번역되어 도착한다. 그것들을 읽어보고 필요한 내용을 정리해 데이터베이스에 입력한다. 대부분의 자료들은 당장에는 별로 필요하지 않다. 모든 첨단 이론들이 현장에 곧바로 적용되는 것도 아니고, 꽤 오랜 기간 동안 논란이 되는 가설과 이론들도 있다. 또한 격무에 시달리는 법의 집행자들은 사실 최첨단의 이론에 대해서는 나만큼 알고 있지 못하다. 설사 안다 해도 관련 장비 도입을 하는 건 관리들의 몫이다. 그런 것들을 위한 예산 집행은 여러 관료적인 절차를 밟으며 훨씬 더 늦어진다. 아마 지금 내가 읽고 있는 논문들이 현장에서 의미를 갖기 시작하는 건 빨라도 5년, 늦으면 10년 후가 될 것들이다. 따라서 당장보다는 미래를 위해 저축하는 셈이다. 데이터베이스가 시스템 안에서 힘을 발하기 위해서는 정보의 누적량이 생명이다. 나는 국립과학수사 연구소의 장비 목록만 훑어봐도 계획을 세울 때 넣어도 되는 요소와 빼야 할 것, 써도 되는 약품과 쓰지 말아야 할 약들을 한 번에 알 수 있다. 이것이 바로 데이터베이스의 힘이다. 물론 그 이전에 현장의 담당 경찰이 사고사 처리를 해버려 그들이 조사할 일도 없겠지만 말이다.

만약 당신이 법 집행에 종사하거나 정의감에 불타는 사람이라면 내 한마디 한마디가 끔찍하게 들릴 것이다. 하지만 너무 걱정할 것도, 분노할 것도 없다. 나 같은 길을 택하는 사람들은 거의 없다. 대개의 경우, 검사에게 떡값을 가져가거나 전임 판사 출신 변호사를 고용하거나 그냥 감옥에 간다. 허위 진단서를 떼거나 정신 질환을 호소하는 사람도 있을지 모르겠다. 요는, 나까지 걱정하지 않아도 당신들이 잡아넣을 수 없는 사람들은 수없이 많다는 것이다. 앞서 말했듯이 내가 1년에 아무리 많이 죽인다 해도 다섯 명은 넘기 힘들 것이다. 이 수는 하루 교통사고 사망자의 4분의 1에도 미치지 않는다. 음주운전자를 잡고, 운전 중 핸드폰 사용을 단속하는 것만으로도 내가 죽인 사람보다 훨씬 많은 사람의 생명을 구할 수 있다. 통계가 말해주는 현실은 그렇다.

이렇게 하루를 보내고 나면 혼자 저녁을 먹으며 TV를 본다. 주로 〈CSI〉나 〈넘버스〉, 〈위드아웃 트레이스〉 같은 미국 수사물이다. 이런 것이 실제로 큰 도움이 되진 않는다. 극 중 장비들은 과장되어 있고, 실제 증거 채취나 범죄 입증이 그렇게 간단한 것은 아니다. 현실에서도 커다란 기계에 샘플을 넣고 돌리면 무엇이든지 분석해내고, CCTV에 찍힌 화면이 그토록 밝게 무한정으로 확대된다면 아마도 범법 행위는 크게 수지타산이 맞지 않는 일이 될 것이다. 뿐만 아니라 그런 픽션에서 범인들은 거의 항상 잡힌다. 별로 배울 만한 상황이라고 할 수는 없을 것이다.

하지만 수사관이란 사람들의 논리를 이해할 수는 있다. 적어도 그들의 캐릭터는 현실에 뿌리를 둔다. 그들의 논리를 이해하면 그걸 피해 갈 아이디어를 얻을 수 있다. 나는 그 아이디어를 놓치지 않고 기록해둔다. 결국 나는 오로지 하루를 누군가 자연스럽게 죽이는 일을 준비하며 보내는 셈이다.

1년에 일하는 시간이 고작 반년이라고 부러워할 만한 부분은 전혀 없다. 물론 이런 준비를 누군가 강요하는 것은 아니다. 하지만 나는 실패하고 싶지 않다. 설사 실패한다고 해도 감옥에 가거나 경찰을 만날 가능성은 제로에 가깝다. 다만 회사가 두려울 뿐이다. 내가 일하는 곳의 구조조정은 정말 무서우니까. 때문에 나는 자연스러운 죽음을 만들기 위해 최적화된 일상의 틀을 만들어두고 그 안에 스스로를 안주시킨다.

이런 퍽퍽한 삶에서 유일한 여가라면 옛날 영화 DVD를 사 모으는 것과 혼자 집에 있을 때 틀어놓는 다큐멘터리 채널이다. 내가 즐겨 보는 것은 〈동물의 왕국〉이다. 내가 마지막으로 울었던 때는, 한 수컷 마운틴고릴라의 일생 관한 〈동물의 왕국〉을 보면서였다. 그곳엔 모든 인생과 드라마가 있었다. 〈동물의 왕국〉에 따르면 드라마는 다음 네 가지로 정의 내릴 수 있다. 탄생, 싸움(사냥), 짝짓기, 죽음. 이런 것들이야 말로 본질적인 서사라 할 수 있을 것이다.

글을 읽는 사람들에게 미안할 지경이다. 재밌는 킬러가 아니라서. 하루 종일 회사의 책상머리에 앉아서 시간을 보내는 당신이 하루에 여덟 시간은 컴퓨터 앞에 앉아 보내는 킬러 이야기를 듣고 싶지 않을 것이다. 어쩌면 내 계획을 실행하는 사람들은 나보다 조금 더 드라마틱한 삶을 살지도 모르겠다. 하지만 기본적으로 나는 리스크가 큰 계획을 짜지 않는다. 그들을 위험하게 하는 건 날 위험하게 하는 것과 다를 바 없다. 대개의 경우 내 계획의 실행자들이 할 일은 그저 남들 몰래 뭘 옮겨놓거나, 바꿔놓거나, 빼놓거나, 돌려놓는 일 정도이다. 이런 불행한 우연 몇 가지가 연쇄적으로 겹치면 사람들은 죽는다. 믿어지지 않겠지만 그게 전부다. 현대인의 삶은 한 주를 주기로, 한 달을 주기로, 한 해를 주기로 반복적이다. 따라서 그 반복을 지탱시키는 축에 아주 사소한 균열이라도 생기면 치명적일 수밖에 없다. 어쨌거나 내 계획의 실행자들 역시 나만큼이나 재미없는 삶을 살 것이 분명하다. 현대 사회는 분업화된 사회이고, 분업화된 사회의 삶은 누구나 비슷하다. 심지어 킬러들조차도.

내 일주일은 이렇다. 며칠을 뒤섞는다 해도 표 나지 않을 만큼 똑같다. 그나마 시간의 흐름을 느낄 수 있는 건 매주 찾아오는 휴일인 일요일과 출근하는 수요일뿐이다. 그렇다. 심지어 킬러도 출근을 한다. 명함 속의 회사로 출근하는 나는 일단은 본사인 뉴욕 시간에 맞춰 재택근무를 하는 것으로 되어 있다. 사무실 사람들은 내가 본사에 한국 지사의 업무 내용을 보고하고, 지시를 받아 전달하고 한국 시장에 대해 적절한 자문을 하고 있다고 생각한다. 누가 이런 변명거리를 만들어냈는지 그 천재를 만나고 싶다. 덕분에 나는 마음대로 그곳에 논문 번역부터 자료 수집까지 잡다한 일을 맡길 수 있을 뿐만 아니라 명함에 나온 직함에 충실하기까지 하다. 그래서 사무실 직원들은 모두 날 알고 있으며, 심지어 몇몇은 가까운 척하기도 한다.

출근하면 내 사무실에 혼자 앉아 집에서 하는 일과 크게 다르지 않은 일들을 한다. 연말 정도에는 같이 회식도 한다. 그렇게 나는 화이트칼라가 된다.

전 세계를 가로지르며 미녀와 음모, 화려한 액션이 나오는 영화 속의 킬러는 잊어라. 내가 아는 한 적어도 대한민국의 현실에서 존재하는 킬러는 딱 세 종류뿐이다.

하나는 야심에 불타는 조직폭력배이다. 조직에서 크고 싶은, 잔인함으로 자신의 존재를 입증하고 싶어 하는 그들은 영화에서 자신의 롤모델을 찾는다. 그렇게 그들은 별을 단다. 별은 그들에게 훈장이고, 자랑이고, 계급장이다. 그렇게 자신의 가치를 증명하다가 중형을 언도받고 감옥에서 늙어간다. 그리고 돌아올 때쯤이면 모든 것이 변해 있다. 조직도 바뀌고 사람도 바뀌고 룰도 바뀐다. 예전의 자신만큼 야심만만하고 잔인한 후배들은 뒤를 노린다. 어쩐지 명예퇴직을 당하는 직장인들과 비슷하다. 이 현실의 토너먼트에서 살아남는 건 결국, 열정이 넘치고 가장 잔인한 사람이 아닌 영악하고 사업 감각이 있는 사람이라는 걸 깨닫는 건 아마도 퇴물 취급받으며 물러나고도 한참 후일 것이다. 어쩌면 평생 깨닫지 못할 수도 있다.

조직범죄에 대해 가장 많이 하는 착각은 그것이 폭력과 힘으로 점철된 무엇이라고 생각하는 것이다. 그들은 기본적으로 맥도날드와 유사하다. 다수의 비정규직과 프랜차이즈 지점들이 조직의 본질이다. 다만 햄버거 대신 폭력과 공포를 파는 것이 다를 뿐이다. 하지만 수요 이상의 폭력은 사업의 리스크만 증가시킬 뿐이다. 과잉폭력은 언론과 경찰의 이목을 끈다. 생산과잉의 기업이 재고를 감당하지 못하고 쉽게 쓰러지는 것과 비슷한 이치이다. 결국 조직 내에 킬러는 아주 유능하지 않는 한 늘 장기의 졸이다. 그들이 올라갈 수 있는 최고점은 아무것도 모르고 새로 들어온 젊은이들이 희망을 품고, 꿈을 꾸고, 조직에 헌신을 할 만큼, 딱 그만큼이다. 별을 단 그들은 아랫사람의 선망의 대상이 되고 조직 내에서 존경 받지만 결국 일이 터지면 쓰고 버려질 운명이다. 마치 블루칼라들에게 허용된 판타지가 딱 그만큼인 것처럼 말이다. 장기 말은 어디까지나 장기 말일뿐, 게임을 주도 하는 건 다른 곳의 사람들이다. 심지어 조직조차 또 다른 자들의 장기의 말에 지나지 않는다.

또 다른 종류의 킬러는 이른바 심부름센터라는 이름의 해결사들이 임시로 고용한 살인 업계의 일용직 근로자들이다. 그들 대부분은 돈이라면 뭐든지 할 처지의 사람들이다. 대출 빚에 몰린 농부부터, 도박으로 자산을 탕진한 사람, 밀입국한 조선족, 가족 중 누군가 아파 돈이 필요한 일용직 노동자들까지 그런 종류의 예는 열거하자면 끝이 없다. 요는, 전과 기록이 깨끗하고 가난하며 절박한 사람들이라는 것이다. 지금 당장 장기라도 팔고 싶은, 돈이라면 뭐든 할 숙맥들 말이다.

그들은 이른바 수사방식의 맹점을 이용한다. 경찰들은 누군가 살해됐다고 판단하면 일단 연관된 사람들과 비슷한 범죄 경력이 있는 전과자들부터 조사한다. 따라서 이들이 용의선상에 오르기는 힘들다. 현장에 증거나 지문을 남기지 않고, 경찰들이 초동수사에서 방향을 잘못 잡으면 때때로 이들도 성공한다. 하지만 그들은 초짜고 처음 사람을 죽인다. 때때로 살인 자체에 실패하고, 더 많은 경우 범죄의 흔적을 남긴다. 물론 성공하는 사람들도 있다. 아니, 미결 사건의 상당 부분을 이들이 차지한다. 결국, 수사도 어느 정도

매뉴얼화되어 있고 과학수사라고는 하지만 지문에 의지하는 바가 크기 때문에 어쩔 수 없다. 지문도 안 나오고 피해자와 전혀 교차점이 없는 범인을 찾아내는 일은 솔직히 말하면 홈즈가 살아 돌아와도 해결하기 힘들다. 하지만 문제는 걸리지 않았다고 끝이 아니라는 것이다. 이들 살인자들은 늘 일회용이다.

두 가지 이유 때문이다. 혹시 범인의 유전자 검사를 할 수도 있는 머리카락이나 혈흔을 현장에 남기고 왔다고 가정하자. 그리고 재수 없게 다음 살인 현장에서 똑같이 머리카락을 흘렸다면 경찰은 두 건의 범죄가 동일범의 소행이라는 사실을 알게 될 것이다. 그러면 당연히 두 건의 연관성을 조사할 것이다. 거기에는 청부 살인의 가능성도 포함된다. 경찰이 이 범죄가 청부 살인이라는 사실을 눈치 채기 시작하면 잡히는 건 시간문제이다. 피해자의 죽음으로 가장 이득을 보는 사람이 청부를 했으리라는 사실은 누구나 쉽게 추론할 수 있기 때문이다. 영장을 받아다 계좌추적을 해보면 수상한 자금이동이 나온다. 이제 용의자를 취조실에 데려다 이리 굴리고 저리 당기고 하면 십중팔구는 수리술술 털어놓기 시작한다. 그러므로 한 번 살인에 성공했다고 해서 두 번씩이나 시키는 건 위험부담의 수준이 전혀 다르다.

두 번째 이유는 좀 더 서글프다. 살인자들은 대개의 경우 착하게 살아왔던 평범한 사람들이다. 전과 기록이 없다는 전제 조건이 무엇보다 이를 잘 증명해준다. 음주운전, 폭행 사건에 한 번도 휘말리지 않았던 한 선량한 인간이 어느 날 돈 때문에 사람을 죽였다고 상상해보라.

그들은 망가져버린다.

방식은 다양하다. 알코올이나, 약물중독, 노숙자가 되어버리는 사람, 미치는 사람, 심한 경우엔 자살까지 한다. 누군가를 죽인다는 것은 한 사람의 영혼에 돌이킬 수 없는 상처를 남긴다. 결국 그들은 어떤 방식으로든 망가져버린다. 개중에 멀쩡해 보이는 사람들도 있다. 하지만 그들조차도 그렇게 보일 뿐이다. 내가 이들을 잘 아는 이유는 이들 중 한 명을 구조조정을 해본 적이 있기 때문이다.

어딜 봐도 돈이 안 되고, 누구의 골칫거리도 될 리 없어 보이는 순박해 보이는 가난한 20대 청년을 구조조정하는 의뢰가 들어온 적이 있다. 무척 흥미로운 케이스였기에 매니저에게 슬쩍 사정을 물어봤다. 큰 기대는 하지 않았다. 그전까지 이런 걸 물어봐도 절대 이야기해준 적이 없었기 때문이다. 하지만 이날은 선선히 답해줬다. 아마도 경쟁업체의 의뢰를 받았다는 사실이 즐거웠던 모양이다. 의뢰를 한 건 심부름센터였다. 본업이 청부인 곳에서 회사에 의뢰를 했던 것이다.

1년 전, 심부름센터의 의뢰로 심장병을 앓고 있는 동생을 위해 청년은 자기 또래의 한 여자를 죽였다. 상습적인 결혼 사기범이었던 여자는 누구나 첫눈에 반할 만한 그런 외모의 소유자였다. 약속이 기만으로, 사랑이 증오로 변하자 누군가 그 증오를 위해 돈을 지불했고, 청년이 그 돈을 받았다. 여자는 죽었고, 일 처리가 매우 훌륭했다. 시신을 잔인하게 난도질했던 것이다. 그것으로 증오에 사무쳤던 고객은 만족했으며, 경찰은 원한에 의한 범죄라고 판단하고 조사했지만 용의자들은 모두 알리바이가 있었다. 전과가 없는 선량한 젊은이치고는 매우 드문, 깔끔한 처리였다. 따라서 만족한 심부름센터는 흔쾌히 돈을 지불했다. 하지만 심부름센터에서 그가 멀쩡하리라고 생각하진 않았다. 그런 잔인한 살인 후 멀쩡해 보이는 사람치고 몇 달 뒤 더욱 더 심하게 망가지지 않은 사람이 없었기 때문이다. 청년의 동생은 수술을 받았고 경과도 좋았다. 이걸로 끝났다면 대체로 만족스러운 결말이었으리라.

하지만 그건 시작이었다. 얼마 후 청년이 멀건 얼굴로 다시 심부름센터에 찾아왔을 때, 센터 사람들은 모두 놀랐다고 한다. 돈을 받아갔을 때와 다를 바 없이 그대로였던 것이다. 차분하게 생글거리는 표정으로 그는 일거리가 더 없냐고 물었다. 앞서 말했던 이유로 또 다른 살인을 맡기기에 꺼림칙했던 센터에선 배달 일 같은 걸 해보겠냐고 물었다. 살인에 비하면 간단했고 누군가 죽이고도 멀쩡하다면 믿고 맡겨도 좋을 것처럼 보였다. 청년의 입장에서도 훨씬 안전하고 보수도 후했다. 하지만 의외로 청년은 거절했다. 돈이 필요한 게 아니냐고 묻자 청년은 “아니요”라고 짧게 답한 후 사라졌다.

반년 후, 심부름센터에서는 경찰에 심어놓은 줄을 통해 이상한 풍문을 듣게 된다. 청년이 사는 경기도 위성도시를 중심으로 연쇄살인이 일어나고 있다는 정보였다. 그런데 이 수법이 청년이 결혼사기를 치고 다니던 여자를 죽였던 방법과 정확히 일치했다. 젊은 여성, 난도질한 시신들. 심부름센터는 수단과 방법을 가리지 않고 언론에도 알려지지 않았을 정도로 보안이 철저했던 피해자 리스트를 구했다. 리스트를 보자 두 번 생각 할 것도 없었다. 경찰이 청년이 사는 동네에 범인이 있으리라는 추측을 하는 수준까지 수사망을 좁혔다. 그래서 그들은 우리에게 의뢰했다. 경찰의 이목을 끌지 않으면서 자연스럽게 청년을 죽여줄 필요가 있었던 것이다.

나는 아주 기꺼이 그가 사고를 당하게 해주었다. 일하던 공사장에서 발판이 부서졌다. 그는 21층에서 추락했다. 마침 안전망이 없는 쪽이었고, '우연히' 그는 안전 고리도 걸지 않았었다. 심부름센터에서 우리에게 의뢰한 이유는 간단하지만 분명했다. 피해자 리스트 네 번째 줄엔 청년의 여동생 이름이 적혀 있었다. 사건은 미결로 남았다. 그리고 연쇄살인 역시 언론에 알려지지 않은 채 경찰서 캐비닛 속에 잠들었다.

두 번째 부류의 킬러들은 어떤 면에서 차라리 실수를 해서 목표를 죽이지 못하거나 체포되는 게 가장 운이 좋은 것 같다. 어떻게든 그들은 소비되고 버려진다. 차라리 실패하는 편이 인간으로 살 수 있는 마지막 기회가 된다. 니체의 경고처럼 심연에 들어가서 괴물이 되지 않고 그냥 나오는 법 따윈 없다.

마지막으로 나처럼 회사에 소속된 부류들이 있다. 이들이 모두 나와 같은 회사 소속인지, 나 외에도 얼마나 더 있는지 전혀 모르겠다. 그럴 가능성은 거의 없지만 어쩌면 나뿐일지도 모르겠다. 하지만 나 말고도 더 있다면 그 사람은 당신의 친구일 수도 있고, 당신의 이웃일 수도, 혹은 지금 당신의 옆자리에 앉아 있는 사람일 수도 있다. 한마디로 다른 화이트칼라와 다를 바 없다. 얼마 전까지는 다르다고 생각했었다. 그리고 그 수가 매우 적을 것이라고 믿었다. 그래도 사람을 죽이는 일 아닌가. 하지만 이제는 자신 있게 말할 수 있다. 그들은 그저 평범한 화이트칼라며 중산층이다. 그리고 그들은 당신의 상상보다 훨씬 많다. 영화에 나오지 않는 것도 너무나 당연하다. 관객들 자신의 삶을 녹화해 보는 것과 비슷할 테니. 반복, 일상, 분업, 그리고 효율성. 전근대적이고 원시적이며 장기판의 말 같은 조폭의 킬러나 자본주의 사회에서 일회용이나 다름없는 쓰고 버려지는 비정규직 킬러들과 달리 쭉 살아남을 수 있는 것은 우리가 자본주의 사회에 적응했으며 그 시스템의 일부이기 때문이다.

여기까지가 내 재미없는 직업에 대해 당신이 궁금해할 모든 것이다.

사무적 관계들

사무실에서 나는 대체로 좋은 직장 동료로 통한다. 가장 큰 이유는 내가 그들과 직접 부딪힐 일도, 아쉬운 소리를 할 일도 없기 때문이다. 직장 생활의 오묘한 점은 서로 상대할 일이 적을수록 상대방에게 좋은 인상을 준다는 점이다. 그들과 달리 나는 공식적으로 본사의 파견 직원이었다. 실제로 본사가 존재하지 않는다는 게 작은 아이러니긴 했지만 말이다. 한때 내가 뭐 하는 사람이기에 젊은 나이에 본사에서 직접 지시를 받으며 일하는가가 사무실에 화제가 된 적이 있었다. 누군가 물었다면 나는 사실대로 답했을 것이다. 대학 시설 우연히 인턴에 응모했고, 그래서 합격했다고. 물론 나를 찾아와 물어본 사람은 없었다. 사무실에는 나에 대한 인사 서류도 없었으므로 한동안 꽤나 즐거운 수다의 대상이 됐던 모양이다.

그들은 제멋대로 날 미국 명문대의 MBA 출신으로 만들었다. 동부니 서부니, 아이비리그니 아니니 말은 많았지만 어쨌거나 나는 졸지에 나조차도 감탄할 만한 '엄마 친구 아들'이 되어 있었다. 공부도 잘하고, 효도도 잘하며, 잘생겼고, 돈도 잘 벌 뿐만 아니라, 매너도 좋다는, 그 존재 여부가 배트맨이나 슈퍼맨만큼 모호한 '엄마 친구 아들' 말이다. 학점을 메우기 위해 계절 학기를 빠지지 않고 들었던 내 성적표를 그들에게 보여주고 싶다. 하지만 굳이 그 소문에 대해 바로잡기 위해 노력한 적은 없다. 조금 즐기는 마음이 있었던 것도 사실이지만 실은 그 정도로 가까웠던 사람이 거의 없었기 때문이다. 나중에 이야기하겠지만 사적으로 만났던 사람도 있었다. 하지만 그 거리를 설명하자면 대략 십만 광년과 오만 광년의 차이 정도이다. 결국 둘 다 아득히 먼 존재들일 뿐이다. 딱히 거리를 둔 건 아니었지만 그들에게 난 불편한 존재였고, 나 역시 그들에게 다가갈 이유도 없었다. 뿐만 아니라, 내겐 지켜야 할 비밀이 너무나도 많았다.

사무실에서 진짜 내 업무를 아는 것은 지점장뿐이다. 아니, 엄밀히 말해서 업무를 안다기보다는 내가 회사에 속해 있으며 무언가 무서운 일을 한다는 것을 알고 있었다. 그 무엇이 무언지는 전적으로 그의 상상에 달려 있었다. 매주 한 번씩 출근하면 퇴근하기 전 그의 방에 들러 형식적인 보고를 했다. 물론 내가 보고를 한다기보다는 받는 쪽이었지만 말이다. 그때마다 그는 믿을 수 없이 비굴한 태도를 보였다. 그는 조카뻘인 내게 존대를 했고 그게 편하다고 늘 주장했지만, 나를 제외한 사무실의 아무에게도 존대를 하지 않았다. 날 불편해한다는 걸 감추기 위해 나름대로 친한 척했지만 그 때문에 더더욱 불편한 관계를 드러내는, 그런 사람이었다.

한 번은 회식 자리에서 2차로 단란주점에 간 적이 있다. 그날은 새로운 신입사원이 온 날이었고, 그를 환영하는 자리였다. 지점장은 2차까지 따라왔고, 다들 그에게 '집에 좀 가지'라는 눈치를 주고 있는 중이었다. 장소를 옮기는 와중에도 다른 직원들이 쉴 새 없이 그에게 "사모님이 걱정 안 하세요?", "오늘 너무 무리하시는 거 아닌가 모르겠네요" 등의 말로 집에 가라고 돌려 말하곤 했다. 하지만 요지부동이었다. 그가 끝까지 따라왔던 건 아마도 내가 집에 가지 않았기 때문이리라. 그는 내 눈치를 보고 있었던 것이다. 다른 때 같으면 나 역시 일찍 들어갔을 것이다. 그렇지만 그날은 유난히 다들 내 취한 모습을 봐야 한다며 붙잡았다. 굳이 분위기를 깨기 싫었으므로 이차 자리에서 적당히 앉아 있다가 화장실을 핑계로 슬그머니 도망칠 생각이었다. 다행히 술에 강한 편이긴 했지만, 취하면 어떤 쓸데없는 소리를 할지 몰랐다. 어쨌거나 장소를 옮겼고 신입사원 환영회였으니 첫 곡은 당연히 신입사원이 마이크를 잡았다. 막 첫 소절을 뽑는 순간 문이 열리며 화장실에 갔던 지점장이 들어왔다. 그는 혀가 꼬부라진 목소리로 신입사원에게 버럭 화를 내며 이렇게 말했다.

"아니 신입사원이 왜 그렇게 눈치가 없어! 오늘 이렇게 오랜만에 귀한 분이 자리를 함께 하고 계신데!"

그리고는 마이크를 빼앗았다. 신입사원은 자신이 정말 큰 실수를 한 건가 싶어 어쩔 줄 모르는 표정이었다. 그는 마이크를 들고 자리에 앉아 있는 다른 직원들의 무릎 위를 가로질러 가장 안쪽에 앉아 있던 내 앞까지 왔다.

"자! 부르시죠."

'이 인간이 날 엿 먹이려고 이러는 건가?' 부터 시작해서 '미친 거 아니야?' 까지, 삽시간에 많은 생각이 떠올랐다 사라졌다. 그와 함께 설명하기 복잡한 감정이 밀물처럼 몰려왔다가 몰려갔지만, 결국 마지막에 남은 감정은 안쓰러움이었다. 그는 이런 식으로 살아남았던 세대였다. 시간과 함께 육체의 근육이 퇴화하고 배에는 지방이 끼는 것처럼 그의 눈치도 노쇠했다. 이제 와서 누군가에게 아부하기에는 너무 늙어버린 것이다. 눈앞의 마이크를 보며 파장이나 다름없는 어색한 분위기에서 노래를 부를까도 생각해봤다. 그건 싫었다.

나는 그를 데리고 나왔다. 그리고 택시에 태워 집으로 돌려보냈다. 그는 여전히 분위기를 파악하지 못한 채 연신, "아이고 송구스럽게, 이러실 필요까지 없는데"를 외쳤다.

그가 떠난 후 잠시 길가에 서서 담배를 피웠다. 그리고 집에 돌아왔다. 다행히 다음 주까지 그를 볼 일은 없었다. 다음날 아침 책상 너머로 그가 어색하게 자신이 실수한 거 아니냐고 묻는 꼴을 보긴 더 싫었으니까.

지점장 덕분에 사무실 사람들이 내가 MBA라는 쓸데없는 소문을 믿는 듯싶다. 어쨌든, 그를 보고 있으면 내가 혹시 매니저에게 그런 표정을 짓고 있는 건 아닐까 걱정된다. 우리의 관계란 결국 회사의 지시를 받는 쪽이 먹이사슬의 위에 위치하기 때문이다. 난 그처럼 소심한 사람이 어떻게 회사에 엮인 걸까 늘 궁금했다. 답을 얻은 건 그와 일한 지 4년쯤 지나서였다.

"저, 저기, 때때로 회식 자리에 참여하시는 게 다른 직원들과 자연스러운 관계와 또……."

아마 추석을 앞둔 주였을 것이다. 그날 사무실에선 회식을 하기로 되어 있었고, 나는 뉴욕 현지시간 근무를 핑계로 또 빠지려 하고 있었다. 뉴욕엔 추석이 없으니까. 빠지려고 하는 이유가 당신 때문이라고 말하고 싶었지만 그 이야기를 했다면 추석 내내 그는 그 말뜻을 두고 고민할 사람이었다.

"그거 명령인가요?"

"아, 아, 아닙니다. 저, 저, 전 그냥……."

그의 이마엔 송골송골 땀이 맺혀 있었다. 정말 농담이 통하지 않는 사람이었다. 아니, 유머감각이 통하지 않는 관계인 걸까.

"긴장하지 마세요. 제가 잡아먹는 것도 아닌데요."

나는 그에게 미소를 지어 보이며 자리에서 일어났다. 그는 경련이라고 부를 만한 미소를 얼굴에 잡아둔 채 따라 일어섰다.

"그럼 조심해서 살펴가세요."

"예. 그럼 다음 주에……."

믿을 수 없을 만큼 어색한 순간이었다. 문을 향해 돌아서며 그가 마른침을 삼키는 소리를 들을 수 있었다. 이 어색한 순간을 깨고자 가장 무난하다고 생각하는 한마디를 했다.

"근데, 가족들은 잘 지내시지요?"

순간 그의 다리가 사시나무 떨리듯이 떨리기 시작했다. 지점장은 마치 바지에 오줌이라도 지린 듯한 표정이었다.

"아, 알고 있습니다. 제가 주제넘게…… 요, 요, 용서해주십쇼."

갑자기 그가 넙죽 절을 했다. 그리고 고개도 들지 않은 채 그대로 있었다. 덕분에 바들바들 떨리는 그의 엉덩이를 볼 수 있었다. 그가 고개를 조아리고 있었기 망정이지 그를 보는 내 표정도 정말 볼만했을 것이다. 난 일어나라고 말했다. 겁에 질린 그는 눈가에 눈물까지 글썽이며 눈치 없이 굴어서 어쩌고 저쩌고로 시작하는 긴 변명을 했다. 더 듣고 싶지 않았다. 그냥 방을 나와버렸다. 가능성은 두 가지였다. 그가 회사에 부탁해 가족 중 누군가를 죽였을지도 모른다. 혹은 회사에서 그의 가족을 인질로 잡고 협박하고 있는지도 몰랐다. 하긴 가장들 중 누구도 가족의 생계를 인질로 잡히지 않은 사람이 있을까? 어쩌면 둘 다일지도 몰랐다. 중요한 건 그도 나만큼이나 회사의 노예라는 사실이었다. 측은하진 않았다. 아니, 오히려 보기 흉했다는 표현이 정확할 것이다. 그에게 내 처지를 설명할 수도 있었다. 혹은 그와 서로의 사정을 설명하며 위로를 받을 수도 있었을지 모른다. 하지만 하지 않았다. 나로서는 그 편이 편하기 때문이다.

사무실을 나서는 순간 경리 아가씨가 내게 미소를 지어 보였다. 그 미소에 불쾌한 기분이 조금 사라졌다. 전화를 받고 있던 그녀는 내게 손으로 전화하겠다는 시늉을 했다.

몇 차례 바뀌긴 했지만 그 무렵 일하던 경리 아가씨는 사무실에서 내게 직접적으로 호감을 드러내는 유일한 인물이었다. 아마 내 연봉이 사무실의 그 누구보다 높다는 걸 알고 있었기 때문이리라.

현경이란 이름의 그녀는 자신의 이름을 싫어했다. 언젠가 이유를 물은 적이 있다. 그녀는 이렇게 답했다.

"싸이월드에서 내 이름을 검색하면 몇 명이 나오는 줄 알아요?"

그녀는 당시 막 불기 시작한 칙릿 열풍의 선두주자 같은 인물이었다. 위대한 미국 드라마들이 케이블 TV에서 직장 여성에 대한 환상을 농약처럼 살포하기 시작했고 의미를 알 수 없는 '쿨한 인생'에 대한 판타지가 발길에 차일 정도로 널려 있었다. 막 20대 초반의 태를 벗고 있던 그녀는 명품을 사랑했고, 돈이 얼마나 좋은 것인지 잘 알고 있었다. 현경에게 패션과 명품은 그 흔한 이름에서 타인과 자신을 구분시켜주는 일종의 변별점이었다. 일주일에 한 번 출근했기 때문인지는 모르겠지만 그녀가 같은 옷 같은 구두를 신고 있는 걸 본 적이 없다. 그러나 가방은 늘 같은 것이었다. 그렇다고 해서 오해하진 않기 바란다. 그녀가 혐오스럽다거나 싫었다는 건 아니다. 뿐만 아니라 내가 그런 걸 평가할 입장에 있다고 생각하지도 않는다. 생각해보라. 사람을 죽이는 것보다는 명품을 사랑하는 것이 백배 낫다. 난 현경이 쓸데없이 사랑이니, 신뢰니 하는 걸 들먹이지 않아서 좋았다. 그런 건 정말이지 쓸데없는 말들이었다.

적어도 일 년에 한 번꼴로 보험금과 유산 때문에 배우자를 구조조정하는 계획을 세워야 했다. 그들이 연애하는 동안, 그리고 결혼하며 사랑이니 신뢰니 따위를 떠들지 않았을 것 같은가? 모르긴 해도 영리한 사람이라면 죽이기 직전까지 그런 말을 했을 것이다. 아니, 죽고 난 후에도 장례식장에서 엉엉 울며 사랑 나부랭이를 찾았을지도 모르겠다. 그래, 사랑이 식을 수도 있다. 마음이 변할 수도 있고 헤어질 수도 있다. 그런 걸 부인하자는 게 아니다. 법은 그런 상황을 대비해 이혼이란 제도를 마련해놓고 있었다. 하지만 그들은 그걸 택하지 않았다. 회사에 연락해 사랑한다고 말했던 입으로 자연스러운 죽음이 정말 가능하냐고 확인했을 것이다.

언젠가 아주 저명한 사람의 배우자를 죽인 적이 있다. 한 달 뒤, 그가 텔레비전 아침 프로에 나와 자신이 자신의 배우자를 얼마나 사랑했는가 울며 떠드는 걸 봐야 했다. 남자든 여자든 크게 다를 바 없었다. 정말 사랑했을지도 모른다. 그렇다면 더더욱 끔찍한 일이다. 그러니 그런 인간들보다는 차라리 된장녀니 칙릿이니 욕망에 솔직한 여자들이 훨씬 좋았다. 물론 그런 여자들을 좋아했던 데에는 더욱 큰 다른 이유가 있었지만 말이다.

현경은 내게 자주 전화를 했다. 나는 살가운 통화를 하는 사람도 아니고, 용건을 말한 후 깔끔하게 끊는 것을 좋아했다. 그럼에도 그녀는 꾸준히 전화를 했다. 그러고는 밥은 먹었냐, 오늘은 뭐 하냐 따위의 질문을 했다. 물론 현경이 내가 밥을 먹었는지 정말 궁금해서 전화했다고 생각할 정도로 멍청하진 않다. 단지 판타지를 사랑하는 그녀이기에 이왕에 낚일 거라면 내가 숙맥에 월척이라고 믿게 해주고 싶었다.

현경과 같이 식사를 한 것은 그녀가 전화를 시작한 지 거의 넉 달쯤 지나서였다. 그보다 일찍 전화하는 일을 그만둘 거라고 생각했는데, 꽤나 적극적이었던 셈이었다. 우리가 간 곳은 잡지에 자주 나오는, 인터넷에서 제법 유명한 데이트 코스의 정석 같은 레스토랑이었다. 잡지에서 오려낸 듯한 그럴듯한 인테리어에, 영화에서나 나올 법한 그럴듯한 사람들이, 요리책에서나 본 듯한 그럴듯한 음식을 먹으며 앉아 있었다. 마치 자신이 인생이 그럴듯하다는 걸 증명이라도 하겠다는 듯 말이다. 언젠가 한 미국 작가의 책에서 '예술의 목적이란 것은 인생을 살 만한 무언가로 착각하게 하는 데 있다'는 글을 읽은 적이 있다. 그가 옳다면 이런 식의 허울 좋은 그럴듯함이야말로 우리의 삶을 지탱하는 예술인 셈이다. 여자들이 이 그럴듯함을 사랑하는 이유를 알 수 있을 것 같았다. 우리 역시 이 그럴듯함을 위해 혀가 꼬이는, 발음도 뜻도 알 수 없는 긴 외국어 이름의 음식을 시켜놓은 채 앉아 있었다. 사람을 죽이는 법은 칼질을 할 때마다 붉은 육즙이 흘러나오는 레어 스테이크 앞에서 이야기하기에 딱 좋은 소재이긴 했지만, 누구에게 자랑할 만한 이야기는 아니었다. 그렇다고 엑셀로 정산하는 법이나 보지도 않는 주말 연속극이 화제가 될 수도 없었다. 그녀가 돈을 세는 모습은 직업답게 제법 섹시하긴 했지만 아직 그 이야기를 꺼내기에는 너무 일렀다. 분위기는 기대 이상으로 어색했고 서로 무언가 걸리기 바라며 쓸데없는 질문들만 던지고 있었다. 슬슬 화제가 바닥나자 결국 상대에 대해 아는 걸 이야기하는 수밖에 없었다. 내가 현경에 대해 아는 건 그녀가 같은 가방을 들고 다닌다는 것뿐이었다.

"가방에 혹시 특별한 사연이라도 있는 건가요?"

"예?"

"늘 안 바뀌잖아요. 옷이랑 신발은 바뀌면서."

"와, 보고 계셨어요? 저한테 관심 없는 줄 알았는데."

"왜요. 지난번 붉은색 하이힐이랑 그 가방이랑 되게 잘 어울리던데."

"진짜요? 담에 또 신고 나와야지."

"어쨌거나 가방은 늘 그대로예요."

"뭐, 그런 건 아니고요. 그냥 이 메이커를 좋아해서……."

"잘은 모르지만, 루이비통이면 꽤 비싼 거 아닌가? 우리 회사가 그렇게 월급을 잘 줘요?"

"설마요. 일이 널널하고 퇴근을 일찍 시켜줘서 그렇지 페이는 짠 편이에요. 여기 전에 다니던 데에서는 맨날 야근에, 잔업에, 엄청 짜증이어서 옮겼지만."

"그렇구나. 저야 잘 출근을 안 해서…… 속해 있는 곳이 한국지점도 아니고."

"혼자 집에서 일하면 심심하지 않아요?"

"아뇨. 솔직히 저랑 잘 맞아요. 싫은 소리 하는 사람도 없고, 누구 눈치 볼 일도 없고."

"그래도 가끔 외롭지 않아요?"

"뭐, 익숙하니까."

나는 어깨를 으쓱해보였다. 잠시 어색한 침묵이 오갔다. 그녀가 원하는 답이 아니라는 걸 깨달았다. 흐름을 잘못 탔구나. 하지만 바꿀 수는 없었다. 현경이 내게 관심을 보이는 이유는 분명했고, 때문에 어수룩한 봉처럼 보일 필요가 있었다. 그런 면에서 이런 실수도 분명 유리하게 작용할 것이다. 그녀는 노련하게 수습에 나섰다.

"어쨌든, 이거 선물 받은 거예요."

그녀는 가방을 살짝 들어 보이며 이렇게 말했다.

"아, 그래서 늘 가지고 다니시는 거구나. 굉장히 특별한 사람한테 받았나 봐요."

"아뇨. 그건 아니고 여기서 나온 걸 제가 좋아해서요. 디자인이나 이미지가 굉장히 맘에 들어요. 아니, 그 이상인가? 솔직히 말해서 아마 여기서 새로 나온 토트백을 누군가 사준다면 아마 사랑에 빠질 걸요."

가방에 큼지막하게 박힌 금속제의 브랜드 이니셜을 가리키며 웃었다. 사랑이라. 나는 고개를 돌려 잠시 창밖을 봤다. 필요한 정보는 다 얻었다. 언제 약속을 잡을까. 그 사이 디저트가 나왔다. 그녀가 물었다.

"보통 일요일엔 뭐 해요?"

"〈동물의 왕국〉을 봐요. 꽤 재밌거든요."

"와, 동물 좋아하시나 보다. 저 강아지 키우는데."

나는 쓴웃음을 지었다.

"뭐, 동물을 좋아한다기보다는 〈동물의 왕국〉을 좋아한다고 하는 게 정확할 거예요."

"저도 좋아하는 동물 있어요. 고릴라."

"그럼 우리 동물원에 갈까요? 다음번엔."

현경이 미소를 지었다. 나는 마음속으로 동물원 근처에 괜찮은 숙박시설이 있을까를 생각했다. 집에 돌아가서 인터넷으로 찾아봐야지.

그렇게 두 번째 데이트는 동물원에서 했다. 동물원은 믿을 수 없을 만큼 황량했다. 동물원 안에 갇힌 동물들은 어쩐지 사람들 표정을 닮아 있었다. 그들은 다들 출근 버스 안에서나 볼 수 있을 법한 불안한 표정으로 우리 안을 서성거렸다. 그렇지 않은 동물들은 잠들어 있었다. 대부분의 동물들이 실제로는 야행성이기 때문이리라. 밤의 그들은 지금보다 행복할까? 어쨌든 우리는 마운틴고릴라를 보러 갔다. 마운틴고릴라의 표정은 조금 달랐다. 그들은 슬퍼 보였다. 그러니까 예전에 PC통신 단말기를 마지막으로 벽장에서 끄집어냈을 때 내가 지었던 표정과 닮아 있었다. 왜 저런 표정을 짓고 있는 걸까? 어쩌면 철창에 들어가 평생 산다면 자연스럽게 그렇게 되는 건지도 몰랐다. 하지만 그녀는 즐거워 보였다.

"저요, 저요. 되게 좋아해요, 고릴라. 닮았잖아요, 킹콩이랑. 킹콩이랑 같이 엠파이어스테이트 빌딩 꼭대기에 올라가면 정말 멋질 거 같아요. 저 영화에서 킹콩 죽을 때 얼마나 울었는데요."

그녀는 아이 같은 표정으로 이렇게 말했다. 그러니까 그녀는 엠파이어스테이트 빌딩으로 자신을 올려줄 킹콩을 찾고 있었다. 현기증이 주는 짜릿함은 오르가즘에 비견될 수 있으리라.

동물원 안에서 유일하게 생기 있는 건 그녀뿐이었다. 감탄사를 연발하며 동물원 구석구석을 누비는 그녀는 작은 영양 같았다. 찰랑찰랑 흔들리는 뒷머리를 보고 있으면 어쩐지 짧은 한숨이 나왔다. 어쩌면 내가 생기 없었던 것인지도 모르겠다. 하지만 〈동물의 왕국〉 속의 동물들과 동물원의 동물들은 너무 달랐다.

우리는 저녁을 먹으러 갔다. 호텔 스카이라운지에서 밥을 먹으며 난 그녀에게 토트백을 선물했다. 그녀가 사랑해마지 않는 그 메이커로 말이다. 얼마나 쉬운가. 모든 취향이 상품 번호로 압축될 수 있다니. 브랜드의 그런 단순함이 좋다. 꿈과 희망을 그보다 함축적으로 표현하기는 힘들 것이다. 가격표가 붙어나오는 세레나데.

그날 우리는 호텔 방에서 밤을 보냈다. 기대 이상이었다고 말하고 싶다. 우리는 말보다 몸이 더 잘 통했다. 다음번에 콘돔을 몇 개 더 챙겨도 되겠군. 불을 끈 채 누워 잠들기 직전, 그런 생각을 했다. 순간 현경이 내게 물었다.

"나 만나며 너무 돈을 쓰는 거 아니에요? 혼자 살잖아요. 그냥 집에서 만나. 나 요리도 되게 잘하는데."

기뻐하기에는 너무 많은 걸 알고 있었다. 낚시질을 당한다고 해서 맛있는 미끼를 뭐든 덥석덥석 물어서는 안 된다. 정말 회가 떠지는 수가 있으니까. 나는 아주 훌륭한 방식으로 거절했다.

"걱정하지 마. 자기한테 쓰는 돈은 하나도 안 아까우니까. 나한테 얼마나 소중한 사람인데."

그리고 실제로 그렇게 행동했다. 돌체 앤 가바나, 마놀로 블라닉, 샤넬, 티파니, 까르띠에, 에르메스, 디시 루이비통. 한 달에 한두 번씩 다른 이름들이 뒤를 이었다. 돈이라면 그 정도는 있었다. 달리 쓸 데도 없었으니까. 아니, 사람을 죽이고 잔고가 늘어나고 은행에서 VIP가 되어 굽실거리는 사람들을 볼 때마다 견디기 힘들었다. 아, 나는 이만큼을 죽였구나. 그러므로 그런 식으로라도 돈을 쓰고 싶었다.

회사에 출근했을 때 알아볼 수 있는 그녀의 물건들이 늘어났다.

그리고 내가 출근하는 날이면 그녀는 내가 했던 선물을 들고 나왔다. 늘 들고 나오던 가방도 내가 선물한 다른 것들과 바뀌기 시작했다. 두 가지가 궁금했다. 그녀가 그동안 입었던 다른 옷과 신발들은 이른바 짝퉁이라 불리는 가짜였던가. 그리고 그녀가 늘 가지고 다니던 그 가방은 도대체 누가 선물한 걸까.

그런 관계가 1년쯤 지속됐던 것 같다. 그동안 온갖 물건들을 사주었지만 정작 그녀를 집에 데려간 적도, 누구에게 인사시킨 적도, 그녀의 가족이나 친구에게 인사한 적도 없었다. 핑계는 많았다. 나는 야간에 일을 하는 사람이었고 내가 무슨 일을 얼마나 많이 하는지 얼마나 바쁜지 나 외엔 아무도 몰랐다. 그녀도 바보는 아니었으므로 그게 뭘 의미하는지 알고 있으리라. 인정하고 싶지 않았겠지만 내가 그녀의 킹콩이 될 순 없었다. 현경이란 이름은 킬러의 부인으로 살기에는 너무나 평범했다. 그녀라면 내가 살인을 한다 해도 명품만 살 수 있다면 이해해줄지도 몰랐다. 하지만 그녀가 내 직업을 받아들이고 그 돈으로 새 명품을 사는 것에 타협한다 해도, 자기만족을 위해 사람을 죽이는 일을 받아들이는 여자를 내가 용납할 수는 없었다. 이런 생각이 자기모순이라는 걸 안다. 하지만 살인의 그림자가 드리워진 가정에서 살고 싶지 않았다.

어느 날 갑자기, 더 이상 그녀에게서 전화가 걸려오지 않았다. 늘 그래 왔던 것처럼 나도 걸지 않았다. 그렇게 끝났다. 거창한 이별의 장면도 그럴듯한 이별의 의식도 없었다. 우리는 매주 회사에서 얼굴을 마주쳤고 가볍게 목례를 했다. 그뿐이었다. 노력해봤지만 좀처럼 그녀의 표정을 읽을 수 없었다. 그녀는 아주 태연한 얼굴을 하고 있었다. 인내심이 강한 그녀도 결국 한계를 깨닫고 포기한 것일지도 몰랐다. 혹은 그녀의 말처럼-내가 그녀에게 토트백을 사줬기 때문인지는 모르겠지만- 날 진심으로 사랑했을지도 몰랐다. 그렇다고 해서 어떤 차이가 있는 건 아니다. 이미 시작하기 전부터 이렇게 끝나리라는 것을 알고 있었으니까.

중독

반장에게 연락을 받은 것은 현경과 헤어진 직후였다. 동창회에서 만난 사람 중 누군가에게 연락이 올 거라고는 상상하지 못했기에 놀랐다. 비록 그날, 골목길에서 얻어맞는 것으로 고등학교 시절 전체보다 단 5분 만에 동창들에게 더 강한 인상을 남기긴 했지만, 학창 시절 살가운 사이도 아니었고 졸업 이후 연락을 주고받은 적도 없었다. 그는 대기업에 다녔다. 순조로운 승진을 했고, 평범한 직장 생활을 하고 있었다. 그가 다니는 회사 회장님의 죽음에 내가 관련되어 있었지만, 그걸 알 턱이 없었다. 아무리 추측해봐도 반장이 내게 전화를 건 이유를 떠올릴 수 없었다. 때문에, 갑자기 만나보고 싶어졌다.

다시 만난 그는 배가 조금 더 나온 것 외에는 변함이 없어 보였다. 그는 사람 좋은 미소를 지으며 손을 내밀었다. 우리는 악수를 했다. 그가 좋은 곳이 있다며 날 안내했다. 몇 년 새, 갑자기 몰아닥친 와인 열풍으로 생겨난 압구정의 와인바 중 하나였다. 낮고 침침한 조도, 나무와 적벽돌로 인테리어된 내벽, 그리고 셀러에 차곡차곡 쌓여 있는 와인들. 술이라면 거의 먹지 않는 내겐 조금 생경한 모습이었다. 아마도 누군가는 이걸 무슨 스타일이라고 부를 텐데, 이런 쪽에 무지한 나는 그저 어둡다는 게 마음에 들 뿐이었다.

"요샌 말이야, 부르고뉴 와인이 땡기더라."

이제 와 기억나지도 않는 긴 이름의 와인을 시킨 그는 이렇게 덧붙였다.

"안주는 모둠 치즈로 주시고 고트 치즈는 빼주세요."

고3의 어느 가을이 생각났다. 대입을 앞두고 백일 주를 마시기 위해 모인 곱창 집에서 반장은 지금같이 자연스러운 톤으로 주문을 했었다. 자신이 이곳에 익숙하다는 걸 과시하는 듯한 목소리에서 친근감과 함께 어떤 괴리감을 느꼈다.

"와인을 잘 아나 봐?"

"알긴, 비지니스상 어쩔 수 없는 거지. 고등학교 때랑 똑같아. 그땐 나이키 안 신으면 병신이었고, 지금은 와인인 거고. 너희 회사는 그런 거 없냐?"

"의외로 사람 상대할 일이 없어서."

나는 어깨를 으쓱해 보였다.

"좋겠다. 그래도 회사생활 하려면 이 정도는 알아줘야지."

회사생활이라는 단어가 그의 입에서 나오자 낯설게 느껴졌다. 그는 한참 동안 와인에 대해 떠들기 시작했다. 모두 주말 판 일간지의 한 꼭지에서 본 듯한 내용들이었다. 할 말이 없었기에 무엇이든 열정적으로 이야기하는 그의 태도가 고맙기도 했지만 슬슬 지겨워지기 시작했다. 어느새 그의 화제는 자신의 꿈의 와인으로 넘어가고 있었다.

"진짜로 86년산 샤토 무통 로칠드랑 90년 산 샤토 마고랑 2000년산 오브리옹 세 개를 딱 같이 놓고 테이스팅을 하면서 그 향을 음미하면 천국이……."

문득, 이름도 기억하기 힘든 와인들을 그가 얼마나 알고 있는지 궁금해졌다.

"지금 말한 와인들 중에 먹어본 거 있니?"

그러자 그는 멋쩍게 웃었다.

"이건 말이야…… 그러니까 상식 같은 거지. 꼭 먹어봐야 하는 건가?"

"아니, 그렇다는 건 아니고……."

"나도 먹고 싶지. 로또에만 당첨되면 진짜 내 당장 산다. 그거 한 병에 얼마씩이나 하는 줄 알아?"

"아니, 내가 무식하잖아. 그냥 되게 잘 아는 거 같아서. 어떤 맛일까 궁금하잖아."

"이래서 와인 공부를 해야 한다니까. 너 나한테 물어본 걸 다행으로 생각해라. 어디 가서 그딴 소리하면 무시당한다니까."

나는 대답 대신 고개를 끄덕였다. 그가 옳다. 이상한 건 내 쪽이다. 어떤 이들은 한 번도 타본 적 없는 자동차의 최고 시속을 알고 있다. 비단 자동차만의 이야기가 아니다. 먹어본 적 없는 와인과 가져본 적 없는 오디오와 소유할 일 없는 보석, 입어볼 수 없는 옷들을 우린 열망한다. 언젠가 그런 것들을 갖게 되리라 상상하면서.

어린 시절 우리는 어떤 사건이 일어나기를, 혹은 특별한 능력을 지니기를 꿈꿨었다. 이를테면 공룡이나 괴수가 나타나고, 지구가 위기에 빠지며, 하늘을 나는 것 같은 꿈들. 누구나 상상 속에서 영웅이 되었으며, 지구를 구하고, 자신이 공주라는 비밀이 밝혀지는 그런 공상을 하며 시간을 보냈다. 사춘기가 되면 이성이 그 자리를 차지했다. TV에 나오는 연예인들과 버스에서 마주친 매혹적인 체취의 이성들은 항상 현기증을 일으켰다. 그리고 그것은 다시 우연한, 그러나 운명적인 만남과 애절하고 열렬한 사랑으로 이어지는 일련의 가슴 떨리는 스토리, 혹은 망상으로 변해 우리 머릿속을 맴돌았다. 하지만 어느 순간부터 다들 변하기 시작했다. 그 수많은 서사와 캐릭터들은 인터넷이라는 공간 속에서 가상의 장바구니에 담겼다가 끝내 취소 버튼이 눌려지는 물건들로 변하기 시작했다. 때론 그건 집일 때도 있었고 차일 때도 있었다. 혹은 어떤 브랜드일 때도 있었다. 어쨌거나 스토리와 캐릭터는 거세됐다. 오직 의미가 있는 건 사물들뿐이었다. 이 공상에 덧붙여지는 스토리란 기껏해야 로또에 당첨된다면, 주식이 대박 난다면 같은 더없이 짧고 보잘것없는 것들 뿐이었다. 서사와 캐릭터들은 어디로 사라진 걸까. 와인은 씁쓸한 뒷맛을 남겼다.

"그런데 웬일로 연락한 거야?"

"넌 그런 거 잘 알지 않냐?"

"뭐?"

"구조조정."

그는 올해 들어왔던 인턴사원들을 담당했다. 세 명의 인턴이 들어왔고, 모두 머리가 좋았으며, 금방 일을 배웠고, 썩 일을 잘했단다. 심지어 인턴들은 정직원인 그의 동료나 부하 직원들보다 훌륭했다. 하지만 이제 인턴 기간이 끝나고 그들 중 둘을 잘라야 했다. 그는 알고 싶었다. 누굴 잘라야 할지. 그리고 내가 조언해줄 수 있으리라 믿었던 것이다. 나는 구조조정을 컨설팅하고 있으니까. 잠시 생각했다. 무슨 조언을 할 수 있을까. 본질적으로 두 일이 크게 다를 바 없어 보였다. 나는 최대한 그럴 듯하게 내가 구조조정에 대해 알고 있는 것을 말해주었다.

"누구든 상관없잖아. 그중에 회사를 망하게 할 만한 사람이 있을 거 같아? 아니면 누가 들어왔다고 회사가 크게 대박 날 것 같아? 인사과에서 아무리 그럴듯하게 떠들어도 결국 그냥 그 자리에서 닥치고 일을 할 누군가가 필요한 거잖아. 그러니까 맘대로 해."

그는 고개를 끄덕였다. 아주 쓸쓸한 표정을 지으며.

"맞는 이야기긴 한데, 듣고 있으니까 왠지 회사 다니기 싫어진다."

"그럼 다니지 마. 억지로 붙잡혀 있는 거 아니잖아."

나는 그의 우는 소리에 조금 짜증났다. 나처럼 일을 그만둔다고 생명에 위험이 있는 것도 아니었으니.

"장난하냐? 이번 달 카드 값도 내야하고, 보험료에 자동차 할부도 내야 하는데. 지난달 종신보험에 가입했더니 아주 죽겠어."

내가 기억하는 열여덟 살의 그는 대학만 들어가면 여행을 다닐 것이라고 떠들었다. 월급쟁이 따위는 결코 되지 않을 것이며, 여행기를 쓰며 세계 각국을 떠돌 것이라고 말했다. 하지만 이제 그가 이동하는 가장 먼 거리는 점심식사 때 가는 식당이리라. 그는 우울한 표정으로 잔을 들었다.

"이런 일에 전문가잖아. 고작 해줄 조언이 그 정도야?"

"전문가?"

나는 접시 위에 놓인 반쯤 잘려진 치즈를 보았다. 치즈에 섞기 좋은 독약의 종류 몇 가지가 떠올랐다. 전문가라면 전문가였다.

"우리가 컨설팅을 한다고 해서 자동차 만드는 일에 대해, 가전제품을 만드는 일에 대해, 건물을 짓는 일에 대해 조금이라도 알 거 같아? 그런데도 회사에서는 우릴 고용하지. 왜냐면 이 모든 것들이 자신들의 결정이 아닌 컨설팅의 결과라고, 객관적인 평가라고 말할 수 있으니까."

잔을 내려놓는 그의 표정에 의구심이 떠올랐다.

"그래도 나름 객관적인 거 아니야?"

"객관? 우리가 컨설팅할 때 참고하는 모든 자료들을 누가 만든다고 생각해? 바로 회사야. 내 가치판단이 들어가지 않는다고 해서 객관적인 건 아니지."

나는 이제 더 이상 고객들의 선악을 판단하지 않는다. 그것들은 그저 의뢰일 뿐이다.

"그 말은 컨설팅을 맡기는 이유가 고작 책임지지 않기 위해서라는 거야?"

"물론 다른 이유도 있어. 돈을 내는 사람들에게 뭔가 전문적이고 객관적인 절차가 진행되고 있다고 믿게 해주니까. 그건 제법 중요하거든. 또 우린 아주 깔끔하고 정확하게 끝맺음을 하니까."

내가 세운 계획으로 죽은 사람들에 대해 떠올려보았다. 난 그들을 잘 알았다, 누구보다도. 하지만 그들과 공유하는 추억도, 기억도 없었다. 그들의 건강 기록은 주치의만큼이나 잘 알았지만 체취도 몰랐고, 체온도 느껴본 적이 없었다. 전문적이란 바로 그런 것이다.

"우리는 아무렇지도 않게 끝낼 수 있어. 결국 남이니까. 너처럼 얽혀 있으면 불안하게 되고 공포에 시달리거든. 알고 있으니까."

"공포라니? 내가 그 친구들을 신경 쓰는 건 불쌍하니까 ……."

"연민이라고? 너도 알고 있잖아. 진짜 하기 싫은 이유를. 그건 네 처지도 크게 다르지 않다는 걸 알고 있기 때문 아니야?"

문득 나는 이 말을 내 자신에게 하고 있다는 걸 깨달았다. 그에게 설명하면서 어렴풋이 내가 하는 일의 정체를 깨달았다. 컨설팅이란 결국 그런 것이었다.

"결국 책임 이야기로 돌아가겠구나."

"응. 그런 거지."

그는 핏빛 와인을 보며 중얼거렸다.

"내 책임이라니 싫다. 도대체 누굴 남기고 누굴 내보내야 하지?"

그래도 대상을 선택할 수도 있고, 그 대상이 죽지도 않는다. 나는 그가 부러웠다. 그렇게 우리는 프랑스 부르고뉴에서 건너온 와인 한 병을 비웠다. 이제 날이 밝으면 그는 상사에게 남아야 할 인턴 한 명의 이름을 말할 것이고, 다른 둘은 잘릴 것이다. 그리고 나는 죽여야 할 누군가의 신상정보가 담긴 서류를 받게 될 것이었다. 그게 우리가 사는 세계였다.

우리는 주차장에서 대리운전기사를 기다렸다. 그의 차는 제법 훌륭했다. 나는 예의상 가벼운 탄성을 질렀고, 그는 자부심이 가득한 목소리로 아직 1년간 할부가 남았다고 수줍게 말했다. 술이 적당히 오른 그는 회사 일에 얼마나 스트레스를 받는가에 대해 강조하며, 조심스럽게 자신이 TV 홈쇼핑 중독 같다고 고백했다. 그리고 이번 달에는 게장과 바지 3종 세트, 스팀청소기와 헛개나무 액을 샀다고, 도저히 TV를 보고 있으면 전화기를 들지 않을 수 없다고 말했다. 그걸로 무의미하게 6개월을 허비한 두 명의 젊은이에 대한 죄책감을 잊을 수 있다면 싼 거였다. 나는 헛기침을 했다.

"일은 할 만하니?"

"글쎄, 구조조정이란 게 일단 누군가를 날려버리는 거니까."

"회사들은 어디나 비슷한 모양이네."

"그렇지. 회사니까."

"혹시 우리 회사도 컨설팅할 일이 있으면 너희 추천할게."

"비싸, 우린. 장난이 아니니까."

"어차피 내 돈 드는 것도 아닌데."

"너희 회사엔 그럴 일이 없어야지."

"실적이 후달린다 싶으면 예외 없어. 바로."

그가 목을 자르는 시늉을 했다. 그때 대리운전기사가 도착했다. 그는 내 손을 꼭 잡으며 이렇게 말했다.

"정말 고마워. 이 은혜 잊지 않을게."

인사치레에 지나지 않을 말들을 들으며 웃음이 나왔다. 내가 최근에 한 일이 너희 회장을 구조조정해드린 거라고 말하고 싶었다.

순간, 그가 날 찾은 이유를 깨달았다. 그는 누구를 고를지 몰랐던 게 아니었다. 자신의 행위를 합리화해줄 누군가가 필요했을 뿐이다. 평범한 이의 자기 합리화를 위해 악인 역할을 한다는 건 생각보다 뒷맛이 씁쓸했다. 현경과 자고 싶어졌다. 하지만 전화하지 않았다. 그녀 역시 내게는 결국 홈쇼핑과 다를 바 없는 중독일 뿐이라고, 그렇게 생각했다. 가짜 위안들. 언젠가 읽은 자료가 떠올랐다. 영국의 과학자들에 따르면 섹스와 쇼핑과 마약의 쾌락 중추는 동일하다고 한다.

그가 부러웠다. 그 영악함이 부러웠다. 그건 평범한 사람만이 지닐 수 있는 종류의 것이었다. 그 평범함이 너무나도 사무치게 빛나 보였다. 적어도 그 순간에는.

서류봉투

이 무렵부터 명절마다 친척들의 잔소리가 심해지기 시작했다. 또래의 모든 미혼들이 거쳐가는 통과의례 같은 것이었다. 부모님과 떨어져 지내며 본격적으로 일을 시작할 때부터 남들처럼 결혼을 해야겠다는 생각은 이미 하고 있었다. 하지만 직업이 직업인지라 늘 생각뿐이었다. 어영부영하는 사이에 나이도, 죽인 사람의 수도 서른을 넘겨버렸다. 명절이 되면 다들 질리지도 않고 같은 질문을 했다. "결혼은 언제 할 거니?" 난 그 질문들에 대해 늘 "글쎄요"라고 답했던 것 같다.

어느 날, 어머니에게서 전화가 왔다. 다급한 목소리로 큰일이라고 서두르는 목소리에 슬리퍼를 끌고 나간 곳은 결혼정보회사 앞이었다. 돌아가려 했지만 등짝을 맞고 끌려들어갔다. 그렇게 모르는 여자들과 수없이 만나야 하는 날들이 시작됐다. 커플 매니저란 사람의 손에 끌려 거의 격주로 새로운 여자들을 만났다. 회사에서 만들어준 명함이 다시 한 번 빛을 발하는 순간이었다.

처음엔 등급 도장이 찍혀 냉동고에 매달려 있는 고기 같은 기분이 들었다. 하지만 그런 느낌도 몇 번 다른 고기들과 뒤섞이는 사이 이내 적응할 수 있었다. 킬러가 되며 적응해야 했던 다른 것들에 비하면 등급이 매겨져 팔려 가는 느낌 따위야 가벼운 여흥 같은 것이었다. 자신의 나이보다 많은 수의 사람을 죽이고 나면 뭘 해도 즐거운 법이다. 죽음이 가져다준 연봉 덕분에 난 제법 괜찮은 여자들과 만났다. 아니, 정정하자. 정말 괜찮은 여자들과 만났다. 다들 내일 당장 결혼해도 좋을 정도로 훌륭한 여자들이었다. 하지만 그래서 무언가 주저하게 만드는 게 있었다. 그게 뭔지 알게 된 것은 그녀를 만나고 나서였다.

예린이란 아주 예쁜 이름을 가진 그녀는 이를테면 내 매니저의 양지 버전이었다. 내 매니저가 내가 지닌 성욕의 총체였다면 그녀는 내가 지닌 환상의 총체였다. 선이 가는, 단아하고 신비스러운 느낌의 붓꽃 같은 여자였다. 창가로 고개를 돌린 채 조곤조곤 말하는 옆모습을 보고 있는 것만으로도 행복감으로 충만하게 해주는 그런 사람이었다. 처음 만나 이야기를 나누는 순간부터 다른 여자들과는 다른 무언가가 있었다. 다른 사람들은 일단 내가 자신에게 어울리는지 확인하려 했다. 이를테면 등급 마크가 제대로 찍혔는지, 육질은 튼튼한지, 하자는 없는지. 다들 목적에 충실했던 것이다. 불만은 없었다. 그러려고 만나는 자리였으니까. 하지만 슬슬 그런 만남에 지쳐가고 있었다. 꼭 다른 프로필과 다른 외모를 지닌 같은 사람을 만나는 기분이었다. 결혼정보회사에서 복제인간을 만들어 내보내고 있다고 해도 그대로 믿었을 것이다. 커플 매니저에게 은근히 돌려 물어보자 그녀는 아주 자랑스럽게 말했다.

"그만큼 후보자들의 등급 관리가 철저하다는 거죠. 저희 회사가 자랑하는 게 바로 최적화된 배우자를 찾아줄 수 있는 세분화된 데이터베이스지요."

그 이야기를 듣고 나는 내가 만들어둔 살인을 위한 세분화된 데이터베이스를 떠올렸다. 어디건 비슷하구나. 하지만 예린은 달랐다. 이를테면 그녀가 내게 꺼낸 첫마디는 이랬다.

"아까 나오면서 어제 온 비가 고인 물웅덩이를 지나는데 푸른 하늘이 비쳐 보이는 거 있죠. 뭐랄까, 굉장히 상쾌한 기분이 들더라고요."

그녀가 했던 첫마디를 평생 잊을 수 없을 것이다. 우리는 전통찻집에서 차를 마셨다. 그녀가 찻잔을 들어 입술에 가져가는 모습을 보는 것만으로도 정수리가 트이는 듯한 느낌이었다. 입으로 향하는 그녀의 흰 손은 부드럽고 우아한 곡선을 그리고 있었다. 내 표정을 본 커플 매니저는 잘해보라는 미소를 지은 후, 서둘러 자리에서 일어났다.

그녀는 이미 오래 전부터 사귀고 있는 사람처럼 느껴졌다. 맞선의 공식 같은 질문들은 제쳐둔 채, 우리는 날씨와 마그리트의 그림, 비가 오는 날 듣기 좋은 음악에 대해 이야기했다. 두 번째 만나면서 우리는 전에 이야기 한 음악들을 시디로 구워 주고받았고, 그녀를 최근 화나게 했던 친구에 대해 이야기를 나눴다. 그녀는 나보다 다섯 살 어렸고, 어머니의 성화에 못 이겨 결혼정보회사에 등록한 것도 똑같았다. 일러스트를 그리는 일을 하고 있었으며, 아즈라엘이란 이름의 흰 세 살 먹은 고양이를 키우고 있었다. 한 번은 밤늦게 전화를 걸어 이런 말을 했던 적도 있다.

"비틀즈가 후렴에서 예~ 예~ 예~ 하는 부분, 너무 좋지 않아요?"

그리고 언젠가 한 화가에 대해 이야기하다가 예술이 삶보다 중요한가에 대한 논쟁을 했었다. 그녀는 그 문제에 대해 이렇게 답했다.

"그런 거창한 결정들은 싫어요. 맘속에서 끊임없이 번복하게 하잖아요."

아마 지금까지 만난 누구보다 더 자세하게 그녀에 대해 이야기할 수 있을 것이다. 만나 왔던 사람과 내가 죽였던 사람, 모두 포함해서 말이다. 정말 신기한 것은 그럼에도 뭔가 신비한 것이 있어서 만날 때마다 끊임없이 날 설레게 했다. 마치 무언가 감추고 있는 것처럼. 사랑이란 단어 외에 달리 설명할 말이 있을까. 그녀가 준 음악을 들으며 집으로 돌아가는 길, 군대에서 생각해놓았던 첫째 아이와 둘째 아이의 이름을 다시 기억해냈다. 버스 뒷자리의 창가에 기대어 나는 바보같이 웃었다.

다음날 내가 한 일은 차를 뽑는 것이었다. 그때까지는 자동차가 필요 없었다. 집 밖으로 나갈 일이 없었기 때문이다. 하지만 그녀를 집에 바래다주기 위해 차를 사기로 했다. 나는 그녀가 좋아할 만한 차를 사고 싶었고, 그래서 모두가 동경한다는 브랜드를 찾았다. 모든 취향은 브랜드로 설명할 수 있다는 걸 현경에게 이미 배웠으니까.

매장의 인테리어는 차갑고, 단순하며, 동시에 화려했다. 모순된 두 가지 성향을 하나에 담을 수 있다는 건 그 브랜드가 고급이란 걸 의미한다고 알려줬던 것도 현경이었다. 딜러는 말했다.

“이건 말이죠. 단지 차가 아니에요.”

그는 한 손으로 매끄러운 차체를 애무하듯 쓰다듬었다.

“이걸 타고 어딘가에서 내리잖아요? 주변 공기부터가 틀려진다니까요.”

그는 자부심 넘치는 목소리로 이렇게 말했다. 그리고 정말 그랬다. 반장이 왜 할부라는 족쇄를 스스로 차고 고급 차를 뽑았는지 이해할 수 있었다. 차선을 바꾸고 싶으면 깜빡이를 켜는 것만으로도 뒤차가 브레이크를 밟는 것을 사이드미러로 볼 수 있었다. 액셀을 밟을 때마다 새 차는 가볍게 다른 차를 제쳤다. 나는 도로의 왕이었다. 딜러의 표현을 빌리자면 ‘브레이크를 밟는 순간 여자들의 팬티가 젖는다는 유럽 혈통의 매끈한’ 새 차를 사는 데에는 세 명을 구조조정해서 받았던 돈이 고스란히 들었다. 하지만 상관없었다. 죽을 사람은 얼마든지 있으니까.

새 차에 앉아 그녀가 준 음악을 듣고 또 들었다. 그것만으로도 마음에 따뜻한 빛이 가득 차는 것 같았다. 계절은 얼마 전 내린 비 덕분에 낙엽도 모두 떨어지고 겨울로 접어들고 있었다. 하지만 집 밖을 나서면 모든 게 푸르러 보였다.

그리고 차를 타고 어디든지 함께 했던 날들이 있었다. 아직도 눈이 오는 날이면 한강 둔치의 주차장에 차를 대놓고, 음악을 들으며 흰 눈에 속절없이 지워지는 한강의 모습을 봤던 순간이 떠오른다. 그녀의 입술은 너무나 따뜻했고, 피부는 코끝이 시큰해질 정도로 부드러웠다. 그녀의 몸은 하얗게 빛났으며 모든 것들은 하염없이 내리는 눈 속에서 너무나도 아련했다. 그리고 어느 순간 나 자신과 그녀조차도, 창에 서린 김 너머로 희미하게 사라졌다.

우리가 함께한 매 순간 순간 중 소중하지 않은 시간은 없었다. 내리는 비와 걷혀가는 먹구름과 이지러지는 달을 보며 너무나 쉽게 그녀를 떠올릴 수 있다. 함께 걸었던 길과 같이 들었던 음악과 그녀의 살 냄새 그리고 부드러운 피부. 그것들은 낙인처럼 남아서 눈 감으면 거의 손에 잡힐 듯 떠오른다. 너무나 행복해서 두려웠다. 혼자 집으로 돌아오는 길, 차를 세우고 서서 담배를 피우며 이 모든 게 꿈이 아닐까 무서웠다. 어쩔 수 없을 정도로 애절한 기분이 드는 그런 소중한 날들이었다. 이제 와 그 순간들을 추억하는 것만으로도 손끝이 떨린다. 때때로 어디선가 돌이킬 수 있지 않을까라는 회한이 가슴 깊이 맺혀 있다. 하지만 내 마음도, 그 뒤에 닥쳐올 일들도 모두 어쩔 수 없었다.

그녀에게 청혼을 결심한 것은 경칩이 얼마 남지 않은 날이었다. 몇 번의 봄비 후 꽃샘추위가 찾아온 어느 날, 우리는 일요일을 함께 보냈다. 그녀는 앞치마만을 입은 채 알몸으로 내게 된장찌개를 끓여줬다. 주방의 조그만 창으로 전날 내린 흰 눈과 그녀의 흰 살들이 뒤섞여 빛을 내고 있었다. 눈부신 햇살을 보며 생각했다.

'내일 저렇게 빛나는 반지를 사야지.'

이틀 전에 내린 눈이 녹아 거리는 지저분하고 질척질척했다. 신고 나갔던 흰 운동화가 엉망이 됐다. 예전의 나라면 집 밖으로 결코 나가지 않을 날씨였지만 날씨 따윈 상관없었다. 아니 백 년 만의 한파가 몰아쳐도 날 막을 순 없었다. 나는 점원에게 말했다. "청혼할 생각인데 반지를 보고 싶습니다." 하지만 내가 찾는 것은 반지가 아니었다. 내가 품은 꿈들의 씨앗이었다. 나는 한참을 고민한 끝에 커다란 다이아몬드가 박힌 반지를 샀다. 그 순간에도 한 명의 목숨과 같은 가격이구나라고 생각하는 자신이 싫었다. 하지만 모든 선택에는 대가가 따르는 법이니까.

반지의 모습은 깔끔한 느낌의 두 개의 링 가운데 박힌 다이아몬드가 마치 꽃처럼 피어나는 디자인이었다. 언제 어떻게 전해줘야 할까. 어떻게 하면 그녀가 평생 잊지 못할 청혼을 할까. 머릿속이 복잡했다. 그녀가 거절하면 어쩌지? 갑자기 반지가 무겁게 느껴졌다.

집으로 향하며 두 번 신호위반을 하고, 차선을 잘못 들어서기도 했다. 그렇게 간신히 집에 돌아왔을 때 손님이 와 있었다. 난 내가 문을 잠그지 않고 나간 줄 알았다. 현관에는 검정색 하이힐이 놓여 있었다. 예린의 이름을 부르며 들어섰다. 그녀 외엔 올 만한 사람이 없었으니까. 거실에는 매니저가 검은 코트를 입은 채 앉아 있었다. 매니저는 말했다.

"새 일이에요."

뭔가 심상치 않았다. 그녀가 일을 직접 집으로 가져온 적은 한 번도 없었으니까. 나는 처음으로 내 몽정의 여신의 얼굴을 보는 일이 반갑지 않았다. 감정을 감추기 위해 억지로 밝은 목소리를 쥐어짜냈다.

"야, 나 부자 되겠다. 막 돈 쓰고 오는 길인데, 바로 일이네."

그녀는 서류봉투를 탁자에 내려놓았다.

"연애하느라 바쁜 건 알겠지만 제대로 해요."

나는 서류를 내려다보며 답했다.

"제가 뭐 일을 소홀히 한 적 있나요. 왜요? 무슨 문제 있어요?"

"그건, 아닌데…… 이번 건 일종의 테스트니까."

매니저는 자리에서 일어났다.

"테스트라뇨? 이미 합격했잖아요."

나도 모르게 언성을 높였다. 매니저는 한심하다는 듯이 혀를 찼다.

"하다못해 국가에서 뿌리는 운전면허증도 갱신하는데 당연한 거 아니에요?"

"그렇다고 매번 시험을 다시 보진 않잖아요."

"매번 시험을 다시 안 보니까 사고가 그렇게 많이 나는 거지. 알잖아요. 회사가 어떤지."

그녀는 코웃음을 치고 시선을 다시 서류봉투로 돌렸다.

"아마 힘들지도 몰라요, 아는 사람을 죽이는 건. 하지만 이 사람, 좀 곤란한 걸 알아버렸으니까."

매니저는 피식 미소 지었다. 갑자기 머릿속이 멍해졌다. 아는 사람, 아는 사람, 아는 사람. 아는 사람이라는 단어가 머릿속을 맴돌며 모든 걸 부수고 있었다. 반지도, 지난 몇 개월간의 행복도, 들뜬 마음도, 찬란한 시간들도, 모두 고작 네 글자의 단어에 산산이 부서졌다. 나는 코트를 벗는 것도 잊은 채 그 자리에 얼어붙어 있었다. 문득 정신을 차렸을 때 매니저는 이미 떠나고 서류봉투만 남아 있었다. 봉투는 탁자 위에 너무도 가지런히, 분명하게 놓여 있었다.

누굴까. 아는 사람이라면 누굴까. 아는 사람 중 곤란한 걸 알아버릴 만한 사람이 누굴까. 나는 머릿속으로 서류 안에 있을 법한 사람을 추측하는 척했다. 하지만 이미 알고 있었다. 고민할 필요도 없었다. 내 집에 들락거렸던 사람은 단 한 명뿐이었으니까. 컴퓨터 안에는 봐서는 안 되는 서류가 가득했고, 잠가둔 벽장 안에는 지난 번 살해했던 사람의 기록이 아직 남아 있었다.

나는 온 집 안을 청소하고, 밀린 빨래를 하고, 서랍을 정리했다. 벽장 속에 있는 기록들도 모두 처리했다. 그래도 서류봉투는 그곳에 있었다.

나는 설거지를 하고, 수채 구멍의 음식물 찌꺼기를 버리고, 차를 닦고, 분리수거를 했다. 그래도 서류봉투는 그곳에 놓여 있었다.

나는 지난 4년간 모아뒀던 영수증을 정리하고, 컴퓨터를 분해해 청소하고, 세면대와 배수구 구멍을 청소했다. 온갖 지저분한 오물들이 횡격막을 자극했다. 나는 그것들을 버리고 또 버렸다. 그래도 서류봉투는 그곳에 놓여 있었다.

누군가 내게 절망에 대해 묻는다면 그건 연한 베이지색의 서류 봉투 모양을 하고 있다고 답하겠다. 적어도 내겐 그랬다. 봉투를 뜯어보는 데 사흘이 걸렸다. 용기가 생겨서 그랬던 건 결코 아니었다. 너무나 두렵고 괴로워서 더 이상 견딜 수 없었기 때문이었다. 어떤 결단을 내린 것도 아니었다. 그녀를 구하고 내가 죽으리라. 그런 멋진 확신이 있었다면 결코 두렵지 않았을 것이다. 하지만 내가 목숨을 걸고 막는다 해도 정말 그녀가 알아선 안 되는 걸 알았다면 그건 계란으로 바위를 치는 일과 다를 바 없었다. 내가 노력한다 해서 회사를 막을 수 있을 것 같지 않았다. 아니, 심지어 나는 회사의 진짜 정체조차 모르고 있었다.

봉투를 뜯었다. 서류들이 있었다. 나는 그것들을 세워 테이블 모서리에 두드렸다. 가지런히 정리가 된 서류의 무게가 너무나도 무겁게 느껴졌다. 첫 장을 넘겼다. 사진이 있었다. 낯익은 얼굴이었다. 나는 죽음을 안겨주어야 할 상대의 눈을 응시했다.

원죄

어린 시절 교회에 간 적이 있다. 그날은 크리스마스였다. 크리스마스에 주는 과자 때문에 내가 교회에 갔을 거라 생각을 한다면 당신은 나보다 한 세대 전임이 분명하다. 80년대 초반 어린 시절을 보낸 우리는 아주 가난한 친구가 아닌 다음에야 크리스마스에 교회에서 주는 과자나 빵 따위에는 관심이 없었다. 당시 내 친구들에게 과자를 준다고 교회에 가자고 했다면 이런 답을 들었을 것이다.

"싫어요. 그 시간에 오락실에서 갤러그나 하지."

하지만 나는 한 친구의 인도하심을 따라 교회에 가기로 했다. 크리스마스가 내게 특별했던 이유는 과자나 빵 따위 때문이 아니라 그날이 어떤 예외였기 때문이다.

그 시절, 밤 아홉 시만 되면 TV에선 뉴스가 시작하기 전에 달과 잠든 아이 그림을 배경으로 아나운서가 착한 어린이는 꿈나라로 가라는, 지금 생각하면 웃기지도 않는 멘트를 했었다. 사회 분위기는 그런 방송을 고스란히 반영하듯이 어린아이들이 그 시간을 넘어 돌아다니기라도 할라치면 심지어 처음 보는 어른들마저 집에 가서 자길 강요했다. 어른들도 사이렌이 울리고 나면 돌아다닐 수 없었으니 처지가 비슷하긴 했다. 후에 전 재산이 29만 원뿐이게 될 한 군인이 나라를 다스리고 있었고, 그래서 나라 전체가 마치 군대 같던 시기였다.

그 시절 내가 가장 알고 싶었던 수수께끼 중 하나는 '자정이 넘으면 과연 무슨 일이 벌어질까?'였다. 왜 귀신은 자정이 되어야 나오는 걸까? 내가 귀신을 보지 못한 이유는 순전히 아홉 시만 되면 자야 했기 때문이 분명했다. 어쩌면 만화 〈이상한 나라의 폴〉에서 나오는 것처럼 자정이 되면 사차원 세계의 문이 열릴지도 몰라. 나는 가끔 불 꺼진 방에서 잠들기 직전 그런 상상을 하곤 했었다.

무엇이 있기에 어른들은 아이들이 밤늦게까지 깨어 있는 걸 막는 걸까. 난 끊임없이 상상했었다. 모든 어린이들을 재워야 할 정도로 엄청난 비밀이 무얼까. 빨리 어른이 되고 싶었다. 하지만 시간은 좀처럼 내 편이 아니었다. 시간에 대해서 누군가 말하면 열흘은 한 달처럼, 1년은 10년처럼 들리던 시절이었다. 10년 후란 영원히 오지 않을 것만 같았다.

그러나 그렇게 오래 기다릴 필요가 없다는 걸 알게 되었다. 언제나 예외는 있었고, 그 예외가 바로 크리스마스였다. 나는 부모님께 교회에서 예배가 끝나는 시간까지 있어도 좋다는 허락을 받았다.

처음 가본 교회는 이상했다. 크리스마스를 맞이하여 무슨 연극도 하고 노래도 하고, 다양한 행사가 있었던 것 같다. 하지만 습관이란 무서운 것이어서 아홉 시가 넘자 눈꺼풀이 무거워 견딜 수 없었다. 의자는 딱딱했지만 교회 특유의 지루하며 포근한 분위기는 날 꿈나라로 인도했다. 그렇게 꾸벅거리며 자정을 얼마 앞두지 않은 시간까지 제법 푹 잘 수 있었다.

자정이 얼마 남지 않았을 때, 누군가의 커다란 목소리에 눈을 떴다. 목사님이었다. 목사님은 우렁찬 목소리로 예수님이 우리의 죄 때문에 십자가에 못 박혔다고 설교하고 있었다. 때문에 예수님에게 나아가지 않고 천국에 갈 수 없다고 강조했다. 나는 입가에 흘린 침을 닦은 후 옆에 있던 유년부 선생님께 낮은 목소리로 물었다.

"그럼 아무 죄도 안 지은 사람은 예수님과 상관없이 천국에 가는 건가요?"

그러자 유년부 선생님은 눈치를 보며 낮은 목소리로 답했다.

"죄를 안 짓는 사람은 없어."

"갓 태어난 아기나 되게 착한 친구들 많은데…… 걔들이 무슨 죄를 졌다고요?"

유년부 선생님은 처음 보는 녀석이 귀찮게 한다는 표정으로 인류 최초의 조상인 아담이 죄를 지었으므로 그 후손인 모든 사람들은 태어날 때부터 죄를 지니고 있고, 그게 원죄라고 설명했다. 이를테면 그 존재만으로 동시에 따라오는 죄였다. 어린 내가 들어도 좀 말도 안 되는 소리 같았다. 따지려 했지만, 유년부 선생님은 목사님이 설교하시는데 그만 떠들라며 조용히 하라는 시늉을 했다. 나는 "자기가 더 많이 말을 해놓고"라고 구시렁거린 후 자리에서 일어났다. 모든 사람들의 시선이 내게 쏠리는 것을 느낄 수 있었다. 하지만 그 시선들을 뒤로한 채 교회를 나섰다. 내가 알고 싶은 건 그게 아니었으니까.

거리는 조용했고, 겨울 밤공기는 무척이나 차가웠다. 남아 있던 잠의 꼬리가 차가운 겨울바람에 모두 날아가버렸다. 어디선가 술 취한 취객들의 시끌벅적한 목소리와 개 짖는 소리가 들려왔다. 그리고 교회에서 종소리가 들려왔다. 자정을 알리는 종소리였다. 나는 자리에 멈춰 섰다. 심장이 두근거렸다. 나는 자신도 모르게 미소를 지었다.

하지만 그게 다였다. 어떤 신비한 일도 없었다. 종소리가 그치자 거리는 다시 조용해졌다. 하염없이 짖던 개들의 소리도 잦아들고 사람들의 발소리도 희미해졌지만 그뿐이었다. 만화에 나오는 것처럼 시간이 멈추지도 않았고, 하늘을 덮는 커다란 박쥐도 없었으며, 흰 소복을 입은 처녀귀신도, 늑대인간도, 몽달귀신도 보이지 않았다. 그렇다면 어른들은 왜 일찍 자라고 우리에게 강요했던 걸까? 갑자기 화가 치밀었다. 자정이 특별했던 건 그것이 금지된 시간이었기 때문이었다. 고작 그게 다였다.

자정이 넘어도 세상은 별다를 게 없다는 사실을 깨닫자 크리스마스도 이내 시시해졌다. 귀신도 없었고, 사차원 세계의 문도 없었고, 마법의 시간도 없었으므로 산타도 없을 게 분명했다. 뭔가 복잡한 기분이 들었지만 당시엔 잘 설명할 수 없었다. 그게 농락당한 기분이었다는 걸 안 건 훨씬 나이를 먹은 후였다.

어머니는 교회가 재미없었냐고 물었고, 나는 그냥 그렇다고 답했다. 그리고 따뜻한 코코아를 마신 후 잠들었다. 잠에서 깨어났을 때 산타 할아버지가 줬다는 선물이 머리맡에 있었다. 나는 마음속으로 '흥'하고 코웃음을 쳤지만 놀랍다는 표정으로 이렇게 외쳤다.

"와! 진짜 산타 할아버지가 왔다 간 거야?"

그 뒤로 모든 게 시큰둥했다. 새해에는 야간 통행금지도 사라지고 멍청한 '아홉 시에 자라'는 방송도 끝났다. 갤러그 역시 뒤이어 등장한 제비우스에 밀려 한물갔다. 그해 신학기를 맞아 각종 책의 전집 사는 일이 열병처럼 번졌고, 중산층이라면 세계 문학전집 하나와 백과사전 하나쯤은 필수였다. 우리 집은 셜록 홈즈 전집을 샀다. 마법과 모험의 세계와 산타가 사라진 자리를 범죄와 탐정이 차지했다.

모든 게 그런 식으로 변했지만, 원죄라는 개념은 때때로 떠올랐다. 존재 자체로 지닌 죄. 왜 존재 자체가 죄가 되는 걸까? 왜 멀쩡한 다 큰 어른들이 그런 말도 안 되는 걸 믿는 걸까? 나이를 먹고, 사춘기가 지나고, 서른이 넘어서까지 추운 밤이면 그 단어가 떠올랐다.

그걸 알게 되는 건 콩고에 다녀온 후였다. 그리고 내가 콩고에 가게 된 것은 전적으로 절망의 베이지색 서류봉투 때문이었다. 물론 당시에는 내가 콩고에 가게 될 거란 사실도, 그 답을 알게 될 거란 사실도 아직 모르고 있었다.

서류 속에 있던 사람의 직업은 일러스트레이터가 아니었다. 너무나도 다행스럽게도 내 예상은 빗나갔다. 그렇다고 기쁨의 눈물을 흘리거나 하지는 않았다. 매니저가 거짓말을 하진 않았으니까.

목표는 현경이었다. 무슨 기분이 들었던가? 처음은 안도감이었다. 그리고 약간 기뻤던 것도 같다. 뒤이어 잠시 멍한 기분이 찾아왔다. 그걸 연애라고 부를 수 있을지 모르겠지만 어쨌든 사귀었던 여자였다. 그래서 찜찜한 기분이 들었다. 같이 동물원에서 고릴라를 보긴 했다. 그녀와 지내며 배운 것도 많았다. 수많은 이른바 명품을 만들어낸다는 회사들의 브랜드가 갖는 스타일과 상징성 같은 것들. 내 눈엔 같아 보였지만 그것들은 믿을 수 없이 다른 다채로운 의미를 지니고 있었다. 상징과 암시, 은유와 과시의 새로운 세계였다. 하지만 죽어서는 안 될 이유로는 부족했다. 둘 사이 섹스는 정말 좋았지만 목숨을 걸 정도로 대단하진 않았다. 더구나 내가 그녀의 생사를 결정할 입장도 아니었다.

좋은 면을 보자고 생각했다. 어쨌든 예린은 살았고, 나는 청혼을 할 수 있다. 운 나쁜 옛 연인이 사고를 당한다면 아마 유감스러운 일이 될 것이지만 현경의 입장에서도 다른 사람의 손에 고통스럽게 끝나는 것보다 나으리라. 어쨌거나 우리는 연인이라고 부르기에도 부족한 관계였으니까.

난 서류를 펼쳐놓았다. 그리고 현경의 일상을 재구성했다. 내가 아는 그녀의 일상의 대부분은 일주일의 하루뿐이었으므로 좀 기이한 기분이 들었다. 한참 만나고 있을 때보다 그녀의 집안 사정을 더 잘 알게 되었다.

그녀의 집은 무척 가난했다. 아버지는 놀고 있었으며 남동생은 공장에 다니고 있었다. 아마도 시장에 다니는 어머니가 자식들을 키웠을 것이다. 지독히 평범한 이름에, 그보다 더 지독했을 가난. 서류들을 살펴보는 것만으로도 그림이 그려졌다. 그런 현경에게 브랜드는 자신이 실제 자신보다 훨씬 멋진 사람임을 증명하는 하나의 방식이었을 것이다. 문득, 매니저가 말했던 알아선 안 되는 것이 무얼까라는 의문이 들었다.

유추하는 일이 크게 어렵지는 않았다. 그녀는 경리였고 사무실의 자금 흐름을 조사하다 문득 이상한 것을 발견했을 것이다. 성실함이 사인이라니 조금 서글픈 생각도 들었다. 아마 내가 준 선물과 처음부터 가지고 다니던 가방만이 진짜 명품이었을 것이다. 월급을 받고 짝퉁이라 불리는 가품을 사기 위해 발품을 파는 그녀 모습을 상상해본다. 그리고 그런 물건들이 쭉 걸려 있는 작은 반지하방의 옷장을 떠올린다. 그건 꽤나 슬픈 광경이었다. 하지만 더 슬펐던 건 그녀의 옷장에 들어 있을 내가 사준 물건들이었다. 도대체 반지하의 셋방에서 루이비통이 무얼 증명할 수 있단 말인가.

모든 감상을 배제하고 나는 차근차근 계획을 세웠다. 젊은 사람을 죽이는 일은 쉽지 않다. 택할 수 있는 죽음의 종류가 많지 않기 때문이다. 젊어서 맞이하는 죽음들은 대개의 경우 끔찍하다. 젊음과 죽음이 만드는 대비 탓도 있지만 실제로 끔찍한 사고 외에 좀처럼 죽음을 당할 사인이 없기 때문이다. 노인들은 각종 질환도 많고 복용하는 약도 많다. 또한 사람들의 태도 역시 그들의 죽음을 쉽게 인정하는 편이다. 난이도 자체가 차원이 다른 일이다. 다행이라면 젊은 사람은 그만큼 가지고 있는 게 적기에 좀처럼 의뢰의 대상이 되지 않는다. 단순히 약자를 제거하기에 우리 일은 너무 비용이 많이 든다. 죽음을 서비스받는 일도 명백한 계층의 차이가 존재하고 그것이 바로 자본주의 사회이다. 내가 자연스러운 죽음을 준 대부분의 사람들은 젊어도 40대 남짓이었다.

그녀는 아는 사람이었고 살을 섞었던 사람이었다. 흉하고 고통스러운 죽음은 선사하고 싶지 않았다. 나는 면밀히 그녀의 자료를 분석했다. 덕분에 작은, 그리고 오래된 궁금증 하나를 풀기도 했다.

그녀가 처음 들고 다니던 가방을 선물한 사람은 지점장이었다. 나와 만나기 직전, 아니 나와 처음 잠자리를 같이 하기 직전까지 둘의 관계는 제법 심각했던 모양이었다. 별로 유쾌한 기분은 아니었다. 하지만 덕분에 계획을 세우는 동안 꺼림칙했던 기분은 많이 사라졌다. 그리고 그녀의 자연스러운 죽음을 위해 필요한 사실을 하나 기억해냈다.

젊은 사람의 죽음 중 비교적 깔끔한 것이 자살이다. 죽음에 대해 흔히 하는 착각 중 하나는 자살이 위장하기 쉽다는 생각이다. 만약 수사관과 검시의를 매수할 수 있다면 자살을 위장할 수 있을지도 모르겠다. 그게 아니라면 정말 어렵다. 시신 자체가 죽음을 증언하기 때문이다. 만약 억지로 자살을 위장하려는 상대가 조금이라도 저항한다면, 시신엔 저항흔이라는 게 생긴다. 약물을 사용한다면 좀 낫긴 하지만 그 경우에도 죽은 사람이 상습적인 약물중독 상태이거나 그에 준하는 진료 기록이 있어야 한다. 진단서 없이 수면제

백 알을 구해보라. 더구나 어떻게 저항 없이 상대에게 수면제 백 알을 어떻게 먹일지 내가 묻고 싶다. 미국이라면 코카인 같은 환각제를 쓸 수도 있을 것이다. 주변에 약 좀 뿌려두고 팔에 주사기를 꽂아두면 간단할 것이다. 하지만 한국에서 누가 그런 식으로 죽는다면 당장 마약 전담반이 달라붙어 바닥까지 캘 것이다. 결국 이런 자살은 자살이 아니라 누가 봐도 수상한 죽음이 되어버린다.

목을 매단 것으로 위장하는 건 어떨까? 경험이 풍부한 사람이 확인한다는 전제 하에 자살에 의한 교살흔과 타살에 의한 교살흔을 구분하는 건 어렵지 않다. 힘을 주는 방식부터 손의 방향, 교살흔의 위치와 마지막 발견된 시신의 자세까지 모두 이것이 자살인지 아닌지 증언할 것이다. 다른 것들도 비슷하다. 욕조에서 정맥을 끊는 것부터 시작해서 추락사까지, 영화처럼 자살을 위장하는 일이 쉬운 경우는 거의 없다.

중앙정보부에 의해 자살한 것으로 조작됐던 최종길 교수의 경우를 보면 정보기관에서조차 가장 위장하기 쉬운 자살의 방식인 추락사로 조작하는 데 실패했다. 살인을 자살로 잘못 결론 내렸다면 그건 대개의 경우 그 일을 계획한 쪽이 유능한 탓이 아니라 조사한 쪽이 무능하기 때문이다. 물론 내가 계획한 살인에 운이 따를 수도 있지만 그런 식이라면 회사의 추궁을 피하기 힘들 것이다. 나는 늘 최악의 경우를 상정하고 한다. 그래야 완벽하게 일을 처리할 수 있으니까.

어쨌거나 그만큼 자살을 위장하는 일은 힘들다. 유일하게 내가 자살을 위장하는 경우가 있다면 그건 고객이 우울증 환자로 서랍

어딘가에 유서를 처박아뒀거나 우울증을 앓았다는 병력이 마치 방송국 편성표처럼 긴 경우뿐이다. 이런 경우는 유가족도, 경찰도 죽음을 쉽게 납득한다. 그렇지 않다면 사인의 가장 사소한 부분까지 유가족이나 친구들은 의심을 사게 된다. 친한 사람이, 혹은 사랑하는 사람이 죽었다고 상상해보라. 어제 만나서 같이 농담했던 친구가 자살했다면 먼저 믿을 수 없을 것이다. 그리고 책임감을 느낄 것이다. 어쩌면 막을 수 있었을지도 몰라. 그 책임감이 주는 괴로움이 너무 커지면 사람들은 자살이 아닐 거라고 믿기 시작한다. 그러면 여기저기 냄새를 맡고 다니며, 이미 죽은 사람이 아니라 자신을 괴로움에서 구할 단서를 절박하게 찾아다닌다. 모든 증거조작이 조직적으로 가능한 특수한 환경이 아니라면 이 냄새를 맡고 다니는 유가족을 막을 방법은 없다.

내가 운이 좋은 건 바로 그 점이었다. 현경은 상습적으로 항우울제를 복용했다. 마치 식후에 껌을 씹듯 약을 먹으며 내게는 행복해지는 약이라고 주장했다. 물론 약을 얻기 위해 병원에 다녀야 했지만 상관없는 것 같았다.

"어렵지 않아요. 그냥 이런 표정을 보이며 살기 싫다는 이야기만 늘어놓으면 되니까."

현경은 미간을 찌푸리곤 우스꽝스러운 표정을 지어 보이며 약을 삼켰다. 나는 굉장하다고 생각했다. 한때 내 무관심이 그녀를 좌절시키지 못했던 건 너무나 당연했다. 그녀의 명품가방 한구석에는 포지티브로 가득한 작은 약들이 있었고, 그것들이 뇌 속에 들어가면 번쩍거리며 활기와 행복을 가져다줬다. 신데렐라에 나오는 요정

지팡이가 따로 없었다. 그리고 그녀는 자신의 행복을 지키기 위해 매달 아주 작은 거짓말만 하면 됐다. 그녀의 살아가는 방식이 그토록 단순하고 직선적인 것이 그 약 때문인지, 아니면 그놈의 쿨하다는 삶의 방식 덕분에 약을 먹어야 하는 건지 늘 헷갈렸지만, 어쨌든 그 약이 이번에는 내게 돈을 가져다줄 차례였다.

통계적으로 우울증 환자들이 자살하는 시기는 그들의 병이 회복되는 순간이다. 그들은 스스로 많이 나아졌다고 생각하고 약을 끊는다. 그러면 뇌가 도파민을 달라고 비명을 지르고 해일처럼 우울이 몰려온다. 결국 약 대신 자살을 택하는 것이다. 내가 세운 계획은 간단했다. 그녀의 빈 약병을 가득 채우고 클로로포름으로 잠들게 한 후 목을 매달면 된다. 그러면 경찰은 그녀가 약을 끊었다고 생각할 것이며 오랜 경험에 의거해 자살이라 결론 내릴 것이다.

하지만 당시 난 한 가지를 간과하고 있었다. 그녀와 나의 관계였다. 그녀에게 무슨 일이 생겼을 때 경찰이 날 조사하지 않을 리 없었다.

낙원의 끝

마르코 폴로의《동방견문록》41장부터 43장까지를 보면 산상의 노인과 암살자들에 대한 이야기가 나온다. 산상의 노인은 암살자들을 위한 낙원을 만들고, 동시에 낙원을 이용해 암살을 지시했던 인물이다.

물렉테 지방의 알라오딘이라는 노인은 산 위의 수려하고 웅장한 궁전에 살고 있으며 고상하고 독실한 믿음 덕에 인근 사람들로부터 예언자라는 칭송을 받고 있었다. 스스로도 소문을 부정하지 않았다. 그는 실제로 자신의 천국을 소유하고 있었던 것이다.

그는 두 산 사이의 계곡에 자신과 자신이 세상에 보내고자 하는 암살자 외에는 누구도 들어올 수 없는 은밀한 정원을 만들었다. 그 정원엔 상상할 수 있는 가장 아름답고 큰 저택이 서 있었고, 뜰에는 말 그대로 젖과 꿀이 흘렀으며, 식탁에는 산해진미가 넘쳐났다. 그리고 정원의 꽃과 과수 사이에서는 금과 비단으로 치장한 아름다운

아가씨들이 있었다. 그녀들은 남자를 기쁘게 하는 모든 교태와 기교를 알고 있었다.

당신이 만약 그 시대에 그곳에 살고 있으며, 충분히 건강하고, 알라에 대한 굳건한 믿음을 지니고 있다면 어느 날 갑자기 지상에 만들어진 작은 천국인 그곳에서 깨어날 수도 있을 것이다. 그 기적은 노인과 만나 가벼운 신에 대한 담소를 나누고 그가 준 음료를 마신 직후 일어날 것이다. 그곳의 모든 아름다운 여자들은 당신을 사랑하며, 복종하고, 원하는 모든 것은 다 당신의 소유이다. 뿐만 아니라 해시시와 온갖 기이한 환각제가 있다. 그것들은 눈앞에 펼쳐진 작은 낙원을 좀 더 생동감 있는 천상의 무언가로 덧칠해줄 것이다. 뿜어내는 연기 너머로 시간은 사라지고, 불행은 낙원 밖으로 추방된다. 드디어 당신은 천국을 발견한 것이다. 노인이 죽이고 싶은 사람이 생기기 전까지는.

끝없는 쾌락과 바닥 없는 행복은 어느 날 갑자기 끝난다. 차가운 노인의 궁전 바닥에서 깨어난 당신은 어떻게 된 일인지 이해할 수 없다. 금단현상에 몸을 떨며 눈앞에서 사라진 천국에 견딜 수 없는 상실감을 느낀다. 떨리는 목소리로 당신이 보았던 스스로도 믿을 수 없는 것들에 대해 노인에게 설명할 것이다. 낙원에서 추방된 아담인 당신에게 노인은 답한다. 그곳이 바로 예언자 마호메트가 말했던 천국임을. 당신은 아마 죽고 싶을 것이다. 뇌는 해시시를 달라고 비명을 지르고, 육체는 마치 거대한 추처럼 중력에 사로잡혀 당신을 바닥에 묶어놓는다. 당신이 자살할 수 없는 유일한 이유는 자살이 스스로를 죽인 죄이므로 천국에 갈 수 없다는 것을 알고 있기 때문이다.

천국을 향한 열망에, 혹은 금단 현상에 몸을 떠는 당신의 손을 잡으며 노인은 말한다. "은총을 내려주겠다." 그 은총은 다음과 같다. "예언자 마호메트의 가르침을 거역하는 어떤 사람에 대한 이야기이다. 그를 죽인다면 이곳으로 돌아와 낙원을 보상받을 것이다. 만약 실패하거나 그 과정에서 죽더라도 네 영혼은 예언자 마호메트의 옆자리로 갈 것이다."

노인의 말을 들은 당신은 주저하지 않는다. 친절한 노인은 떠나는 당신을 위해 성대한 잔치를 베풀 것이다. 어쩌면 칼을 찔러 넣을 떨리는 손을 잠재워줄 약간의 해시시를 줄지도 모르겠다. 그렇게 당신은 추방당한 낙원으로 돌아가기 위해 사막을 가로지른다.

많은 꿈같은 밤과 낮이 모래 바람 속에서 교차하고, 낙원은 지옥으로 지옥은 낙원으로 그림자들이 겹치고, 결국은 환각제의 연기와 반월도(半月刀), 붉은 피로 끝나는 짧은 젊은 암살자의 이야기가 이렇게 시작된다.

《동방견문록》에 나오는 물렉테 지방은 실제로 존재하지 않는다. 물렉테는 물라히다의 복수형으로 이교도를 뜻한다. 그들은 이슬람 시아파 중 사라진 7대 이맘을 믿는 이스마일리파를 칭하는 별칭이다. 이 소설 같은 이야기는 실제로 있었던 일이다. 물론 어느 정도 과장되게 각색되어 있지만 말이다.

실제 역사는 냉혹하며 좀 더 차갑다. 핫산 이-사바라는 젊은이가 있었다. 원래 시아파였던 이 젊은이는 수니파와의 싸움에 휘말려 쫓기고 있었다. 피신과 도주가 계속되던 어느 날, 그는 이스마일리파를 만나고 그들에게 감화된다. 7대 이맘을 믿는 그들은 수니파뿐만 아니라 12대 이맘을 구세주로 보는 소수의 시아파 사이에서도 이교도라 배척받고 있었다. 따라서 자신들의 믿음을 전파하고 지키기 위해서는 좀 더 강력한 무언가가 필요했다. 처음엔 그게 요새였다. 이스마일리파의 중심인물이 된 핫산 이-사바는 알라무트라는 한 커다란 바위산이 천혜의 요새가 될 수 있다는 걸 깨닫고 인근 계곡과 산에 두 개의 요새를 만들어 이곳을 중심으로 자신들의 믿음을 전파한다. 하지만 그들의 적은 너무나 강했고, 너무나 많았다. 그래서 그들은 최소의 인원으로 최대의 효과를 얻을 수 있는 방법을 택한다. 믿음과 신념이 넘치는 젊은이들을 훈련시켜 자신들을 탄압하는 자들의 침실로 보낸 것이다. 세계 최초의 비밀 암살단이 탄생하는 순간이었다.

《동방견문록》에 나오는 것과 달리 알라무트는 낙원과는 거리가 멀었다. 매우 금욕적이며 종교적인 장소였으며, 거의 수도원 같았다. 실제로 핫산 이-사바의 아들은 포도주를 마셨다는 이유로 처형된다. 그들은 오지에 살고 있었던 탓에 의학적인 혜택을 받을 수 없었다. 뛰어난 전략가이자 종교 지도자이며 학자이기도 했던 핫산은 자신들의 추종자들을 치료하기 위해 약을 만들었다. 물론 이 약들 속에는 진통제도 포함되어 있었다. 해시시 같은 것들 말이다. 시간이 흐르며 음험한 암살단의 소문은 그들이 사용하는 진통제와 함께 하나의 전설처럼 변한다.

후에 탈레반의 원형이 될 이 종교 집단이 정치적인 집단으로 변한 것은 《동방견문록》에서 산상의 노인이라고 불리는 시난 라시드 알-딘이 등장하면서부터이다. 당시 알라무트가 있었던 곳은 십자군의 영향권 아래였다. 그들에게 같은 회교도이지만 자신들을 탄압하는 수니파나 기독교도가 크게 다르지 않았을 것이다. 아니, 오히려 적의 적은 친구라는 말처럼 그들은 기독교도들과 손을 잡는다. 그들은 기독교도들에게 보호비를 냈으며, 청부를 받아 회교 지도자들을 암살하기도 한다. 종교는 어느새 우선순위에서 밀려나 자신들의 세력권을 유지하고 그에 상응하는 돈을 벌기 위해 암살을 했던 것이다. 심지어 그들은 기독교도들을 쫓아낸 살라딘과 싸우기도 했다.

이 전설적인 이슬람 지도자에게 몇 번인가 암살 기도가 있었고 모두 그들의 솜씨였다. 물론 살라딘은 복수를 하려 했다. 원정이 있었고 토벌대가 요새 앞까지 도달하지만 알라무트는 핫산 이-사바가 생각했던 것처럼 정말 천혜의 요새였다. 아무도 멈출 수 없던 몽골인들이 나타나 그들의 알라무트에 불을 지르기 전까지, 그들은 거의 이백 년간 동방과 서방 모든 곳에서 소문과 전설이 뒤섞인 악명을 떨친다.

암살단의 멸망에는 이중의 배신과 죽음이 있었다. 자신들의 오랜 숙적인 압바스 왕조를 멸망시킨 몽골인들의 칼끝이 자신들을 향하자, 당시 수장인 루큰 알-딘은 협력과 보호의 약속을 믿고 항복한다. 물론 자신들의 수장의 배신에도 불구하고 암살단은 알라무트에서 끝까지 저항한다. 루큰 알-딘이 성에서 환대와 쾌락에 빠져 지내는 동안 알라무트는 포위된 채 조금씩, 조금씩 몰락하고 있었다. 알라무트는 천혜의 요새였지만, 수장이 요새의 비밀을 떠들어댔고, 당시 어떠한 성벽도 몽골인을 막을 수는 없었다. 몽골인들은 자신들이 경멸하던 암살 집단의 본거지를 말 그대로 풀 한 포기 남기지 않고 짓밟는다. 그리고 배신자였던 루큰 알-딘은 알라무트의 몰락과 동시에 처참한 죽음을 당한다. 몽골인들은 언제 자신의 침실로 찾아올지 모를 재앙의 씨앗을 남겨둘 수 없었던 것이다.

암살자를 뜻하는 어새신(assassin)의 어원이 하시시(hashish)에서 유래되었다고들 한다. 그리고 이 하시시는 해시시의 상습 복용 자들을 칭한다고 흔히 알려져 있다. 하지만 어떤 사람들은 하시시가 핫산 이-사바의 추종자들을 뜻한다고 말한다.

***

현경과 불편한 관계가 된 것은 너무나도 당연했다. 아니 이미 불편한 관계였지만, 훨씬 더 불편한 무언가가 됐다. 하지만 그녀는 다르게 생각하는 것 같았다. 퇴근하는 나를 부르더니 갑자기 함께 식사하러 가자고 말했다. 어쩌면 그녀에게 이런 일은 대수롭지 않을지도 모르겠다. 그녀는 행복을 주는 작은 요정들과 함께하고 있었으니까. 그것들은 진정 그녀의 알라무트였다. 그녀의 요청은 불편했다. 그러나 거절할 수 없었다. 우습게 들리겠지만 난 내가 세운 계획에 죽게 될 사람의 부탁을 거절할 만큼 모질지 못했다. 어쩌면 그런 어설픈 선의가 더 큰 잘못인지도 모르겠지만.

그녀는 언제나 그렇듯 쾌활했으며, 즐거운 목소리로 우리가 헤어진 이후 자신이 보냈던 시간들을 이야기했다. 특별한 건 없었다. 몇 번이나 무언가 말하려다 머뭇거리긴 했지만 대체로 일상적인 이야기들이었다. 몸이 안 좋아서 회사를 쉬는 동안 집을 청소했는데 청소기가 고장 났다는 따위의 이야기는 우리가 만나는 동안에도 내 관심을 끌지 못했었다. 그리고 지금은 더더욱 그랬다. 그녀가 결코 말하지 않을 부분까지 이미 난 알고 있었다. 그녀가 즐거운 듯 말하는 일상에 반지하가 덧씌워지면 그건 아무리 밝은 목소리로 말해도 우울하게 느껴졌다. 고작 이딴 이야기를 하려고 퇴근하는 날 붙잡은 건가? 조금 부아가 치밀기도 했다.

하지만 정말 화가 났던 이유는 따로 있었다. 그녀가 날 견딜 수 없게 한 가장 큰 이유는 전날 회사의 사서함에 그녀의 자연스러운 죽음을 위한 계획서를 보냈기 때문이었다. 꽤 깔끔한 계획이었고 최소한 시신은 온전할 것이었다. 나름 만족했다. 우표를 붙이며 마음속으로 그녀의 장례를 치러줬다. 그러므로 이 자리서 그녀는 이미 죽어버린 사람이었고, 내겐 망자와 함께 하는 기괴한 식사였다. 음식은 고무 같았고 자리는 바늘방석이었다. 참을 수 없었던 나는 반쯤 깨작거리던 식사를 멈추고 수저를 내려놓았다.

"도대체 같이 밥 먹자고 한 이유가 뭐야?"

"왜요? 이젠 같이 밥 먹으면 안 되는 사이인가요?"

현경의 얼굴에서 마네킹 같던 미소가 사라졌다.

"그게 아니라……."

이유를 댈 수 없었다. 그녀는 죽을 사람 아닌가.

"사무실을 그만둘 생각이에요."

내 얼굴을 노려보고 있던 그녀가 갑자기 이렇게 말했다. 복잡한 머릿속이 더욱 복잡해지기 시작했다. 그녀가 왜 내게 이런 말을 하는 걸까? 그만두는 이유는 뭘까? 무엇을 알기에 회사에서 제거하려 하는 걸까? 이건 지금 날 협박하는 건가?

"왜? 도대체……."

"지겨워졌어."

해석할 수 없는 답이었다. 지겹다. 무엇이 지겨운 건가. 본능은 이 상황을 벗어나야 한다고 경보를 울려대고 있었다. 분명 무언가 좋지 않은 상황이었다. 그녀는 어디까지 알고 있는 걸까? 불길한 예감이 갈대밭에 떨어진 불씨처럼 번지고 있었다. 내버려두면 모든 것을 태울 것이 분명했다. 하지만 문제는 그것이 어디에 떨어졌는지 알 수 없다는 것이다. 설마, 내가 그녀를 죽일 계획을 세웠다는 것까지 아는 걸까?

"다시 전처럼 돌아갈 순 없는 거야?"

그녀의 말에 반사적으로 미간을 찌푸렸다. 그리고 그녀는 그 표정을 놓치지 않았다. 아뿔싸, 후회했지만 이미 늦었다. 그녀가 밥을 먹자고 말할 때부터 눈치 챘어야 했다. 그녀가 날 찾아왔던 건 무언가를 알았기 때문이거나 무언가를 원했던 게 아니라, 그저 날 원했던 것이었다. 솔직히 나쁜 기분은 아니었다. 누군가 자신을 원하는 사람이 있다는 사실이. 하지만 죽을 사람이었다. 그리고 설사 죽지 않는다 해도 내가 그녀를 택할 리 없었다. 솔직하게 말해야겠다는 생각이 들었다. 어차피 무얼 알고 있건 간에 곧 영원히 침묵할 사람이었다.

"사랑하는 사람이 있어. 곧 청혼할 거야."

잠시 현경은 알 수 없는 표정을 지었다. 그건 슬픔도 분노도 체념도 아닌 범주화하기 힘든 미묘한 인상이었다. 분명 그닥 행복해 보이지는 않았다.

"상관없어. 다른 사람이 있어도."

그녀는 차갑게 말했다. 현경의 말을 듣는 순간 어쩐지 안심이 됐다. 결국 그거였다. 그녀는 옷장을 좀 더 풍요롭게 하고 싶었던 거다. 자고, 명품을 사고, 간단한 절차들이다. 하지만 그녀를 다시 만날 수는 없었다. 나는 진정한 사랑을 시작했고 그걸 더럽히고 싶지는 않았다.

"필요한 게 있으면 말해. 뭐든지 해줄게. 하지만 알잖아. 전처럼 돌아갈 수는 없는 거."

그녀는 미소를 지었다. 쥐어짜낸 미소였다.

"그딴 것 때문에 그런 게 아니야. 난 그냥……."

달라질 건 없었다. 그녀가 무슨 말을 하건 난 이 지리하고 긴 숨바꼭질 같은 대화를 끝내고 싶었다. 확실히 선을 긋지 않으면 그녀는 포기하지 않을 것이다. 상처를 주더라도 상관없었다. 난 그녀의 말을 끊었다. 그리고 또박또박 이렇게 말했다.

"내가 지점장 같은 인간일 거라고 생각하지 마."

그녀의 눈가에 고였던 건 눈물이었던 걸까. 현경은 이내 아주 짧고 기운차게 무언가 떨쳐버리겠다는 듯이 고개를 흔들었고, 더 이상 이 이야기는 하지 말자고 쾌활한 목소리로 답했다. 그래도 알 수 있었다. 내가 그녀에게 무슨 짓을 저지른 건지. 그녀는 이미 죽은 사람 같은 얼굴을 하고 앉아 있었다. 하지만 어쩔 수 없었다. 함께 만나는 동안 늘 요령 좋게 지내왔던 건 그녀였다. 내가 그어놓은 선을 누구보다 정확히 알고 있었고 그 선을 결코 넘지 않았었다. 왜 이제 와서 이럴까? 그녀는 도대체 무얼 알고 있는 걸까?

이 질문이 틀렸다는 걸 깨닫는 데는 그리 오랜 시간이 걸리지 않았다. 진정 중요했던 건 그녀가 무얼 알고 있는가가 아니라 내가 무얼 모르고 있는가였다. 나는 쭉 잘못된 질문을 하고 있었다. 하지만 정말 슬픈 점은 어느 쪽이든 그녀의 운명은 크게 달라지지 않았을 것이라는 것이다. 회사의 결정은 내려졌고 많은 것들이 비탈을 따라 굴러 내려오고 있었다.

일주일 뒤 그녀는 예정대로 자살했다. 예정대로라는 말이 어색하지만 어쨌든 그랬다. 내 예상보다 조금 빨랐다. 회사가 내 계획을 실행하는 데는 보통 보름 전후의 시간이 걸렸었다. 나는 그녀가 무얼 알고 있었건 간에 회사가 매우 조급했던 게 분명하다고 생각했다. 이것 역시 결국 틀린 생각이었지만 말이다.

조사

그날은 내가 출근하는 날이었고, 그녀는 아침부터 보이지 않았다. 지점장의 지시로 직원들이 몇 번이나 그녀의 집과 핸드폰으로 전화를 했지만 아무도 받지 않았다. 무슨 일이 일어났을지 이미 짐작하고 있던 나는 그때마다 가슴이 두근거렸다. 그녀의 어머니에게서 연락이 온 건 그날 점심시간이 지나서였다. 사무실 사람들은 다들 놀랐다. 그녀는 결코 자살할 사람처럼 보이지 않았으니까. 충격받은 표정의 사람들 사이에서 난 어색하게 서 있었다. 그때 지점장이 날 불렀다. 나는 그의 방 안으로 들어갔다.

그는 울고 있었다. 새빨갛게 충혈된 눈으로 날 노려보며 말했다.

"그럴 것까지는 없었잖아요!"

그는 무언가 알고 있었다. 회사의 소행이라는 것도 알고 있었고 그녀가 뭘 알고 있는지도 알고 있었다. 공격적인 그의 태도에 당황스러웠다.

"무슨 소릴 하는지 모르겠네요."

"거짓말. 당신들 짓이라는 거 다 알고 있어."

나는 미간을 찌푸리며 그의 눈을 응시했다.

"현경 씨가 어떻게 죽었건 난 아무 상관도 없어요."

이야기하는 내내 그는 아이처럼 울먹거렸다. 그에게 현경이란 어떤 존재였을까? 그리고 그녀가 날 택했을 때 어떤 기분이었을까? 그는 그게 사랑이라고 믿고 있음이 분명했다. 하지만 현경이 원했다 해도 결코 이혼하지는 않았으리라. 그는 그런 사람이었다. 그런 걸 사랑이라 부를 수 있다면 히틀러는 예수라 부를 수도 있을 것이다.

"그 애는 그냥 당신에 대해 알고 싶었던 거라고. 사랑한다고, 알고 싶다고. 난 말렸어. 나도 모른다고, 그 사람은 위험하다고. 그 애가 뭘 알면 얼마나 알겠어. 뭘 알았겠냐고!"

"그런 식의 말투가 주는 위험에 대해서 깊이 생각해보는 게 좋을 겁니다."

나는 등을 돌려 천천히 지점장의 방에서 나왔다. 더 이상 할 말이 없었다. 정말이지 현경이 뭘 알았는지 나도 몰랐으니까. 그녀가 회사의 표적으로 떠올랐던 건 성실함이나 실수 때문이 아니었다. 내 뒤를 캤다. 도대체 왜 그런 바보짓을 한 걸까? 같이 마지막으로 했던 식사가 떠올랐다. 알아낸 무언가로 협박하기 가장 좋은 순간이었음에도 그녀는 내게 그것에 대해 말하지 않았다.

난 그제야 무언가 크게 어긋나 있다는 걸 깨달았다. 나와 헤어진 직후 그녀의 행동에 일관성을 부여하기엔 무언가 커다란 고리가 빠져 있었다. 나는 사람들이 욕망에 의해 움직인다는 걸 알고 있었다.

그녀의 욕망은 무엇이었던가. 나는 지점장의 방문 앞에 서서 내가 미처 생각하지 못했던 그녀의 목적에 대해 생각했다. 그때 경찰서에서 전화가 왔다.

형사는 내게 형식적인 절차라고 말했다. 그래도 가슴이 떨렸다. 법 한 번 어기지 않고 착실하게 살아온 사람도 경찰서에 가면 떨리기 마련이다. 당시, 내 나이보다 많은 사람의 죽음에 깊이 관여하고 있던 입장에서 경찰의 호출이 달가울 리 없었다.

문을 들어서는 순간부터 맥박이 빨라지는 걸 느낄 수 있었다. 머릿속에서는 불길한 상상이 꼬리에 꼬리를 물었다. 혹시 지점장이 경찰에 무언가 흘린 건 아닐까? 아니면 회사가 날 버리고 희생양으로 삼는 걸까? 알고 있었다. 지점장은 그럴만한 인간이 못되며 회사가 날 제거하려면 이런 번거로운 절차를 거치지 않을 것이란 걸. 머릿속으로는 알고 있었지만 막상 경찰서에 앉아 있자니 손바닥에 땀이 고이는 건 어쩔 수 없었다. 나는 두려움을 들키지 않기 위해 깊이 심호흡을 했다.

형사는 피곤에 찌든 표정이었다. 형식적인 절차라는 말 만큼이나 형식적인 질문들을 했다. 그는 그녀에게 어떤 자살의 징후가 있었냐고 물었고, 나는 모르겠다고 답했다. 난 그에게 우린 이미 헤어졌다고, 그래서 설사 어떤 징후가 있었더라도 알아채지 못했을 거라고 이야기했다. 그는 헤어진 지 얼마나 됐냐고 물었고, 나는 반년이 좀 지났다고 답했다. 그리고 그 대답을 하는 순간, 경찰의 호출을 받고 계속됐던 불안의 정체를 깨달았다. 경찰이 우리가 사귀었다는 사실을 이미 알고 있다는 게 말이 안 됐다. 헤어진 지 반년이 넘은 사이였고 우리 둘의 관계는 아무도 모르고 있었다. 어쩌면 그녀가 자신의 가족에게 말했을지도 모른다. 가족을 통해 이야기를 들은 경찰이 그녀의 핸드폰으로 내 연락처를 찾은 것이리라. 하지만 그렇다면 가족이 직접 연락했을 것이다.

나는 자세를 고쳐 앉았다. 형사는 내게 불편하냐고 물었다. 나는 좀 슬픈 표정으로 그녀가 그렇게 된 게 믿어지지 않는다고 답했다. 순간 형사의 얼굴에 뭔가 비웃는 듯한 미소가 스쳤다. 불길한 징조였다. 그는 제법 정중했지만 내가 모르는 무언가를 알고 있었다. 그리고 그것 때문에 형사는 내게 부정적인 감정을 가지고 있음이 분명했다. 돋아난 혓바늘처럼 입 안을 껄끄거리는 불안에 반사적으로 마른침을 삼켰다. 그는 그녀를 마지막으로 본 게 언제냐고 물었다. 나는 일주일 전이라고 답했다. 무슨 이유로 만났냐고 물었고, 그녀가 다시 사귀자고 했다고 답했다. 형사는 한숨을 쉰 후 말없이 키보드를 두드렸다. 나는 조심스레 헛기침을 한 후 입을 열었다.

"뭔가 잘못됐나요?"

그가 모니터에서 시선을 내게 옮긴 후 한심하다는 표정으로 이렇게 말했다.

"뭔가 잘못됐죠. 사람이 죽었는데."

형사는 지긋지긋하다는 표정이었다. 나는 통계를 떠올렸다. 전국에서 하루에 약 서른 명 전후의 사람들이 자살을 한다. 매년 인구 십만 명당 거의 스물다섯 명 전후의 사람이 자살하는 셈이다. 아마 이 경찰서에서도 매일 자살자들을 처리해야 할 테고, 돌아가면서 담당한다 해도 적어도 한 달에 서너 차례는 자살 사건을 처리해야 할 것이다. 나는 가장 무난한 답을 골랐다.

"믿어지지 않아요. 일주일 전만 해도 멀쩡해 보였는데."

"다들 그렇게 말하죠. 그런 태도가 결국 자살을 방치하는 겁니다."

그는 모니터에서 시선을 떼지 않고 코웃음을 쳤다. 그는 날 비난하고 있었다. 무엇이 문제일까? 여기에서 화를 내야 하는 걸까? 화내지 않으면 수상해 보일지도 몰랐다. 나는 억울하다는 표정으로 답했다.

"반년도 넘었다고요. 헤어진 지. 그녀가 목매달았다고 해서 왜 내가 여기까지 불려와야 하는 거죠?"

그의 손이 멈췄다. 고개를 들었다. 그리고는 날 보며 미간을 찌푸렸다. 심장이 다시 요동치기 시작했다. 반사적으로 뭔가 잘못된 답을 했다는 걸 깨달았다. 그는 한 팔을 들었다.

"예?"

그는 팔을 옆으로 돌려 다이빙하는 시늉을 했다.

"투신했어요. 한강대교에서. 목을 매단 게 아니라."

나를 따라다니던 무언가가 커다란 균열과 함께 요란한 소리를 내며 천천히 무너져내리고 있었다. 내가 세운 계획에 따르면 그녀는 목매달기로 되어 있었다. 회사는 단 한 번도 계획과 다르게 일을 진행한 적이 없었다. 내 표정을 본 형사가 물었다.

"왜요? 상상하니까 끔찍해요? 뭐가 불만이냐고 했죠? 헤어진 지 반년이나 지났는데."

그는 담배를 빼어 물었다. 내 시선은 반사적으로 그의 움직임을 따라가고 있었지만 머릿속으로는 도대체 일이 어떻게 돌아가고 있는 건지 이해하기 위해 미친 듯이 생각하고 또 생각했다. 한강에 투신이라. 나쁘지 않은 방법이긴 하다. 저항흔이 없다면. 하지만 유서가 없고, 확실한 자살의 사유가 없는 경우 투신 후 시신이 발견되면 부검의 위험이 따른다. 회사에선 왜 이런 식으로 일을 처리한 걸까?

담배에 불을 붙인 후 깊이 한 모금 빨아들인 형사는 연기를 내뿜으며 이렇게 말했다.

"난 이거 살인으로 봐요, 씨발. 법이 뭐라고 하건."

나는 눈을 질끈 감았다. 드디어 경찰서에 들어서는 순간부터 본능적으로 느꼈던 불안이 실체를 드러내기 시작했다. 문득, 앞으로 어떤 상황이 벌어지건 간에 말을 하지 않는 편이 낫겠다는 생각이 들었다. 일단 변호사를 불러야 하나.

"칼로 찌르고 때리고 이런 것만 사람을 죽이는 게 아니란 말입니다."

한마디 한마디에 피가 아래로 쏠리는 듯한 현기증이 들었다. 끝이다. 회사에서 날 도와줄까? 난 많은 걸 알고 있으니까 회사도 가만있지 않을 거야. 그럼 빠져나갈 수 있어. 회사는 뭐든 할 수 있으니까. 나는 나 자신을 진정시키기 위해 마음속으로 계속 중얼거렸다. 하지만 떨리는 몸을 주체할 수 없었다.

"꼴을 보니 양심은 있는 모양이네. 읽어봐요. 유가족이 당신도 보길 원하니까."

눈을 떴다. 그는 내 앞으로 흰 봉투를 밀었다.

"조사는 끝났으니까 돌아가셔도 됩니다."

나는 어리둥절한 표정으로 그를 보았다. 형사는 지친 표정으로 담배를 끄고 있었다.

"당신도 이렇게 될 줄 몰랐겠죠. 이런 걸 원하지도 않았을 테고. 인연이란 게 참…… 가봐요."

형사의 동정어린 눈빛을 뒤로 한 채 봉투를 들고 경찰서에 나왔다. 차에 앉아 놀란 가슴을 진정시켰다. 끝이라고 생각했었다. 도대체 어떻게 된 걸까. 나는 봉투를 벌려 그 속에 종이를 꺼냈다. 익숙한 필체가 눈에 들어왔다. 그건 거의 현경의 글씨 같았다. '엄마 미안해요.' 첫 구절을 읽는 순간 이것의 정체가 유서라는 사실을 깨달았다. 이것 역시 계획에 없었다. 도대체 회사는 뭘 하고 있는 걸까. 유서라니. 필적 검사를 받을 위험을 무릅쓸 생각을 한 멍청이가 누군지 알고 싶었다.

나는 천천히 그녀의 유서를 읽었다. 말도 안 되는 이야기로 가득 차 있었다. 나는 웃었다. 너무 웃어서 눈물이 났다. 울 이유는 없었다. 이건 조작이었으니까. 회사에서 분명히 다른 사람을 고용했을 것이다. 그 멍청이는 자그마치 투신을 시켰으며 유서까지 조작했다. 검시의가 바보가 아니라면 다리에서 밀어넣을 때 팔목이나 등에 생긴 저항흔을 놓치지 않을 것이다. 이런 식으로 미숙하게 처리하다니. 들키지 않은 게 행운이었다. 사법기관의 무능한 인간들 때문에 얼마나 많은 사람이 오늘도 죽어갈지 생각하니 눈물이 멈추지 않았다. 이건 정말이지 프로의 솜씨가 아니었다. 그런데 멍청한 형사와 한심한 검시의는 이 모든 증거들을 놓치고 이걸 자살이라고 결론 내린 것이다. 정말 믿어지지 않았다.

유서

엄마 미안. 정말 미안해. 엄마가 어떤 기분일지 잘 알아. 자식이 죽는다는 거 정말 괴롭잖아. 그치. 믿어지지 않겠지만 그 기분 잘 알아. 그래서 더 미안해.

하지만 알아줘, 어렵게 결정한 거라는 거. 정말 오래 고민했어. 그리고 기다렸어. 시간이 지나면 좋아지겠지. 그렇게 믿었어. 하지만 점점 더 견디기 힘들어질 뿐이더라. 이젠 밤에 잠도 거의 못 자. 너무 힘들어. 정말이지 다른 방법이 없었어.

실은 거짓말한 게 있어. 그 사람 이야기. 우리 곧 결혼할 거란 이야기. 다 거짓말이야. 우리 헤어졌어. 제법 오래전에. 닷새 전에 찾아가서 다시 만나자고 했지만 거절당했어. 그 사람 알고 있더라. 나 예전에 어땠는지. 정말 그 자리에서 죽고 싶었어.

그래도 그 사람 원망하지 마. 좋은 사람이야. 정말 행복했으니까. 아직도 처음 같이 식사하던 날을 기억해. 그렇게 멋진 곳에 처음 가본 거였거든. 난 어떻게 해야 할지도 몰랐는데 그 사람이 친절하게 가르쳐줬어. 화도 안 내고 말이야. 난 거기 있는 것만으로도 주눅이 들었는데 친절하게 이야기해주고 괜찮다고 말해줬어. 그리고 그 사람이 늘 날 보고 있다고 했을 때, 거의 울 뻔했어. 너무 기뻐서. 정말 특별한 사람이 된 것 같았으니까. 그리고 같이 동물원에도 갔어. 알잖아. 학교 소풍도 못 따라가서 동물원 한 번 못 가본 거. 그날 나한테 이런 말도 했었다. 소중한 사람이라고. 왜 그때 시간이 멈춰버리지 않았던 걸까. 그랬으면 정말 좋았을 텐데.

그 사람, 만나는 내내 정말 날 소중하게 대해줬어. 엄마도 알잖아. 예전 남자친구들이 어떻게 대했었는지. 그런 남자는 처음이었어. 매번 얼마나 멋진 선물을 사줬는지, 엄마도 기억하지? 정말 기뻤지만 두려웠어. 한밤에 혼자 그가 준 선물들을 보고 있으면 선물들이 이렇게 말하는 거 같았어. 넌 그 남자랑 어울리지 않아.

몇 번인가 전화를 했지만, 알잖아. 그 사람, 미국 시간에 맞춰서 일하는 거. 늘 방해만 됐지. 그때마다 실감했어. 나란 사람, 얼마나 그 사람한테 도움이 안 되는지 말이야. 그래도 만나면 즐거웠어. 바빠서 자주 보진 못했지만 그래도 함께 있는 동안은 정말 세상이 다 내 것 같았어.

하지만 언제부턴가 두려워지더라. 항상 다른 곳을 보고 있는 거 같았거든. 내 이야기를 듣고 있지만, 그리고 항상 친절하지만 무언가 부족했어. 처음엔 다른 여자가 있을지도 모른다고 생각했어. 하지만 그건 아니었어. 정말 바보 같은 이야기지만 회사가 끝나면 그의 집 앞에서 감시했던 적도 있거든. 그 사람 집에는 다른 사람은 오지 않더라. 정말 나만큼이나 외로운 사람이었어. 함께 있을 때마다 마음속으로 외쳤어. 날 봐달라고. 그리고 생각했어. 그는 널 보고 있어. 모든 게 네 불안일 뿐이야.

하지만 같이 보내는 밤이면 때때로 그 사람이 시체처럼 차가워질 때가 있었어. 언젠가 이유를 물어본 적이 있어. 그는 웃으며 답했지. 결코 그런 일 없다고. 하지만 나도 알고 있었어. 비밀이 있다는 걸. 그 사람 늘 나한테 뭔가 감추고 있었으니까. 그 비밀이 뭘까? 그리고 생각했어. 그 사람은 널 사랑하지 않아. 그게 비밀이야.

한 번 의심하기 시작하자 멈출 수 없었어. 제정신이 아니었지. 하루 종일 그 사람에 대해 생각했고 그 사람이 출근하지 않는 날우 늘 고통스러웠어. 병원에 다니기 시작한 게 그쯤 같아. 의사는 말했어. 그 사람과 이야기를 해보라고. 하지만 말할 수 없었어. 그가 무언가 말하고 그게 돌이킬 수 없는 거라면 나한테 처음 찾아온 행복인데 그렇게 끝낼 수는 없잖아. 그래서 약을 먹기 시작했어. 그가 약에 대해 물어봤을 때 얼마나 가슴이 철렁했는지 모를 거야. 지금도 흠투성인데 약까지 먹다니 정말 바보 같잖아. 하지만 그렇게라도 영원히 지속할 수 있다면 난 기꺼이 그랬을 거야.

그치만 생리가 끊겼어. 난 생각했지. 전화를 하지 않는 거야. 그가 먼저 할 때까지. 그가 전화한다면 날 사랑하는 거야. 그럼 말하는 거지. 그는 이 소식을 기뻐할 거고 우린 결혼을 하는 거야. 하지만 전화는 오지 않더라. 실망하진 않았어. 예상하고 있었으니까. 전에 내가 말한 적 있잖아. 전화하는 걸 싫어하는 사람이라고. 그래서 목표를 바꿨어. 일주일에 한 번씩 사무실에서 마주칠 때마다 내게 전화하지 않는 이유를 묻길 기다리는 거야. 그럼 내가 그 이유를 말하는 거지. 그러면…….

그렇게 한 주가 흘렀어. 난 생각했지. 그가 바빴을 거야. 또 한 주가 흘렀어. 무언가 일이 있었을 거야. 그리고 또 한 주가 흘렀어. 그래, 지난주에는 연휴가 끼었으니까. 믿어져? 그런 바보 같은 이유 때문에 묻지 못했을 거라고 생각했다는 걸. 하지만 그는 회사에서 나를 볼 때마다 매번 아무 일도 없었다는 듯한 표정으로 아무렇지도 않게 인사했어. 마치 우리 사이가 아무 사이도 아니었다는 듯이.

그래서 병원에 갔어. 정말 괜찮았어. 당시엔 나도 화가 나 있었으니까. 돈이 없어서 그가 사준 목걸이를 금은방에 팔았어. 정말 놀랐어. 생각보다 훨씬 비쌌으니까. 난 이해할 수 없었어. 정말 아무 사이도 아니었다면 도대체 무슨 생각으로 이런 걸 선물했던 걸까? 아무래도 좋았어. 상관없잖아. 아무 사이도 아닌 관계에서 태어난 아무 것도 아닌 앤데.

비 온 다음 날이었어. 정말 하늘이 맑더라. 병원에서 나와서 약을 먹고 생각했어. 괜찮아. 아무 일도 없던 거야. 난 울지도 않았어. 울 이유가 없었으니까.

그런데 잠이 오지 않는 거야. 병원에 가서 수면제를 처방해 달라고 할 수 없었어. 안 그래도 약을 받고 있는데 수면제까지 달라고 하면 이유를 캐물을 거 아니야. 죽어도 아무에게도 말하지 않을 생각이었으니까. 이건 무덤까지 가져갈 내 평생의 비밀이니까.

그래서 매일 뜬눈으로 지새웠지. 난 밤마다 그 사람이 준 선물들을 다 끌어내 상자에 담아놓고 생각했어. 날이 밝으면 출근하기 전에 모두 태우는 거야. 하지만 해가 뜨면 다시 지친 몸으로 그걸 다 제자리에 돌려놓았지.

그리고 그 사람이 있었어. 전혀 변함이 없는 그 모습이 얼마나 미웠는지 엄마는 상상할 수 없을 거야. 너무 미워서 죽여 버리고 싶었어. 매번 그를 볼 때마다 걷잡을 수 없는 감정에 명치끝이 답답해졌어. 왜 그렇게 행동했는지 알고 싶었어. 무슨 생각으로 내게 잘해줬고, 무슨 생각으로 날 버린 건지.

그래서 그 사람 뒤를 밟았어. 그리고 이유를 알아냈지. 그에게 새로운 여자가 생겼던 거야. 만약 그 사람에게 다른 여자가 있는 거라면 같이 죽든가 그 여자를 죽여버릴 생각이었지만 그 여자를 본 순간 이상하게 화가 나지 않더라. 그 여자는 엄마, 내가 사랑했던 모든 브랜드 그 자체 같은 여자야. 내가 동경했던 모든 거였고, 내가 되고 싶은 전부였어. 어떻게 그럴 수 있지? 화가 난 게 아니라 슬퍼졌어. 아, 내가 이렇게 된 것도 당연하구나. 진짜 웃긴 게 뭔지 알아? 그 여자는 꼭 백화점에서 매달 날아오는 팸플릿 속의 사람처럼 생긴 데다 원하는 건 뭐든지 살 수 있을 만큼 부자였지만 내가 가지고 있는 시계 하나의 반값도 안 되는 것들만 걸치고 있었다는 거야. 굳이 비싼 걸 입지 않아도 될 만큼 잘난 거였지. 더구나 그 여자는 아무도 죽이지 않았잖아. 나는 심지어 내 아기마저 죽였는데.

집에 혼자 누워 있으면 아기 울음소리가 들리기 시작한 게 이 무렵부터였을 거야. 처음엔 무서웠어. 그리고 약도 먹었어. 하지만 때때로 살포시 잠들만 하면 어디선가 아기 울음소리가 들렸어.

어느 눈 오는 밤이었을 거야. 난 참지 못하고 집 밖으로 달려 나갔어. 옷도 안 걸치고 슬리퍼만 신은 채 집 밖으로 나왔는데 함박눈이 하염없이 내리는 거야. 너무 많이 와서 앞도 잘 보이지 않고 추위에 발도 시리고 어깨가 움츠려 들었어. 냉기가 아랫배 깊숙이 파고들어 이빨이 서로 부딪혔지. 난 울음소리가 들리는 골목을 향해 소리 질렀어. 그만하라고! 제발 그만해! 그러자 거짓말처럼 울음소리가 그쳤지. 그러고 돌아서는데 미끄러져 넘어졌어. 넘어져서 아픈 것보다 쌓인 눈 때문에 너무 추웠어. 그렇게 엎어져 있는데 문득 깨달았어.

우리 아기가 추워서 우는구나.

바보같이 엄마면서 모르고 있었어. 하긴 아기를 죽인 게 난데. 의사가 다시 생각해보라고 말했는데, 상관없다고 대답한 게 난데. 그래서 아이가 집으로 돌아오지 못하고 우는 건데. 그날 처음 울었어. 아기를 위해서.

혼자 있는 밤이면 아기 대신 내가 울었어. 죽었는데, 아무도 모르고 아무도 울어주지 않았잖아. 그래서 내가 다른 사람들 몫까지 울었어. 나중엔 눈물도 나오지 않더라. 그래도 회사에 갈 때면 전처럼 보이려고 얼마나 노력했는지 아무도 모를 거야. 당신이란 사람이 없어도 아무 상관없다고, 그렇게 보이고 싶었어. 하지만 그 사람은 상관없었던 것 같아, 이 모든 게. 그래서 생각했지. 죽여버리자. 네가 가지고 있는 비밀이 뭔시 모르겠지만, 아이를 위해서 죽어줘야겠다고 생각했어. 누구든, 부모 중에 누구든, 저승에서 혼자 우는 아이를 위해서 필요한 거잖아.

난 계획도 다 세워뒀어. 어떻게 할 건지. 다시 만나자고 한 뒤 여관방에 데리고 가서 죽여버릴 생각으로 가방에 칼도 넣어뒀으니까. 그가 선물해줬던 그 가방에.

그 사람이랑 식사를 했어. 정말 웃긴 게 뭐였는지 알아? 같이 그렇게 앉아 있으니까 다시 가슴이 두근거리더라. 그리고 기억났어. 내가 이 사람을 얼마나 사랑했는지. 그렇다고 내 결심이 변했던 건 아니야. 생각했지. 이 사람을 죽이고 같이 죽자. 그래서 저 세상에서 셋이 같이 사는 거야. 어차피 이 세상에서 그 여자를 이길 자신은 없으니까. 난 내가 계획했던 대로 말했어. 생각나? 엄마가 예전에 나한테 했던 말. 남자들은 똑같다고, 늘 그 생각밖에 없다고. 근데 그 사람은 거절하더라. 사랑하는 사람이 있다고. 난 상관없다고 했어. 사랑이고 나발이고 이제 죽일 생각뿐이었으니까. 그가 같이 자러 가지 않으면 그 순간 죽일 수도 있었어. 어디든 무슨 상관이야. 그 순간 그가 말했고 난 비로소 깨달았지. 그 남자가 감추고 있던 비밀이 뭔지. 그건 내 과거였어. 내가 그에게 숨기고 있었던, 지워버리고 싶던 시간들 말이야.

난 잊고 있었어. 그리고 그 사람이 왜 날 버렸냐만 원망하고 있었지. 그 사람이 내 과거를 얼마나 알고 있을까? 그리고 그 사실을 알았을 때 얼마나 상처받았을까. 난 바보처럼 나만 피해자라고 생각하고 있었어. 그는 너무나 상냥해서 나한테 그걸 미처 말하지도 못하고 혼자 괴로워했던 거야. 진짜 나쁜 사람이 누군지 깨달았지. 난, 난 정말 모든 사람에게 내 죄를 뒤집어씌우고 있었던 거야.

엄마, 엄마라면 어떻게 했을까? 적어도 나처럼 아기를 포기하지는 않았겠지. 돌이켜보면 그 모든 시간이 후회돼. 왜 난 아무렇게나 살았을까. 다시 돌이킬 수도 있을지 몰라. 사람들이 흔히 하는 말처럼 지금이라도 늦지 않았을지 모르지. 하지만, 그럼 이름도 없는 우리 아기는?

도저히 그렇게 살 수는 없을 것 같아. 결코 엄마처럼 좋은 엄마는 되지 못할 거야. 하지만 지금이라도 엄마 노릇 하고 싶어. 엄마 이해할 수 있겠지. 미안해.

알아줘요. 그냥 미안하고 고맙고 죄송해요. 엄마, 사랑해요.

심벌

암살단이 존재했던 것은 이슬람 사회만은 아니었다. 인도에도 역시 악명을 떨치는 암살단이 존재했다. 이들이 등장했던 것은 이슬람의 암살단이 몽고인들에게 종말을 맞을 무렵이었다. 역사 속에서 하나의 암살단이 사라지면서 또 다른 암살단이 등장했다는 것은 흥미로운 사실이 아닐 수 없다.

넓은 영토와 다양한 인종, 복잡한 문화와 다양한 계층을 지닌 인도의 암살단이 특이했던 점은 이슬람과는 달리 돈과 좀 더 밀접한 관계를 맺고 있었다는 사실이다. 이들 역시 자신들의 종교를 내세우긴 했다. 하지만 이슬람의 암살단에서 종교가 최초의 암살단이 생겨난 동기이자, 암살단을 유지시키는 일종의 이데올로기라는 분명한 역할이 있었는 데 반해 인도의 암살단에서는 서로를 묶어주는 일종의 느슨한 동지의식 같은 것이 있었다. 암살단들이 숭배했던 신은 칼리였다. 파괴의 여신이라 불리는 칼리는 죽음을 관장한다. 그들은 희생자들을 죽이는 일이 칼리를 기쁘게 하는 일이며 자신들은 칼리의 보호를 받고 있다고 믿었다. 암살단은 칼리의 신화에 따라 사명을 다하고 있다고 주장했지만 그들의 칼리 숭배는 숭배라기보다 일종의 핑계에 가까운 느낌이다.

칼리는 파괴의 신 시바의 부인으로, 관점에 따라 많은 다른 시바의 부인 중 하나이거나 혹은 동일한 부인들의 다른 모습이거나, 심지어 시바의 파괴적인 면이 두드러지는 여성성으로 보기도 한다. 물론 수많은 신이 있고 그 신이 또 결국 하나라고 믿는 인도인들의 종교관을 이해한다면 별로 이상한 견해도 아니다.

파괴의 여신인 칼리는 인도의 모든 신들 중 가장 무서운 모습으로 등장한다. 산발한 머리카락의 그녀는 목에 자신의 적들의 머리를 주렁주렁 걸고 있으며 치마는 희생자들의 몸통으로 이루어져 있다. 뿐만 아니라 그녀의 혓바닥은 자신이 먹은 희생자의 피로 붉게 물들어 있는데 늘 혀를 자랑스럽게 내밀고 있다. 모든 손에는 다양한 학살을 위한 무기를 들고 있는데, 한 손에 든 창으로는 악마를 꿰뚫은 채 허공을 향해 쳐들고 있고 다른 발로는 자신의 남편 시바를 짓밟고 있다. 이름답게. 꽤나 호쾌한 여신이었다.

암살단이 자신의 목적을 정당화하기 위해 사용했던 칼리의 전설은 악마 락타비자와의 싸움에 관한 신화였다. 락타비자는 앞서 설명한 칼리가 들고 있는 창에 꽂혀 있는 바로 그 악마이다. 락타비자는 죽일 수 없는 악마였다. 그의 피 한 방울이 대지에 떨어지면 그곳에서 천 명의 락타비자들이 태어났기 때문이다. 그래서 칼리는 자신의 옷자락을 찢어 두 인간에게 준 후 떨어진 피에서 태어난 락타비자들을 목 졸라 죽일 것을 명한다. 그리고 자신은 락타비자의 몸을 허공에 띄워 창으로 꿰뚫은 뒤, 창을 따라 흘러내린 피를 모두 마셔버린다. 정말이지 여장부가 아닐 수 없다. 암살단은 자신들이 락타비자들의 후예들을 목 졸라 죽이고 있다고 주장했다. 돈이 없는 사람들은 락타비자의 후예가 되지 못했지만 말이다. 물론 악마의 후예가 가난할 리 없긴 하다.

그들의 작업 방식은 이슬람의 암살단과는 달리 조직적이지도, 전문적이지도 않았다. 그들의 목표는 주로 넓은 대륙을 지나다니는 여행객과 순례자, 그리고 상인들이었다. 그들은 일련의 순례자들로 위장한 채, 길 위에서 자신들의 희생자와 우연을 가장한 동행을 시작한다. 상대방이 경계를 풀고 충분히 외진 곳에 도달하면 암살단들은 작업을 시작했다. 암살단 중 하나가 희생자의 주위를 끌면 다른 하나는 한 명은 쓰고 있던 루말이란 이름의 스카프로 상대의 목을 졸랐다. 바로 칼리의 옷자락을 상징하는 노란색 루말이었다. 그리고 마지막 사람이 땅을 파 시신을 묻었다.

이슬람에 비해 뛰어난 면이 있었다. 효율적으로 분업화된 암살 절차와 비밀을 중시하는 태도가 바로 그것이었다. 그도 그럴 것이 그들은 어디까지나 현실과 이익에 기반을 둔 암살을 했고, 암살을 하다 잡히거나 죽어도 기다려주는 천국은 없었다. 희생자가 죽으면 그들은 주머니를 털었고, 외진 곳에 매장한 후 집으로 돌아갔다. 카스트 제도가 절대적인 인도 사회답게 암살단 역시 세습직이었다. 하지만 이 세습은 그야말로 비밀이어서 가족들 사이에서도 세습을 받은 사람들만이 그들이 암살단이라는 걸 알고 있었다. 서로 암살을 할 때는 라마시나라는 암살단만의 은어를 사용했기에 비밀은 오래 지켜질 수 있었다. 이들은 어느 정도 수입을 세금으로 바치거나 크게 어렵지 않은 의뢰를 대신해주는 것으로 지방 토호들이나 왕실과도 유기적인 관계를 맺고 있었다. 때문에 권력의 비호를 받은 이들은 오래 자생적인 조직이 될 수 있었다. 지역적이고 가족적인 조직이었기에 이슬람이 자랑했던 체계적이고 일사불란한 세력을 갖추진 못했다. 정치적인 영향력도 없었고 자신들의 요새도 없었다. 상대의 목을 조를 때 쓰는 칼리를 상징하는 노란색 루말만이 서로를 알아보고 방해하지 않는 암묵적인 신호였다. 따라서 인도의 암살단은 이슬람 암살단이 누렸던 신화에 가까운 악명도, 막강한 권력도 결코 누려보지 못한다.

하지만 이런 태도가 결국 일찍 소탕된 이슬람의 암살단과는 달리 자신의 업을 수백 년간 조용히 지속해올 수 있게 했다. 마치 일종의 괴담처럼 암살단이 존재한다는 소문이 돌았지만, 누구도 그 실체는 알지 못했다. 단지 매해 여행을 떠났던 수많은 사람들이 돌아오지 않을 뿐이었다. 믿을 수 있는 통계인지 알 수 없지만 많은 경우엔 한 해에 약 삼만 명이나 되는 사람들이 실종되곤 했다고 한다. 산발적인 형태와는 달리 꽤나 분주하게 작업했던 셈이다.

이 인도의 암살단이 사라진 것은 역시나 그 지역을 지배한 강력한 외세에 의해서였다. 19세기, 영국은 인도의 발전을 저해하고 있는 조직범죄를 일소하기로 하고 대대적인 암살단 소탕 작업을 시작한다. 어차피 영국인들은 암살단의 목표가 아니었으므로 그 전까지는 별다른 관심도 보이지 않았다. 그저 과장된 인도 괴담쯤으로 여기거나 일종의 전설쯤으로 치부했다. 하지만 어느 날 갑자기 모든 결정은 뒤집어졌고, 갑자기 영국군인들은 암살단을 소탕하기 시작했다.

여기에는 두 가지 설이 있다. 하나는 암살단이 영국인들을 죽이는 사건이 벌어졌기 때문이라는 설이다. 결국, 오랜 시간이 지나며 인도의 부를 영국인들이 독점했으므로 그들이 표적이 되는 것은 필연적이라 할 수 있었다. 영국이 인도에서 영국인의 실종을 조사했고 그 배후에 암살단이 있었으므로 소탕되었다는 것이 이 설의 내용이다.

또 다른 이야기는 칼리 신전에 대한 것이다. 칼리 신전에 주둔했던 영국군은 믿을 수 없는 광경을 목격하는데, 신전의 제단에 가득 찬 시신들이었다. 상당수는 시체를 먹은 흔적이 남아 있었다. 끔찍한 광경에 놀란 영국군들은 신전 안 사람들을 추궁한다. 그들은 여신 칼리가 새벽에 찾아와 그들을 먹고 간다는 믿을 수 없는 이야기를 했다. 영국군은 새벽까지 기다렸고 칼리는 오지 않았다. 영국군은 이 야만적인 소행의 범인이 신전 사람들이라고 판단하고 신전사람들을 죽였다고 한다. 그리고 그 신전의 시신들이 암살단에 의한 것이라는 걸 나중에 알게 됐다는 설이다.

어찌됐건 간에 영국은 암살단을 소탕하기로 한다. 지속적으로 암살단을 소탕하자고 주장하던 영국인 스티븐슨에게 이 중책이 맡겨졌다. 소문으로 돌던 매장지가 파헤쳐졌고, 숲과 동굴 등지에서 수백 구의 시신이 쏟아져나왔다. 전국 각지에서 광범위한 체포와

고문, 처형이 이뤄졌고, 수백 년간 악명을 떨치던 암살단도 그렇게 사라졌다.

그들이 믿던 칼리도 암살단의 붕괴를 막지 못했다. 암살단들은 자신들이 여신에게 버림받았다고 생각했고 그래서 비밀은 더 이상 비밀이 아니게 됐다. 체포된 대부분의 암살단은 결국 감옥에서 늙어 죽었고 세습으로 이뤄지던 그들의 직업을 이어받을 사람은 아무도 없었다. 하지만 영국이 소탕했던 암살단이 정말 암살단이었는지는 아무도 모른다. 당시 영국은 암살단이라고 체포하고 처형 시켜버리고 싶은 수많은 인도인이 있었고, 고문엔 늘 필요 이상으로 너무나 많은 이름이 나오기 마련이었다.

분명한 것은 오늘날 칼리 여신을 숭배하고 루말로 목을 조르는 소박한 암살단은 적어도 더 이상 존재하지 않는다는 사실이다. 예전처럼 도보나 말을 타고 여행하는 여행객도 거의 사라졌고, 이들의 이동수단이 암매장하기 좋은 외진 곳에 멈춰 서는 일도 드물다.

사실 인도의 암살단이 사라지는 데 가장 큰 기여를 한 것은 이동수단의 발전이었을 것이다. 세 명이 조를 짜고 목을 조르는 식으로는 영업할 수 없는 세상이 온 것이다. 임살단을 무너뜨린 선 결국 정점에 달한 산업화 사회이며 자본주의였다. 그들은 이른바 모던한 사회에 적응하지 못한 것이다. 어쨌든 인도에는 여전히 많은 조직범죄단이 존재하고 이들은 자신들이 암살단의 후예임을 자처한다. 그러나 그들은 보호세를 뜯고 각종 이권 사업에 개입하는 조직폭력배 이상은 아니다. 그렇게 거대한 암살단은 다시 역사의 장막 뒤로 사라져버렸다.

***

집에 돌아왔을 때 매니저가 와 있었다. 매니저는 이틀 뒤 시간이 괜찮냐고 물었고, 난 상관없다고 답했다. 정말 상관없었으니까. 무언가 이견을 달기엔 이미 너무 지쳐 있었다. 매니저는 회사에서 날 보고 싶어 한다고 말했다. 난 대답 대신 고개를 끄덕였다. 사실 매니저에게 많은 걸 묻고 싶었다. 하지만 현경과 관련된 일에 대해 매니저가 무언가를 알고 있을 것 같지는 않았다. 안 그래도 나에 대해 너무 많이 알고 있는 여자였다. 모르고 있다면 더 정보를 주긴 싫었다. 아니 정말 회사의 소행이라면 그녀가 모를 리 없었다. 어쩌면 그저 수치스러웠던 건지도 모르겠다.

"좀 자둬요. 얼굴이 말이 아니니까."

매니저는 내게 이렇게 말하고 떠났다. 그런 말을 내게 했던 건 이번이 처음이었다. 얼굴이 정말 엉망이거나, 매니저도 뭔가 알고 있을 게 분명했다. 거울을 봤다. 거기엔 얼굴이 있었다. 평범한, 돌아서면 잊어버릴 정도로 희미한 인상의 사내가 있었다. 사람들은 흔히 누군가에게 얼굴이 엉망이라고 말한다. 그 기준이 무얼까. 알 수 없었다. 그저 살인자의 얼굴이었다. 어쩌면 내 얼굴은 항상 엉망이었는지도 모르겠다.

자라는 말을 들었지만 도저히 잠이 올 것 같지 않았다. 나는 술병을 꺼내 식탁에 올려놓고 그녀의 유서를 다시 읽었다. 가짜라는 증거는 없었다. 아니, 그걸 판단할 만한 근거는 어디에도 없었다. 그녀의 필적을 확인할 만한 대조본도 없었고, 있다 해도 내가 필적 감정에 대해 아는 건 기초적인 수준의 지식밖에 없었다. 획을 긋는 방식, 'ㅇ'을 그리는 방식, 점을 찍는 법, '0'을 쓰는 법. 하지만 나 정도의 필적 감정인을 속이기란 어렵지 않을 것이다. 더구나 술에 취해 있다면. 내용 역시 마찬가지였다. 어떤 부분에선 묘하게 구체적이었지만, 어떤 곳들은 너무 추상적이었다. 만약 회사가 우리의 대화를 도청했다면 약간의 상상력을 가미해 만들어낼 수 있는 수준의 글이었다. 그리고 내가 아는 한, 회사는 목표가 된 인물의 일거수일투족을 감시한다. 나는 판단을 유보하기로 했다. 유보하기로 한 결정엔 무언가 근거가 있었겠지만 이 당시의 기억은 거의 나지 않는다. 마치 부서진 유리조각들처럼 깨어져 흩어졌다. 그때 느꼈던 감정 역시 마찬가지였다.

침대에 누워 한숨을 쉬었고, 눈을 감았다. 그리고 울었다. 아이처럼 엉엉 울었다. 이유는 없었다. 울고 싶었으니까. 그리고 침대에서 일어나 가스레인지에 불을 켜 유서를 태워버렸다. 냉정하게 생각하면 이해할 수 없는 행동이었다. 그 유서야 말로 현경의 죽음과 관련한 진실을 밝혀낼 수 있는 유일한 증거였다. 아마 너무 취했기 때문이리라. 정말이다.

눈을 뜬 건 다음날 점심이 지나서였다. 머리맡에는 예린이 앉아 있었다.

"죽을 끓였어요."

자리에서 일어났다. 움직일 때마다 머릿속에서 누군가 뇌를 걷어차고 있는 기분이었다.

"어떻게 온 거야?"

말을 할 때마다 머리가 욱신거렸다.

"기억 안 나요?"

나는 식탁에 앉아 눈을 감았다. 예린의 무릎에 고개를 박고 울었던 기억이 어렴풋이 떠올랐다. 귀 끝이 빨개지는 걸 느낄 수 있었다.

"내가…… 전화했던가?"

"예. 새벽에요."

그녀는 가스레인지 앞에 가서 죽 냄비를 들고 왔다. 그리고 능숙하게 식기 시작한 윗부분부터 조심스럽게 뜨기 시작했다.

"미안. 어제는 실수 많이 했지?"

"괜찮아요."

그녀는 죽 그릇을 내 앞에 내려놓더니 자신의 손을 내 손 위에 얹었다.

"전화해줘서 기뻤어요."

손등을 타고 그녀의 따스한 온기가 전해졌다. 기대하지 못했던 반응이기에 당황스러웠다.

"다 끝나면 무슨 일 때문에 그랬는지 말해줘야 해요."

예린은 그날 저녁까지 함께 있다 갔다. 피곤했을 텐데도 전혀 그런 내색은 보이지 않았다. 난 소파에 멍하니 앉아서 그녀를 바라보며 현경을 생각했다. 그리고 현경을 생각하며 다시 예린을 바라보았다. 그래. 인정하자. 나는 삼십여 명을 죽였고, 거기에 한 명이 더 추가됐을, 아니 두 명이 더 추가됐을지도 모르겠다. 지옥이 있다면 죄는 지옥에서 받으면 된다. 그 둘에게는 미안한 일이지만 그것 때문에 예린까지 불행하게 하고 싶지는 않았다. 예린이 내 과거를 받아들일 수 있을까, 그것이 두려웠다. 하지만 거기엔 이를테면 어떤 확신 같은 게 있었다. 그녀는 충분히 이해할 만한 사람이었다. 함께한 시간 동안, 적어도 내가 아는 그녀는 그랬다. 현실에 존재하는 사람이라고 믿을 수 없을 만큼 그녀는 대단한 여자였다. 내 모든 걸 알고 있는 것 같았고, 내 모든 걸 받아들일 수 있을 것 같았다. 심지어 현경의 유서 속에서도 그녀는 그런 식으로 묘사돼 있지 않는가. 나뿐만이 아니라 누가 봐도 그렇게 느낄 여자였다.

그렇다고 내 직업적인 문제가 해결되는 것은 아니다. 현경의 일이야 몇 가지 불행한 오해와 불가피한 사건의 결과라고 설명할 수 있다 하더라도, 나는 앞으로도 사람을 죽일 것이며 정말 성공적인 살인 계획을 짜야 한다. 그녀와 나를 맺어줬던 고액 연봉은 그 죽음들 덕분이었다. 따라서 일을 그만두면 이 돈이 사라진다. 아니, 내가 그만두는 것을 회사가 용납할 수 있을지도 모르겠다. 만약 일을 그만두고 빈털터리가 된다 해도 그녀가 날 받아들일 수 있을까? 혹은 내가 사람을 죽이는 일을 받아들일 수 있을까? 어느 쪽도 잘 상상이 되지 않았다. 정말 청혼을 할 생각이라면 이 사실을 평생 감춰야 하는 걸까, 아니면 솔직하게 밝혀야 하는 걸까. 반지를 사기 전에 했어야 할 고민을 바보같이 이제야 하기 시작했다.

그날 밤, 혼자 작업실에서 마치 살인 계획을 짤 때처럼 대차대조표를 만들고 위험 분석을 했다. 좀처럼 답이 나오지 않았다. 차라리 살인 쪽이 위험 분석을 하기 쉬웠다. 누군가 죽이는 것보다 자신의 결혼과 그 진실을 밝힐지 여부가 더 어렵다는 것에 대해 조금 수치심을 느꼈다. 타인의 목숨은 결국 내게 그 정도였던 것이다.

다음날은 회사 사람과 약속이 있는 날이었다. 나는 아침 일찍 검은 양복을 입고 현경의 장례식장에 들렀다. 현경의 유가족들 중 날 알아보는 이는 아무도 없었다. 사무실 사람들은 어제 다녀갔으므로 나는 다른 조문객들 사이에 묻혀 있었다. 영정사진이 아닌 그녀의 얼굴을 직접 보고 싶었지만 어쩔 수는 없었다. 영안실 밖으로 가서 장례식장 뒤로 돌아갔다. 그리고 그녀가 있을 것 같은 건물 외벽을 짚고 조금 울었다. 너무나 혼란스러웠다. 그녀에 대해 품고 있던 감정이 어떤 것인지 전혀 이해할 수 없었다. 애도나 슬픔, 죄책감도 있었지만, 그 이상의 무언가가 있었다. 내가 상상하는 것 이상으로 중요한 것이리라는 걸 잘 알고 있었지만, 나는 살아남았으며 이제 결혼을 할 것이다. 어느 누구도 너무 많은 것을 안고 살아갈 수는 없다. 살아남기 위해서 때때로 어떤 것은 버리지 않으면 안 된다. 설사 그것이 소중한 것이리라 예감하더라도.

나는 그 복잡한 마음 위에 시멘트를 부어버리고 깔끔하게 마무리를 했다. 마치 마피아들이 시체를 처리할 때처럼. 이제 망각이란 이름의 무의식의 바다에 그 드럼통을 던져넣으면 끝날 것이다.

회사에서 왔다는 남자는 생각보다 나이가 많았다. 그는 최불암을 연상시키는 후덕한 미소를 안면에 가득 띠고 있었다.

"장례식장에 다녀오시는 모양이군요."

그는 내 검은 양복을 보며 이렇게 말했다. 나는 대답 대신 고개를 끄덕이고 맞은편에 앉았다.

"무슨 일로 보자고 하신 겁니까?"

"서두르지 마세요. 별일이 없으면 다시 볼 일이 없는 사이니까. 천천히 이야기해보죠. 하고 싶은 말도, 듣고 싶은 이야기도 많을 거 아닙니까?"

그는 모든 것을 알고 있다는 얼굴로 이렇게 말했다. 어쩐지 주먹이 절로 쥐어지게 만드는 가증스러운 표정이었다.

"아니요. 지금도 너무 많이 알고 있는 편이죠. 지긋지긋할 정도로."

그는 고개를 끄덕였다.

"그런 겸손한 태도가 회사에서 높이 평가받는 겁니다."

이 순간 그의 얼굴에 주먹을 날리면 과연 어떤 평가를 받게 될까.

"우선 축하드립니다. 또 한 번의 테스트에 통과하셨습니다."

"그 이야기는…… 또…… 다른 테스트가 있다는 겁니까?"

하마터면 현경에 대한 이야기를 지접 꺼낼 뻔했나. 하지만 물어봐야 아무 소용없었다. 그가 어떤 대답을 하든 내가 믿지 못할 게 분명하니까. 이제 회사가 벌이는 게임의 정체를 어렴풋이 알 수 있을 것 같았다. 회사는 거짓을 만드는 게 아니다. 거짓과 진실을 뒤섞는다. 그리고 그것을 균일하게 만들어 어느 곳에도 진실이 존재하지 않게 만든다. 그에게 현경에 대해 물으면 그는 어떤 말을 할 것이다. 그리고 그것에 대해 캐물으면 그는 이렇게 답할 것이다.

"어떤 관점에서는요." 그렇다. 그들에게 모든 것은 관점의 문제일 뿐이다. 현경은 자살한 것일 수도 있고, 자살을 가장한 것일 수도 있으며, 그게 나 때문일 수도 있고, 조작일 수도 있다. 그 과정에 현경이 내 아이를 임신해서 낙태했을 수도 있으며, 그것 역시 또 다른 거짓의 하나일 수도 있다. 요는 어느 쪽이건 간에 결국 내가 그들의 답을 믿을 수 없는 상황이라는 것이었다. 물론 술에 취해 그녀의 유서를 태움으로써 나 역시 그들의 계획에 동조해버리고 말았지만 말이다.

그는 상체를 뒤로 젖혀 몸을 등받이에 기댔다. 그리고 흥미롭다는 표정으로 이렇게 말했다.

"다른 테스트가 있는지는 우리도 모릅니다."

가까스로 혀 앞까지 튀어나오는 욕을 틀어막았다. 화를 낸다는 건 현명하지 못했다. 최대한 우호적으로 대화를 이끌어 보다 많은 정보를 캐내야 한다. 오직 회사만이 내게 벌어진 일의 실체를 알고 있을 테니. 곰곰이 그가 한 답을 돌이켜보았다. 그가 모를 수도 있다. 하지만 그는 '우리도'라는 표현을 사용했다. 즉, 그뿐만이 아니라 회사도 모르고 있다고 답한 것이다. 어쩌면 그는 회사를 구성하고 있는 중요한 인물 중 하나일지도 몰랐다. 그래서 회사가 결정하는 어떤 문제에 대해 공동 결정을 하는 것일 수도 있었다.

"회사는 테스트에 대한 결정권이 없다는 겁니까?"

"뭔가 착각하시고 있군요. 테스트는 회사에서 하는 게 아닙니다."

그는 예의 인자한 미소를 띤 채 이렇게 답했다. 목이 탔다.

"예?"

“회사는 누구도 필요로 하지 않습니다. 어떤 위협에도 견딜 수 있을 뿐만 아니라 회사에 대해 어떤 위협이 존재하기나 하는 건지도 의심스럽죠.”

그가 도대체 무슨 이야기를 하는 건지 종잡을 수 없었다. 그는 내 반응을 조심스레 살피며 즐기고 있었다. 어쩔 수 없었다. 언제나 더 많은 비밀을 지니고 있는 쪽이 키를 쥐고 있으니까.

“회사가 누굴 테스트하는 것은 비밀을 지키거나 위협을 막기 위한 게 아닙니다. 자격을 보기 위한 거죠. 어디까지나 당신의 안전을 위해서. 당신은 중요하거든요. 회사에 필요한 한은.”

결국 운전면허증 이야기와 다를 게 없었다. 자격의 문제라니, 007의 살인면허 이야기도 아니지 않은가.

“우리가 테스트를 하는 방식은 간단합니다. 어떤 대상에게 충분한 위협이 닥쳤을 때, 그저 조그만 돌을 올려놓는 것뿐입니다. 다른 동기는 없습니다. 어찌 됐건 우리에게 누가 어떤 존재인가는 아는 일은 중요하거든요. 중요하다면 지켜야 하니까.”

그 조그만 돌이란 게 현경의 유서였을까, 아니면 현경에 대한 살인 계획을 짜라는 것이었을까, 아니면 그 전부였을까? 그는 회사가 날 지키기 위해 테스트를 했다고 말하고 있었다. 말도 안 되는 소리였다.

“그래서 무너지면 어쩔 수 없는 거고, 무너지지 않으면 좀 더 많은 걸 말해주게 되는 겁니다. 진실을요.”

그의 입 꼬리가 살짝 올라갔다.

“진실이란 건 결국 고통스러운 법이니까요.”

말의 미로들. 그는 날 농락하고 있었다. 좋다. 기꺼이 당해줄 수 있었다. 진실을 알 수 있다면.

"그래서 진실이 뭐죠?"

그는 고개를 숙였다. 순간, 그가 웃음을 참고 있다는 걸 깨달았다. 나는 생각했다. 저 인간의 목을 조르면 죽이는 데 과연 얼마의 시간이 걸릴까?

"왜 묻는지 이해가 안 가는군요. 제가 보기엔 이미 답을 알고 계신 거 같은데요."

갑자기 앉아 있는 의자 속으로 천천히 몸이 꺼져가는 느낌이 들었다. 현경을 담아놓은 시멘트가 찬 드럼통이 다시 심연에서 떠오르고 있었다. 그의 말대로라면 최소한 회사가 현경을 죽이려 한 이유는 알 수 있을 것 같았다. 그녀가 날 죽이려 하고 있었으니까. 하지만 그게 진실일까? 그는 생글거리고 있었다. 그의 목을 따고 내장을 끄집어내어 흩뿌리고 싶었지만 꼼짝도 할 수 없었다. 천천히 목이 뻣뻣해지고 있었다.

"물론 본인이 아직 인정하지 못하고 있는 거 같지만 말이죠."

그는 손수건을 꺼내 입을 가렸다. 그리고는 짧고 발작적인 호흡을 했다. 웃음을 참고 있는 그의 얼굴이 시선을 가득 채웠다. 그는 상체를 기울여 내 쪽으로 얼굴을 더욱 가까이했다. 당장 혀를 뽑아버리고 싶었지만, 내 어떤 행위도 오히려 그를 즐겁게 할 뿐이었다. 저 인간은 즐기고 있다. 내 괴로움을. 고통을. 괴로워할수록 그에게 당하는 거야. 나는 눈을 감고 심호흡했다. 떠오른 드럼통에서 막 현경의 팔이 나오고 있었다. 그가 속삭였다.

"굉장한 자제력이군요. 한 대 맞을 거라 생각했는데. 예상했던 것보다 회사에 적합한 분이군요. 상으로 좋은 걸 알려드리겠습니다."

그는 그 자세로 상체에서 메모지를 꺼냈다. 그리고 메모지에 작은 그림을 그렸다. 나는 그에게서 메모지를 받았다. 메모 속에는 그림이 있었다. 다이아몬드형의 도형 양 귀퉁이에 두 개의 삼각형이 그려져 전체적으로 큰 삼각형을 이루고 있는 그림이었다. 꼬집어 말할 수는 없지만 어디에선가 많이 본 것 같은 마크였다.

"회사의 심벌입니다. 물론 공식적으로 사용하진 않고 있습니다. 사용한다 해도 이 기본형에서 많은 변형을 하고 있죠."

회사에 심벌이 존재한다니 조금 의외였다. 지금까지 상상한 회사의 이미지와 어울리지 않았던 것이다.

"예상외라는 표정이군요. 하지만 알아두세요. 회사는 광범위하고 느슨한 조직입니다. 때로는 서로의 정체를 모른 채 협력해야 할 때가 있고 그때 이런 상징이 필요하죠."

"뭘 상징하는 그림이죠?"

"이 세상이 존재하는 질서의 원리죠. 큰 삼가형은 권력을 상징해요. 생태계의 먹이사슬, 피라미드의 강력한 지배권력, 삼각형의 안정감. 가장 안정된 형태의 도형이니까요. 그리고 그 안에 존재하는 다이아몬드 모양의 사다리꼴은 우리 사회를 상징합니다. 당신도 학교에서 배운 적 있죠. 현대 사회의 계층 구조, 바로 이 형태죠. 소수의 상류층과 소수의 하층이 있고 넓은 중산층이 존재하는. 흥미롭지 않나요? 정말 이런 사회가 존재한다는 사실에 대해서."

나는 손가락으로 다이아몬드 양 귀퉁이에 그려진 삼각형들을 가리켰다.

"이건 뭘 의미하는 겁니까?"

"다이아몬드가 서 있기 위해 필요한 모든 것이죠. 다이아몬드형은 결코 서 있을 수 없죠. 그래서 뭔가 지탱해줄 삼각형들이 필요한 겁니다. 전체적으로 다시 세상을 큰 삼각형으로 만들……. 그건 다양하죠. 정말 다양해요. 세상에 그런 존재들은 세상에 너무 많으니까."

그는 알 수 없는 소리를 지껄이고 있었다. 마치 회사가 세상의 모든 질서라도 책임지고 있다는 듯 자랑스럽다는 표정으로 날 응시하고 있었다. 회사에서 이 미친 과대망상증 환자를 보낸 이유가 뭘까? 진실을 들려준다고? 그는 말장난만을 하고 있었다.

"지금은 잘 알 수 없겠지요. 하지만 조만간 알게 될 겁니다. 빠르건 늦건 간에. 당신을 보니 생각보단 빠를 거 같군요. 힌트를 주자면 우리가 죽였던 모든 사람들 역시 이 작은 삼각형에 해당하는 사람들입니다."

그는 다시 상체를 뒤로 젖혔다. 잠시 우리는 조용히 차를 마셨다. 머릿속이 복잡했다. 이제 현경은 드럼통에서 기어 나와 내 목에 팔을 감고 있었다. 내가 감추고자 했던 모든 것들이 완벽히 되살아났다. 그가 지껄인 말들을 생각했다. 내가 모르는 감추어진 의도가 있었다. 무얼까? 그는 자리에서 일어났다.

"회사에서 좀 더 다양한 일에 대해 자문을 구하게 될 겁니다. 그리고 보수도 상당히 늘어날 거고요. 일단은 테스트에 통과한 거고,

이를테면 승진한 거니까요. 회사를 너무 적대하지 마세요. 재미있는 분이니까 제가 개인적으로 알려드리죠. 뭐, 곧 알게 될 테지만 말입니다. 테스트는 결코 끝나는 법이 없습니다. 사실 따로 시작된 적도 없죠."

그는 손을 뻗어 자신이 꺼냈던 그림이 그려진 메모지를 집어 들었다.

"이 그림이 지닌 의미를 깨달은 후에는 알게 될 겁니다. 결국…… 모든 걸 받아들이거나 체념하겠죠."

그는 싱긋 미소를 지었다. 그리고 손에 들고 있던 메모지를 구긴 후 자리에서 떠났다.

나는 남겨진 채 생각했다. 그리고 내가 애써 부정하려 했던 고통스러운 진실과 그가 던진 수수께끼에 대해서. 그래, 인정하지 않을 수 없었다. 나는 현경의 죽음에 대해 비겁한 태도를 취하고 있었다. 그녀가 회사에 의해 죽었건 자살했건 결국 내 책임이었다. 아이는…… 아마 정말 있었을 것이다. 설사 회사에서 만든 유서라 해도 굳이 그런 내용을 써야 할 이유는 없었으니까. 술 취한 내가 유서를 태울 수밖에 없었던 건 그 때문이었으리라. 그렇지만 달리 어찔 수 있단 말인가. 난 이미 그녀의 심장에 수도 없이 칼을 찔러 넣었고 목을 졸랐다. 그녀를 살릴 수 있다면, 그리고 그녀가 가졌던 아이를 살리기 위해서라면 뭐든지 할 수 있었다. 하지만 그런 일은 불가능하다. 이제 와서 어쩔 수 있는 건 아무것도 없다.

아마 다시 그를 볼 일은 없을 것이다. 하지만 그가 내게 했던 말들은 곧 다른 형태의 주박이 될 게 분명했다. 그렇지 않다면 회사에서 그를 내게 보낼 이유가 없었으니까.

오래 걸리지 않았다. 그가 내게 왜 그토록 친절하게 회사의 마크를 설명해줬는지 깨닫게 되는 데에는. 그리고 그것은 진정, 주박이었다. 하지만 그보다 더 주의해서 들어야 했던 그의 말은 그가 마지막 했던 말이다. 결국 모든 걸 받아들이거나 체념할 거라는 말. 받아들이거나 체념하거나……. 과연 이 두 단어의 거리는 도대체 어느 정도란 말인가.

주박

집으로 돌아왔다. 구석구석 뒤졌지만 남아 있는 술은 없었다. 다시 나가 사올 힘도 없었으므로 나는 침대에 누워 담배를 피웠다. 나답지 않은 짓이었다. 하지만 나답지 않은 무언가를 하고 싶었다. 검은 천장에 퍼져나간 담배연기는 끊임없이 알 수 없는 형상을 만들어가며 어둠 속에 녹아들었다. 무언가 알아볼 수 있는 형체를 상상해보려 했지만 담배 한 개비가 다 탈 때까지 아무것도 상상해낼 수 없었다. 그것은 그저 담배연기일 뿐이었다.

나는 예린에게 주기 위해 샀던 반지를 꺼냈다. 다이아몬드는 아름다웠다. 그 작고 투명하고 단단한 탄소 덩어리는 탁상 등의 빛을 받아 찬란하게 반짝였다. 문득 그가 했던 말이 떠올랐다. 나는 다이아몬드를 받치고 있는 받침들을 살펴보았다. 그것들은 구부러진 삼각형이었다. 가장 안정된 형태. 작은 삼각형들. 이해할 수 없는 말들이었다. 어쨌거나 기운을 내서 청혼을 해야 했다. 당장 내게 가장 중요한 것은 그것이었다. 알고 있다. 이런 내 모습이 얼마나 추한지. 하지만 이미 많은 사람의 피를 뒤로 하고 여기까지 왔다. 산 자는 살아야 하는 법이다. 그 모든 치욕과 죄책감과 수치심을 뒤로한 채로.

기운을 차리기 위해 주방으로 갔다. 그리고 냉장고 속을 뒤져서 남은 반찬을 긁어모아 간단한 볶음밥을 만들었다. TV를 켜둔 거실에 앉아 영화를 보며 혼자 볶음밥을 먹었다. TV에서는 60년대 일본 공포영화가 나오고 있었다. 옛날 영화답게 지독히 연극적인 세트에서 배우들이 과장된 연기를 하고 있었다. 피는 물감 같았고 유령은 흰 분칠을 하고 있었다. 단편들이 묶인 영화는 꽤나 시시한 내용이었지만 굳이 다른 곳으로 채널을 바꿀 기운도 없었다. 한 편의 단편이 끝나자 설녀 이야기가 시작되었다.

유난히 춥고 눈이 오는 밤, 한 소년이 노인과 나무를 하고 마을로 돌아온다. 눈과 폭풍 때문에 나루터에 배가 끊겨 그들은 나루터 옆, 풀을 엮어 만든 움막에서 잠이 든다. 늦은 밤, 소년은 살을 에는 추위에 잠에서 깬다. 그리고 자신의 옆에서 잠든 노인의 숨을 설녀가 앗아가고 있음을 깨닫는다. 노인은 이내 동사하고 고개를 돌린 설녀는 소년과 눈이 마주친다. 자신을 봤으니 너도 죽어야 한다고 말하는 설녀에게 소년은 자신이 죽으면 늙으신 어머니가 혼자 남는다며 살려달라고 애원한다. 마음이 약해진 설녀는 그에게 한 가지 제안을 한다. 자신을 본 이야기를 누구에게도 하지 않는다면 살려주겠다는 것이었다. 소년은 약속을 지키겠다고 맹세하고 설녀는 약속을 어긴다면 자신이 나타나 소년을 죽일 것이라고 말한다.

다음날 폭풍이 멈추고 마을로 돌아온 소년은 누구에게도 노인이 죽은 진짜 이유를 말하지 않는다.

이듬해 봄, 소년의 어머니는 나루터에서 한 아름다운 소녀를 만난다. 입을 줄이기 위해 집에서 나와 동경의 한 부잣집에 하녀로 일하러 간다는 소녀를 본 소년의 어머니는 해도 넘어가는데 자신의 집에 묵어갈 것을 권한다. 소녀는 소년의 집에 가고 둘은 서로에게 호감을 품는다. 소년의 어머니는 동경에게 가봐야 고생할 게 뻔하니 자신의 아들과 혼인하는 것이 더 좋지 않냐며 슬며시 결혼할 것을 청한다.

시간이 흐르고 소년은 청년이 된다. 결혼한 두 사람에게 어느 새 아이도 생기고 이제는 제법 성숙한 여성 태가 나는 소년의 부인은 마을에서 못하는 일이 없는 참한 아내로 평판이 자자하다. 둘이 행복하게 사는 모습에 만족한 소년의 어머니는 편안히 눈을 감는다.

소년은 이제 중년의 사내가 됐다. 아이들도 많이 컸지만 소년의 부인은 여전히 젊고 아름다웠다.

늦은 겨울밤, 짚신을 짜며 잠든 아이들 사이에서 대화를 하던 남편은 문득 눈보라 치는 밖의 날씨를 보고 설녀를 떠올린다. 그래서 부인에게 어린 시절에 봤던 설녀에 대해 이야기한다. 그리고 그 이야기를 듣던 부인의 표정이 서서히 변한다. 한참 이야기를 하던 남편은 문득, 그때 봤던 설녀와 부인의 얼굴이 똑같다는 걸 깨닫는다.

이 부분에서 채널을 바꿨다. 문득 어린 시절에 봤던 〈전설의 고향〉 구미호 편과 똑같다는 사실을 깨달았기 때문이다. 허나 궁금하긴 했다. 과연 어느 쪽이 보고 베낀 걸까. 사실 답을 유추하는 건 어렵지 않았다. 분신사마라 불리는 고쿠리 상부터 수많은 괴담들이 국산이 아니라는 건 잘 알고 있었으니까. 일제 강점기의 영향인지, 아니면 흔한 일본 베끼기였는지, 설화의 원형성 탓인지 알 수 없었지만 역시 볼만한 건 다큐멘터리밖에 없었다.

채널을 돌리자 인간이 사라지면 지구상에 어떤 일이 벌어지나에 관한 다큐가 나오고 있었다. 화면에선 냉각수가 끊긴 원자력 발전소가 임계점을 넘어 녹아내리고 있었다. 나는 TV를 켜둔 채 침실로 돌아가 잠을 잤다. 꿈결에 희미하게 들리는 광고의 소리들 덕에 꿈과 광고가 뒤섞였다. 내가 사랑하는 예린이 초콜릿과 핸드폰을 광고했고, 그 위로는 끊임없이 눈이 내렸다. 그리고 그것들은 다시 기억 속의 자동차 안으로 바뀌었다. 멀리서 임계점을 넘은 원자력 발전소가 폭발했고, 눈은 낙진으로 변해 모든 것을 하얗게 만들었다.

아침에 일어났을 때, 머리는 맑았고 모든 생각이 명확했다. 처연한 감정도, 복잡한 생각도, 희미한 의혹도, 무거운 감정들도 꿈처럼 사라졌다. 살아남는 가장 현명한 방법은 어쩔 수 없는 것들을 빨리 포기하는 것이다. 나는 그녀에게 전화했다. 오늘 저녁 만나자고 말했고, 그녀는 자신의 집으로 오라고 이야기했다. 오늘 청혼을 할 생각이었다. 무언가 장소를 빌려 거창하고 화려하게, 평생 잊을 수 없도록 하고 싶었다. 하지만 그런 것을 준비하다가는 다시금 혼란에 빠질 것 같았다. 아주 사소한 여지라도 현경의 기억을 되살릴 수 있다는 걸 알고 있었으므로 시간이 없었다. 나는 가겠다고 답했다.

서랍에서 반지를 챙긴 후 옷장을 뒤졌다. 입고 갈 옷이 없었다. 약속한 시간이 되기 전까지 미용실에서 머리를 자르고 옷을 사러 다녔다. 유명 브랜드의 매장을 돌아다니다 현경과의 데이트가 떠올랐다. 그리고 문득, 내가 현경에게 했던 모든 감정의 교류는 브랜드로 대신했었다는 사실을 깨달았다. 청혼 직전에 떠올리기 좋은 추억은 별로 아니었다. 믿을 수 없었다. 나는 뭐든 잘 잊어버릴 수 있었다. 누군가 죽일 계획을 세우고 돌아서면 잊었다. 때때로 계획의 대상이었던 사람의 부고 기사를 봐도 아무렇지도 않았다. 아니 심지어 알아보지도 못하다가 한참 후 '아, 그랬었지' 하고 감정 없는 마른 기억을 떠올리곤 했었다. 그런데 왜 그녀의 추억은 그림자처럼 떨어지지 않는가.

예린의 집으로 향하며 꽃다발과 샴페인을 샀다. 어쨌든 그녀의 집에 처음 가는 거니까. 그녀를 바래다주기 위해 수도 없이 집 앞을 들락거렸지만 항상 현관 앞까지였다. 문득, 처음 그녀의 집에 가는데 너무 서두르는 건 아닌가라는 생각도 들었다. 하지만 상관없었다. 그녀의 감정을 확신할 순 없었지만 내 마음은 분명했으니까. 그리고 지금 내 삶에서 확신할 수 있는 유일한 것은 그것뿐이었다. 삶이 어느 순간 위태롭게 흔들거리면 가능한 것부터 발판을 만들어가면 된다. 그것이 바로 이 청혼이었다. 내가 비겁하다는 건 알고 있다. 하지만 달리 어쩌란 말인가. 이 모든 것은 내가 선택한 삶이 아니다. 어느 순간 회사에 떠밀린 채 여기까지 왔을 뿐이다. 그러므로 나에게도 행복을 택할 권리가 있었다.

그녀의 집 앞에 도착했을 때 아파트 주차장에 나와 있는 그녀의 모습이 보였다. 두려워할 건 없었다. 그곳엔 내게 보장된 행복이 있었으니까.

그녀의 집은 그녀를 닮았다. 심플하고 모던한 인테리어에 자신이 그린 일러스트를 걸어둠으로써 그녀의 내면에 지닌 따뜻함을 표현하고 있었다. 마치 무슨 인테리어 책이나 세련된 독신 여성이 나오는 TV 광고 속의 집과 같았다. 휑하니 넓기만 할 뿐 가구 따위가 거의 없는데도 작은 혼돈상태인 내 집과는 정반대였다. 갑자기 그동안 내 집에서 그녀와 함께 했던 시간들이 부끄러웠다. 그녀의 집을 구경하며 맥박이 점점 빨라지는 것을 느낄 수가 있었다. 운명의 시간이 다가오고 있었다. 하지만, 동시에 무언가 마음 한구석에서 그림자가 드리워지는 걸 느낄 수 있었다. 그건, 정말 그림자 같았다. 그녀가 빛나면 빛날수록 그녀에 대한 감정이 주체할 수 없이 커지면 커질수록 더욱 짙어졌다. 어쩌면 내 양심일지도 몰랐다. 현경을 그토록 불행하게 하고서 이런 것이 가당키나 한 것인가 하는. 하지만 나는 그것이 거절에 대한 공포이리라 결론 내렸다. 나는 겁쟁이였고 그동안 내가 내린 모든 비겁한 결정들이 그걸 잘 증명하고 있었으니까. 그러니 이제 어른스럽게 공포를 인정하고 청혼하면 될 것이었다.

그녀가 만든 식사를 했다. 그녀는 꽤 훌륭한 샐러드와 매우 훌륭한 스테이크를 만들었다. 음식을 입 안에 넣고 음미할 때마다 앞으로 수십 년을 함께 할 행복이 혀끝을 타고 천천히 다가오는 것을 느낄 수 있었다. 그녀 역시 무언가 특별한 일이 일어날 것임을 예감하고 있는 게 분명하다고 스스로를 격려했다. 아주 조그만 좁쌀만 한 용기라도 더 필요한 순간이었으니까.

나는 식사를 마치고 그녀의 방으로 갔다. 그녀는 차를 내올 테니 잠시 기다리라고 말했다. 나는 혼자 남아 방 안을 둘러보았다. 그녀를 닮아 정갈한 방이었다. 꽃병에는 내가 사온 꽃들이 꽂혀 있었고, 책상 위에 놓인 몇 권의 화집과 작업대의 물감 자국 외에는 모든 게 정돈되어 있었다. 문 바로 옆에는 그녀가 그린 일러스트가 있었다. 어느 잡지 광고에서 본 적이 있는 캐릭터들이 역동적으로 앞으로 나아가고 있는 그림이었다. 나는 그녀가 내가 생각했던 것보다 더 유명한 일러스트레이터라는 사실에 조금 놀랐다. 그녀는 아직 어렸으니까. 아마 그녀가 속한 업계에서도 그녀의 성공은 나이에 걸맞지 않은, 지극히 예외적인 경우일 것이 분명했다. 그래서 조금 더 주눅이 들었다.

일러스트 속에서는 중심인물 세 명이 화면에 튀어나올 듯한 자세로 막 달려나오는 동작을 취하고 있었다. 서브 캐릭터 두 명이 양 구석에서 역시 각자 반대 방향으로 구석을 올려다보는 다소 전형적인 구도였다. 하지만 특유의 생동감이 살아 있었다. 어쩌면 광고이기 때문에 이런 건지도 몰랐다.

그림을 보는 사이 그녀가 차와 과일을 들고 왔다. 나는 그녀가 들고 온 쟁반을 받아 침대 옆 작은 탁상에 내려놓았다. 그리고 그녀의 양어깨를 감싼 채 탁상 옆으로 나오게 했다. 그녀를 앞에 세워놓고 무릎을 꿇은 채 반지를 내밀 생각이었다. 너무나도 식상하고 유치한 방법이라고 생각했지만 그렇기 때문에 반드시 통할 거라는 확신도 있었다. 전형적인 구도, 전통적인 방식. 언제나 성공 확률이 높은 것은 그런 것이다. 그녀를 세워놓고 주머니에 손을 넣었다. 그리고 어리둥절한 표정의 그녀를 바라보며 반지를 꺼내려 했다. 그 순간, 사랑스러운 그녀의 얼굴 뒤로 일러스트가 눈에 들어왔다. 그녀의 얼굴에 캐릭터들이 가려 그림의 구도만 볼 수 있었다.

갑자기 그동안 내 주위를 맴돌던 그림자의 정체를 깨달았다. 그림의 구도는 회사 사람이 내게 보여줬던 그 심벌과 정확히 일치했다. 달려 나가는 세 명의 캐릭터가 이루는 다이아몬드 꼴과 두 명의 서브 캐릭터가 만드는 삼각형. 앞서 말했던 것처럼 흔한, 전형적인 구도였다. '아무 문제도 없어.' 그때, 어제 보았던 설녀 영화가 떠올랐다. 그녀와 눈에 대한 기억이 너무나 깊이 얽혀 있기 때문일까. 거실에서 봤던 그녀의 시디꽂이가 어떤 모양이었지? 그것 역시 네 개의 작은 삼각형이 커다란 삼각형을 이루는 형태였다. 그건 다시 말해 다이아몬드 형과 두 개의 삼각형으로 볼 수도 있었다. 알고 있었다. 그게 그녀가 회사와 관계있다는 어떤 증거도 될 수 없다는 것을. 그런 시디꽂이는 수도 없이 많았다. 하지만 그가 했던 말이 떠올랐다. '테스트는 결코 끝나는 법이 없습니다.' 예린은 회사에서 심어둔 사람일까? 그렇다면 내가 그녀에게 회사에 대해 고백했을 때 어떤 일이 벌어질까? 이 모든 생각들이 떠오른 것은 아주 짧은, 채 2초도 되지 않는 순간이었을 것이다. 수많은 생각들이 마치 터질 것처럼 일제히 비명을 질러대고 있었다. 나는 말 그대로 얼어버렸다. 내 표정을 본 그녀가 물었다.

"뭐예요? 표정이 꼭……."

난 미소 지어 보였다. 그리고 반지를 쥐었던 손을 주머니에서 빼내어 다시 그녀의 어깨에 얹었다. 그녀의 몸을 일러스트 쪽으로 돌리며 이렇게 말했다.

"이거 당신이 그린 거였어? 와! 당신, 내가 아는 것보다 훨씬 대단한 사람이었구나."

어설픈 연기였다. 하지만 당시 내가 했던 모든 것에 대해 박수라도 쳐주고 싶은 심정이다. 그건 무너지는 둑 앞에서 구멍을 손가락으로 틀어막고 있는 것과 다를 바 없는 짓이었다. 그럼에도 희망을 포기하고 싶지는 않았다. 이 모든 건 내 지나친 신경과민 때문이 분명했다. 말도 안 되는 일 아닌가. 내가 얼마나 대단한 존재라고 회사에서 이렇게까지 한단 말인가. 문득 매니저의 얼굴이 떠올랐다. 내 몽정의 여신. 그러자 회사에서 과연 내게 할 수 있는 한계가 어디까지인지 모호해지기 시작했다. '청혼해. 거절당할까 겁에 질려 생각해낸 바보 같은 이유일 뿐이야.' 나는 쉴 새 없이 자신에게 중얼거렸다. 하지만 몸이 움직이지 않았다. 그녀가 내게 괜찮냐고 물어봤고, 나는 떨리는 목소리로 소화가 안 된다고 답했다.

화장실에 앉아서 생각했다. '이 멍청한 망상을 끝내고 청혼해.' 고개를 들자 욕조 옆에 붙어 있는 타일들의 패턴이 눈에 들어왔다. 그녀의 욕실에 욕조 쪽 타일은 특이하게 삼각형이었고, 역시나 회사의 심벌을 닮아 있었다. 순간 내가 회사에서 보낸 사내가 건 주박에 걸려 있다는 걸 깨달았다. 꼼짝할 수 없었다.

그날 난 예린에게 청혼하지 못했다. 다시 한 번 내 삶이, 아니 내가 꿈꿨던 삶이 송두리째 조각나 흔들리고 있는 걸 느낄 수 있었다. 발판을 만들려 했던 마지막 지탱점이 뽑혀나갔다. 내게 남은 것은 이제 아무것도 없었다.

그가 나에게 보여준 심벌에 대해 할 말은 수없이 많다. 〈젤다의 전설〉이란 게임이 있다. 그 게임에서 나오는 트라이포스의 상징은 그가 보여준 심벌에서 다이아몬드를 삼각형으로 나눈 형태이다. 국내 굴지의 재벌 중에 이니셜을 변경하기 전, 같은 형태를 사용했던 대기업이 있다. 뿐만이 아니라 인터넷에서 검색해보면 여전히 유사한 심벌을 쓰는 기업은 셀 수 없이 많다. 대학, 연구소, 스포츠팀, 삼각형이라면 신물이 넘어올 정도로 찾아볼 수 있다. 한 도안에 관한 책에 따르면 삼각형은 기업들이 가장 선호하는 형태 중에 하나라고 한다. 이유는 안정감을 상징하기 때문이라나. 뿐만 아니다. 어떤 백화점 화장품 코너에서 그가 말했던 것과 정확히 같은 형태의 화장품 장식장을 본 적이 있다. 예린이 갖고 있는 것과 같은 형태의 시디꽂이도 있으며, 같은 형태의 책꽂이도 있다. 프랑스 파리 루브르 박물관의 유리 피라미드 역시 그런 모양이다. 그런 문양은 정말이지 셀 수 없이 많아서 심지어 옛 한옥 문틀의 빗살 중에서도 그 무늬를 찾아낼 수 있다. 그때마다 나는 공포를 느끼고 얼어붙어야 하는가. 아니면 회사의 영향력과 힘에 대하여 찬사를 보내야 하는가.

말도 안 되는 일이었다. 내 벼룩만 한 용기와 유리 같은 신경을 저주했다. 심지어 달러에 그려진 피라미드 속의 눈동자조차 일종의 회사 심벌의 변형이었다. 신경쇠약이 분명했다. 하지만 매니저가 그녀에 대해 했던 말과 그의 말들, 예린이 보여준 믿을 수 없는 태도들이 서로 얽히고설켜 모든 의미는 매순간마다 전혀 다른 것들로 변했다. 그녀가 했던 말을 떠올렸다.

'그런 거창한 결정은 싫어요. 마음속에서 매번 번복하게 하잖아요.'

정말 귀에 쏙 들어오는 정확한 표현이었다. 이걸 어떻게 받아들여야 한단 말인가. 확인할 방법이 있었다. 물어보면 된다. 나와 회사를 가장 잘 아는 사람에게 말이다.

질문들

그날 매니저가 내 앞에 나타나기 직전까지 나는 그녀에게 던질 질문들을 끊임없이 시뮬레이션해봤다. 결코 틈이 있어서는 안 됐다. 상상할 수 있는 모든 가능성과 나올 수 있는 모든 경우의 수를 따져서 위험 분석을 시도했다. 너무나 많은 변수가 있었다. 분석 따위는 아무 의미가 없었다. 그렇다. 스스로를 컨설팅할 수는 없었다. 난 스스로에게 계속 중얼거렸다. 이런 바보 같은 짓으로는 아무것도 알아낼 수 없어. 하지만 멈출 수 없었다. 어떻게 멈출 수 있단 말인가. 무너져내린 발판들을 다시 세울 마지막 발판이 무너지고 있었다. 무엇이든 붙잡아야 했다. 설사 그것이 다 말라비틀어진 풀뿌리라도 말이다. 하지만 정말 두려웠던 것은 그 뒤에 기다리고 있는 것이었다. 이 모든 것의 진실을 난 감당할 수 있을까? 문득 이것이 처음 이 일을 시작하기로 했을 때 나 자신에게 던졌던 질문임을 깨달았다. 그렇다면 지금 나는 그때에 비해 얼마나 달라진 걸까?

매니저를 만난 것은 호텔 지하의 바에서였다. 같이 술을 마신 건 그날이 처음이었다. 그녀가 거절하지 않으리라는 확신은 있었다. 그녀는 내 매니저였고, 적어도 내게 일어난 일은 필요한 만큼 알고 있을 게 분명했다. 심지어 내게 밥을 챙겨 먹으라는 이야기를 했으니까.

매니저는 정시에 도착했다. 그녀다웠다. 하지만 이제 그녀다움을 부숴야 했다. 이 껍질을 뚫지 못하면 진실을 들을 수 없었다. 간단하게 인사를 주고받은 우리는 칵테일을 시켰다. 그녀는 블러디 메리를 시켰고 나는 마티니를 시켰다. 둘 다 별말 없이 석 잔 쯤 비웠다. 마치 서로 총부리를 겨눈 채 바라보고 있는 기분이었다. 어쩌면 이 침묵으로부터 그녀는 내가 무슨 이야기를 하려는지 짐작하고 있을지도 몰랐다. 그렇다 하더라도 그녀가 취하는 편이 나았다. 테이블을 닦던 바텐더는 우리 눈치를 보다 바의 다른 편으로 갔다. 최초의 일격이 중요했다. 나는 그녀의 귀에 속삭였다.

"너랑 자고 싶어."

매니저는 웃었다. 마치 굉장한 농담을 들었다는 듯이 허리를 숙인 채 바에 기대어 큰소리로 깔깔 웃었다. 술집 안의 사람들이 다 우리를 쳐다봤다. 당황한 나는 천천히 잔을 비웠다. 마치 못된 장난을 치다가 들킨 어린애 같은 표정을 하고서.

"뭐가 알고 싶은 거야?"

역시 그녀는 유능했다. 난 그녀가 좀 더 당황하길 바랐지만 어쩔 수 없었다.

"말하면 답은 해주는 거지?"

"내가 하는 답을 믿을 수는 있어?"

나는 속절없이 올리브를 입에 물고 씹었다. 그리고 바 위에 놓인 그녀의 손에 손을 얹었다. 매니저는 피식 웃었다.

"육체적 접촉 금지라는 거 거짓말이지?"

나는 내가 상상할 수 있는 가장 닭살 돋는 말투로 그녀에게 속삭였다.

"어설픈 연기하지 마요. 웃기니까."

그녀는 획 손을 뺐다. 그리고 핸드백을 챙겼다. 방법이 없어 보였다. 순간 어떤 생각이 머리를 스쳤다.

"나한테 무언가 유감스러운 일이 생기면 당신은 어떻게 되는 거지?"

순간 그녀의 손이 멈췄다. 매니저는 핸드백을 제자리에 내려놓았다.

"그게 무슨 소리죠?"

"이를테면 그런 거 있잖아. 내가 사고를 당하거나, 수면제 과다복용으로 죽는다거나, 알코올 중독으로 폐인이 되거나, 그런 일이 생기면 어떻게 되는 건가 해서."

그녀의 표정이 흔들렸다. 제대로 먹힌 게 분명했다. 나는 마른침을 삼켰다.

"말도 안 되는 소리."

"너무 확신하지는 마. 그저께 만난 회사 사람이 그러더군. 테스트를 하는 건 회사를 위해서가 아닌 날 위해서라고. 무엇도 회사를 위협할 순 없겠지. 그렇지만 날 잃으면 회사는 어떻게 되는 걸까?"

"다른 사람을 찾겠죠. 사람은 많으니까."

그녀는 아무렇지도 않다는 듯이 말했다. 하지만 나는 미묘한 표정의 변화를 놓치지 않았다.

"그럼 당신은? 또 얼굴을 전부 뜯어고치는 건가?"

잠시 침묵이 흘렀다. 그리고 그녀의 한숨소리가 들렸다.

"내가 알고 있는 것 중에서 당신에게 말할 수 없는 건 회사에서 그게 당신에게 더 좋다고 판단했기 때문이에요."

"그렇겠지. 나 역시 그렇게 생각해. 회사에 감사할 따름이야. 하지만 이제 뭔가 하나쯤은 나 스스로가 결정하고 싶어."

그녀는 손톱 끝으로 초조하게 바를 두드렸다. 그리고 그 톡톡 거리는 소리가 어느 순간 멈췄다.

"좋아요. 딱 한 가지만."

"예린이는 회사 사람인가?"

갑자기 그녀는 한심하다는 표정을 지었다. 그리고 엄지손톱 끝을 바의 끝에 걸친 채 아래로 굽혔다. 원래 손톱에 이어 붙인 미용 손톱이 툭 떨어졌다.

"그걸 왜 나한테 물어보죠?"

그녀는 다른 손톱 역시 똑같이 했다. 또 하나의 손톱이 떨어졌다.

"한 번 스스로에게 물어봐요."

다시, 또 하나의 손톱이 떨어졌다.

"왜 당신은 나랑 자고 싶어 하는 거죠?"

다시 손톱이 떨어졌다.

"왜, 현경은 당신에게 받아들여지지 못한 거죠?"

그리고 마지막 새끼손가락 위의 미용손톱마저 그렇게 떨어뜨렸다.

"왜, 그녀는 당신의 완벽한 이상형일까요?"

그리고 미용손톱이 모두 떨어져 원래 손톱이 드러난 손을 내게 들어 보였다.

"당신은 나한테 물어볼 필요가 없는 걸 질문하고 있잖아요. 스스로가 결정하기 싫어서."

예리한 지적이었다. 너무나 예리해서 한마디 한마디 할 때마다 가슴에 칼날이 박히는 것 같았다. 할 말이 없었다. 나는 고개를 숙였다. 바 위에는 그녀의 손가락에서 떨어진 화려한 색과 그림의 손톱들이 떨어져 있었다. 아름답구나. 나는 자리에서 일어났다. 그녀는 자신이 계산하겠다고 말했다. 나는 호텔을 나섰다.

호텔 앞으로 택시가 줄지어 서 있었지만, 나는 그것들을 무시한 채 걸어갔다. 매니저에게 내 인생을 컨설팅하려는 시도는 실패로 돌아갔다. 남산 순환로를 따라 집집마다 들어온 불빛들을 바라보며 그녀가 내게 던진 질문들을 되새겼다. 스스로 결정해야 할 시간이었다.

내가 왜 그녀와 자고 싶은가. 그녀는 회사에서 날 위해, 아니 회사를 위해 그렇게 만들어진 존재였다. 왜 현경을 받아들이지 못했나. 그녀는 지극히 현실적인 결점들이 두드러진 여자였다. 그게 문제가 될 순 없었다. 사람이라면 누구나 가지고 있는 거니까.

왜 예린은 완벽한 내 이상형인가. 그녀는 나와 취향도 같았으며, 내가 좋아하는 외모에, 내가 이상적으로 생각하는 행동들을 했다.

마치 현경이 사랑했던 명품들처럼.

회사에서 보냈던 남자는 테스트가 날 위한 것이라 말했다. 내가 사랑에 빠지고 그 대상에게 청혼하고 내 직업을 밝혔을 때, 그 결과가 비극적이라면 가장 타격을 받을 것은 나였다. 그리고 그 영향이 내 일에 미칠지도 몰랐다. 아마 회사에서 가장 원치 않는 일이 바로 그것일 것이다. 너무나 아귀가 딱 들어맞는다. 하지만 한 가지 전제에 문제가 있었다. 현경의 유서는 정말 현경이 쓴 것일까? 알고 있다. 이 질문을 다시 하는 건 비겁하다는 걸. 그러나 어떤 것도 아주 작은 것도 확신할 수 없었다. 또한 그는 테스트는 결코 끝나는 법이 없다고 했다. 그렇다면 이 또한 회사에서 작당한 무엇이 아닐까? 만약 예린이 회사에서 보낸 사람이라면 그녀는 날 사랑하기나 한 걸까? 아니면 이 모든 게 그저 내 망상에 지나지 않는 걸까? 내 계획에서, 내 삶에서 모든 불확실성은 배제되어 있었다. 하지만 갑자기 모든 것이 불확실해지기 시작했다. 물론 이조차 회사의 계획이라면 단지 내가 모르는 또 하나의 궤도일 것이다. 처음으로 회사의 결정에 따라 사는 삶에 이질감을 느꼈다. 그것이 싫다면 이 순간, 이 혼돈 속에서 스스로 결정해야 했지만 답을 내릴 수 없었다. 단 한 번도 스스로 결정 내린 적이 없으므로.

집에 도착했을 때는 자정이 넘어 있었다. 난 TV를 켰다. 다큐 채널에서는 〈동물의 왕국〉이 방송되고 있었다. 성우는 말했다.

"마운틴고릴라는 콩고의 열대우림에서 무리 지어 생활을 합니다. 가만히 보면 그들의 행동은 인간을 닮았습니다. 인간의 DNA 구조와 고작 2퍼센트 차이가 날 뿐이지요."

고릴라들은 아주 태연한 표정으로 서로의 털을 만져주고 있었다. 현경과 동물원에서 봤던 고릴라들과는 너무나 다른 표정이었다. 고릴라들의 삶은 단순하고 행복해 보였다. 고작 2퍼센트의 유전자 차이가 주는 삶의 명징함이 부러웠다. 예린이 보고 싶었다. 하지만 이런 식으로는 아무 결론이 나지 않으리라. 나는 내가 결코 하지 않을 선택을 해야 한다. 그래야 회사가 정해놓은 내 삶에서, 회사의 그림자에서 어떻게든 도망칠 수 있으리라. 나는 마치 계시라도 기다리는 표정으로 소파에 파묻혀 TV를 노려보았다. 내가 결코 하지 않을 선택이, 이 삶을 벗어나는 탈출이 무엇일까. 그때 번뜩 무언가 떠올랐다.

콩고에 가보는 거다.

콩고에 가서 고릴라들을 보는 거다. 그 명징한 삶에 분명 어떤 답이 있으리라. 알고 있다. 이건 정말 미친 짓이었다. 하지만 이 순간 이러지 않고는 정말 미쳐버릴 것 같았다. 아무도 의도하지 않았던 방향의 일을 해보는 거야. 진심으로 달아나보는 거야.

하지만 나는 내가 무엇으로부터 달아나고 있는 건지도 알지 못했다.

다음날 만난 여행사 사람은 다시 생각해보라고 말했다.

"내전이 끝난 지 얼마 되지도 않았어요. 지금 유엔평화유지군이 들어가 있단 말입니다."

"인터넷에서 보니 내전은 이미 끝난 걸로 나오던데요."

"그건 현지 사정을 모르니까 그러는 거고요. 종전 선언을 하고도 전선에선 여전히 반군과 대치 중인 데다가 수도 킨샤사에선 얼마 전에 게릴라 습격으로 사람도 죽고 외국인들은 피신하고 난리도 아니었다니까요."

"그렇게 위험하면 왜 우리나라 외교부에서 입국금지를 안 하는 거죠?"

"그거야 거기에서 중요한 사업을 하는 사람들이 많으니까요."

여행사 직원은 답답하다는 표정으로 자신의 앞에 있는 모니터를 내 쪽으로 돌렸다. 영문 론리 플래닛 사이트였다. 화면에는 콩고 민주 공화국이란 이름 아래, 여행 위험 지역이라고 붉은색으로 큼지막하게 쓰여 있었다. 그 아래 작은 글씨로 치안이 극도로 불안하고, 국지적인 내전과 산발적인 게릴라 출몰이 일어난다고 덧붙여 있었다. 그 글을 보자 어떤 확신이 들었다. 저곳까지 회사의 영향이 미칠 리 없다. 나는 마음을 굳혔다. 한숨을 쉬던 여행사 직원은 비행기와 숙소까지는 어떻게든 해보겠다고 말했다.

"마운틴고릴라를 보려면 비룽가 국립공원으로 가야 하는데 투어를 하는 여행사가 있는지 모르겠네요. 제가 알기로는 마지막 투어 프로그램이 있었던 건 제가 신입 때, 그러니까 거의 십여 년 전이었어요."

나는 현지 여행사에 가서 알아보겠다고 답했다. 돌이켜보면 당시엔 뭘 몰라도 한참 모르고 있었다. 나는 매니저에게 전화했다. 그녀의 목소리는 착 가라앉아 있었다. 나는 휴가를 달라고 말했다. 그녀는 짧게 알았다고 답했다. 그리고 예린에게 전화를 했다. 출장이라고 거짓말 하는 게 걸리기는 했지만 내가 어딜 가든 그녀가 회사 소속이라면 결국 알게 될 것이었다. 만약 아니라면 모를 테니 상관 없겠지.

콩고

파리에서 킨샤사로 가는 비행기 안에서 나는 이미 지쳐 있었다. 첫 해외여행이 주는 설렘과 흥분 때문만은 아니었다. 말이 통하지 않는다는 상황이 주는 스트레스가 생각보다 컸다. 환승을 위해 8시간 동안 기다렸던 파리에서 점심을 먹기 위해 주문을 하는 순간 해석에 특화된 내 영어가 지닌 회화의 장벽을 실감했다. 아무리 말해도 상대는 알아듣지 못했다. 일단 필담을 시도했지만, 콩고에서 어떻게 의사소통해야 하는지 걱정되기 시작했다.

비행 내내 의자에 앉아 멍하니 창밖의 하늘을 보았다. 구름 사이로 붉은 아프리카의 대지와 푸른 정글이 간간이 보였다. 잠들지 못해 반쯤 멍해진 머리에서는 아무 잡념도 떠오르지 않았다. 다행이었다. 콩고까지 가는 일의 좋은 점 하나는 찾은 셈이니.

멍한 상태로 얼마쯤 지났을까? 안전벨트를 매라는 안내 방송이 나오고 창밖으로 콩고가 보이기 시작했다. 넓은 밀림과 초지를 지나자 야트막한 집들 옆으로 짚더미 같은 것들이 늘어서 있는 곳들이 보이기 시작했다. 비행기가 착륙을 위해 선회를 하자 창밖으로 도시가 보였다. 늘 다큐에서 보던 황토색 활주로에 통나무나 황토로 지은 집을 상상하던 나로서는 아프리카에 제법 그럴듯한 도시가 있는 것이 신선한 충격이었다. 물론 도시 비슷한 게 있을 거라는 상상은 했었다. 그러나 내전과 폭력, 위험이란 말을 하도 들어서 다 무너져가는 폐허가 기다리고 있을 거라 생각했다. 하지만 비행기에서 내려다보기엔 색이 바랜 도시 전체의 우중충한 느낌을 제외하고는 우리나라 지방도시라 해도 이상할 것 없는 평범한 모습이었다. 트랩에 내려서자 후덥지근한 아프리카 공기가 온몸을 감쌌다. 감격에 겨워 깊은 숨을 들이쉬자 묵직한 공기를 타고 찌릿한 긴장감이 느껴졌다.

입국심사를 받으며 직원은 노골적으로 뇌물을 요구했다. 형편없는 영어 실력이었다. 하지만 놀랍게도 그는 내 영어발음을 알아들었다. 둘 다 섬세한 발음 구분을 할 수 없기에 가능한 기적이었다. 나는 기꺼운 마음으로 뇌물을 줬다.

버스를 타고 들어선 킨샤사 시내는 의외로 번화했다. 차들도 많았고, 사람들도 내가 생각했던 것보다 많고 활기찼다. 역시 여행사 직원은 아무것도 모르고 있었다. 그들이 직접 와보지도 않았을 테니까. 정부에서 여행을 금지하지 않은 데는 그럴 만한 이유가 있었다. 교차로에서 철십자 마크가 있는 독일군이나 유엔군 마크를 단 장갑차들이 보였고 어떤 아파트 단지들은 총격이나 포격으로 생긴 듯한 구멍이 나 있었지만, 어릴 때 가끔 봤던 전경버스나 재개발을 앞두고 철거 중인 건물과 크게 다를 바 없어 보였다.

이곳에 전쟁이 있었던 걸 실감했던 순간은 차가 신호등에 걸려 잠시 멈춰 섰을 때였다. 차창 너머 공터에 운전석 부근이 완전히 날아간 버스 한 대가 서 있었다. 대여섯 살쯤 되어 보이는 아이들이 그 버스에 매달려 놀고 있었다. 무섭다면 무서운 광경이었지만 아이들로 인해 그마저도 평화로워 보였다. 신호가 바뀌고 차가 움직이자 그 모습도 다른 건물들 사이로 사라졌다. 어딜 보나 70년대 서울의 느낌이었다.

킨샤사 중심가로 들어서자 고층빌딩 숲이 보였고, 호텔이 있는 외국인 구역 쪽에는 제법 고급 주택가도 눈에 띄었다. 그곳의 집들은 화려한 식민지풍의 저택들로 유럽의 휴양도시 같은 느낌마저 들었다. 도대체 어디가 위험하다는 걸까?

호텔은 오성급 호텔답게 제법 좋았다. 별 다섯 개가 보장하는 균일함. 물론 서울의 최고급 호텔과는 비교할 수 없었지만, 서울 중심가에 있는 이름만 별 다섯 개인 호텔에 비해서는 널찍하고 여유로운 느낌으로 잘 지어져 있었다. 무엇보다 로비에서부터 나를 반겨주는 에어컨 바람이 기분을 상쾌하게 했다.

짐을 푼 나는 프런트로 가 여행사에 대해 물었다. 그러자 프런트 직원은 내게 사업차 온 거냐고 되물었다. 나는 웃었다. 도대체 여행사에 대해 물어보는 데 사업을 묻다니. 아마 그가 영어를 못하거나 내 영어가 알아듣기 힘든 모양이라고 생각했다. 콩고에 있는 호텔 직원이었으니까. 계속되는 의사소통의 실패로 영어로 말하는 것에 울렁증이 생길 것 같았다. 하지만 방법이 없었다. 깃발을 흔들며 친절하게 안내해줄 가이드는 이곳에 없다. 몇 차례 동문서답과 손짓

발짓 끝에 그는 내게 여행사의 전화번호와 위치를 알려줬다. 번호를 받아 적고 나자 시차 때문에 피곤이 밀려왔다. 고릴라는 기다려줄 수 있어. 나는 이렇게 중얼거리고 방으로 올라갔다. 그리고 침대에 쓰러져 잠들었다.

꿈을 꿨다. 사파리 트럭을 탄 채 비포장도로를 달리고 있었다. 한참이나 흙먼지를 일으키며 달리던 자동차 앞으로 멀리 숲이 보였다. 숲 속으로 들어간 자동차는 수풀이 웃자란 길을 지나 위태하게 달렸다. 차창 밖으로 한국에 두고 온 사람들의 얼굴이 스쳐지나갔다. 나는 그들에게 손을 흔들었고, 그들도 반갑게 내게 손을 흔들었다. 그리고 그렇게 숲을 지나자 허리까지 무성한 풀이 난 공터에 도착했다. 나는 차에서 내렸다. 나무로 둘러싸인 작은 공터는 마치 죽음처럼 고요했다.

잠시 후, 소란한 소리가 앞쪽에서 들리기 시작했다. 나는 목을 빼고 숲을 응시했다. 소란한 소음은 점차 내 쪽으로 다가왔고 숲과 공터의 경계까지 왔다. 나는 미간을 찌푸리고 소리가 들리는 곳을 응시했다. 순간, 한 무리의 고릴라들이 수풀을 헤치고 나타났다. 그토록 원했던 고릴라들이었다. 그들의 덩치는 내가 상상했던 것 보다 훨씬 컸다. 하지만 고릴라들의 표정은 마치 모든 게 괜찮다는 듯한 표정이었다. 그들의 얼굴은 정말이지 동물원에서 본 고릴라들의 생기 없고 슬픈 모습과는 달랐다. 그것만으로도 마음이 평온해졌다. 고릴라들은 내게 하와이에 온 것처럼 꽃목걸이를 걸어주었다. 그리고 내 손을 잡았다. 그들의 손이 컸기에 내 손은 마치 아기 같왔다. 그들은 다시 어린아이가 된 기분으로 어리둥절한 나를 숲 속으로 안내했다. 커다란 수풀들이 앞을 막았지만 그때마다 고릴라들이 길을 내줬다.

그렇게 한동안 숲 속으로 들어가자 멀리 나무와 넝쿨 들 사이로 무언가 보였다. 그건 버스였다. 낮에 호텔로 오는 길에 봤던 부서진 버스가 그곳에 있었다. 그리고 버스 안엔 현경이 앉아 있었다. 그녀는 상체를 벗은 채 품에 아기를 안고 젖을 물리고 있었다. 고릴라들은 버스 주위에 멈춰 섰다. 고릴라들은 일제히 "우~"하는 함성을 질렀다. 나는 이곳까지 인도해줬던 커다란 수컷 고릴라의 손을 놓고 현경에게 다가갔다. 고릴라들은 우리의 만남을 기뻐하며 박수를 쳐주었다. 어떤 고릴라들은 가슴을 두드렸다. 그녀는 자리에서 일어나 말했다.

"잘 왔어. 콩고에 온 걸 환영해."

순간 아이의 목이 뒤로 젖혀졌다. 아기에게는 얼굴이 없었다. 나는 비명을 질렀다.

꿈에서 깨어났을 때 이미 밖은 어두워져 있었다. 시계를 보았다. 밤 열한 시가 넘은 시간이었다. 나는 창문을 열었다. 습하고 미지근한 열대 밤의 공기가 밀려들어왔다. 킨샤사 시내의 불빛들이 보였다. 어디선가 총성이 들렸다. 가벼운 짧은 총성에 이어 무거운 자동소총의 연사 음이 뒤따랐다. 제법 멀리서 들리는 소리였다. 호텔을 지키는 군인들 역시 총성이 울리는 방향을 보며 초소에서 비스듬히 몸을 숙여 엄폐하고 있었다. 그들의 뒤통수를 보는 것만으로도 긴장감이 전해졌다. 서둘러 창문을 닫은 후 침대에 걸터앉았다. 나는 나 자신에게 말했다.

"잘 왔어. 콩고에 온 걸 환영해."

투어

여행사에 가는 길부터 이곳이 내가 생각했던 것과 다른 곳이며 잘못 왔다는 생각이 들기 시작했다. 교차로 모퉁이를 지나는 순간 바닥에 엎어진 한 남자의 시체를 발견했다. 그는 푸른 군복 같은 걸 입고 있었는데 왼팔에 파란 글씨로 폴리스라고 적혀 있었다. 몇 미터 앞에는 하와이안 셔츠에 청바지를 입은 또 한 명의 남자가 쓰러져 있었다. 복부 밑을 따라 고여 있는 검은 피와 그보다 짙은 검은 피부가 묘한 조화를 이뤘다. 내가 처음 본 진짜 죽음이었다. 그토록 많은 사람들의 죽음에 관여했지만, 정작 누군가의 시신을 본 것은 그때가 처음이었다. 하와이안 셔츠는 맨발이었다. 엄지발가락 밑에 하얗게 벗겨진 굳은살이 검은 바닥에 고인 피와 기이한 대비를 이루고 있었다. 어제 총소리의 주인공들이 분명했다. 시신의 앞에서는 유엔 완장을 찬 독일군들이 교통 통제를 하고 있었다. 한 독일군 병사가 어디론가 무전을 보내고 있었고, 그 옆 장갑차에서는 또 다른 병사가 담배를 피우며 이어폰을 귀에 꽂고 있었다. 전 세계에

열풍처럼 불고 있는 아이팟의 흰 이어폰이었다. 그 흰색이 이곳이 어딘지 잠시 혼란스럽게 했다. 그리고 이내 그런 풍경들은 킨샤사의 다른 일상의 풍경들처럼 차창 너머로 사라져버렸다.

나는 기사의 표정을 백미러로 살폈다. 그는 조금쯤 권태로운 표정으로 운전하고 있었다. 심장이 두근거렸다. 내가 써내려간 계획서에 피상적으로 존재하던 죽음이란 그런 것이었다. 피가 고인 아스팔트, 치켜뜬 탁한 동공, 코에 앉은 파리, 그리고 발바닥의 굳은살. 죽음은 교차로에 방치되어 있었고 사람들은 그저 지나칠 뿐이었다. 그게 이곳의 일상이었다.

여행사는 예상보다 훌륭한 시설을 자랑했다. 갓 지은 듯 흰색으로 깔끔하게 새로 칠한 벽부터 가구까지 모두 새것이었다. 무엇보다도 놀라웠던 건 상담용 의자가 소파라는 점이었다. 한국의 여행사에서도 누려보지 못한 호사였다. 나는 자리에 앉았다. 심부름을 하는 것으로 보이는 어린 흑인 아가씨가 정중하게 어떤 음료를 원하느냐고 물었다. 괜찮다고 답했지만 알아듣지 못했다. 나는 거절의 손짓을 했다. 소녀는 환하게 웃으며 나갔다. 흰 이가 유난히 빛났다. 여행사 직원은 나를 보며 대뜸 미소를 지었다. 그리고는 나보다 훨씬 뛰어난 영어발음으로 한국인인지 일본인지지 물었다. 나는 한국인이라고 답했다. 그러자 그는 미소를 머금은 채 최근 한국인들이 자주 오고 있다면서 한국 가전제품이 최고라고 말했다. 그리고 자신의 집에도 한국산 TV가 있다고 호들갑을 떨었다. 나는 한국 여행사의 무능을 한탄했다. 도대체 인터넷을 뒤져 아프리카에 대해 가장 잘 안다는 여행사를 갔는데 왜 그 모양이었던 걸까. 많은 한국 사람이 이곳에 오는 이유는 우리나라 여행사와 연계가 안 되기 때문이리라. 잠시 어눌한 영어 잡담이 오간 후 그는 내게 대뜸 이렇게 물었다.

"우리가 권하는 건 열대 순환 사파리라는 상품이죠. 남부 사파리 코스와 동부 사파리 코스 중에 어느 쪽에 관심이 있어서 오신 거지요?"

나는 답했다.

"글쎄요. 고릴라를 보고 싶은데요. 마운틴고릴라."

그러자 그의 미간이 찌푸려 들었다.

"그 말은, 동부? 고마 쪽을 가시고 싶은 건가요? 한국인들은 거의 그쪽으로 가는데."

"어느 쪽이든 고릴라를 보는 쪽이요."

그가 내 대답에 고개를 갸웃했다. 그러더니 내가 영어를 못 알아듣고 있다고 생각했는지 차근차근 말하기 시작했다.

"동부는 우간다를 거쳐 다시 고마로 들어가는 코스를 말하는 겁니다."

내 영어 실력의 부족함을 한탄했다. 마운틴의 문제일까, 고릴라 발음의 문제일까? 나는 다시 한 번 또박 또박 이야기했다.

"마운틴고릴라요? 모르겠어요? 마운틴고릴라를 보고 싶다고요."

순간, 그의 표정 변화는 이랬다. 먼저 알았다는 깨달음이 잠깐 나타났고, 곧바로 분노가 뒤따랐다. 하지만 가까스로 분노를 참았고, 약간의 의혹과 답답함, 조소를 머금은 채 몇 번의 헛기침을 했다. 그리고 답했다. "고릴라는 볼 수 없습니다." 그는 먼저 한국에서 들었던 낯익은 이름인 비룽가 국립공원 이야기를 꺼냈다. 그러면서 국립공원 사무실 직원들은 철수했으며 현재 외국인 여행객 여행이 금지되어 있다고 말했다. 또한 〈동물의 왕국〉에서 한 번쯤 들어본 기억이 있던 동 로랜드 고릴라 이름을 언급하며, 카후지비에가 국립공원을 들먹였다. 이곳 역시, 현재 외국인 여행이 불가능하다고 답했다.

갑자기 말도 안 된다는 생각이 들었다. 한국에서 여기까지 고작 "안 된다"는 말을 듣기 위해 온 것은 결코 아니었다. 이렇게 그럴듯한 여행사가 고작 고릴라도 보게 할 수 없다는 게 이해가 가지 않았다.

나는 그에게 다른 방법을 물었다. 한국에서 고릴라를 보기 위해 온 사정을 간곡하게 설명했지만 그의 안색은 점점 붉으락푸르락 하게 변했다. 내가 말을 마치기 무섭게 자리에서 일어나 그는 내가 알아들을 수 없는 말로 소리 지르기 시작했다. 불어와 아프리카 현지어가 뒤섞인 듯한 그의 고함은 날 당혹스럽게 했다.

나는 어정쩡하게 자리에서 일어나 나 역시 화를 내야 하는 건가 망설이며 어쩔 줄 몰라 했다. 그가 왜 화를 내는지, 어떤 상황인지, 도무지 이해할 수 없었다. 무슨 문화적 결례를 범한 걸까? 그러나 더 이상 고민할 필요도 없었다. 나는 건장한 두 명의 흑인에 손에 잡혀 여행사 밖으로 쫓겨났다. 그리고 그것은 시작에 불과했다.

그날 나는 세 곳의 여행사를 더 찾아갔고 모두 쫓겨났다. 어떤 이는 화를 냈고, 어떤 이는 웃었으며, 어떤 이는 침묵했다. 고릴라들은 너무나 멀리 있었고 나는 호텔 바에 앉아 애꿎은 술잔을 쾅 하고 내려놓는 것으로 이상한 하루를 마무리했다. 서울로 돌아가고 싶었지만 포기하기엔 너무나 멀리 와 있었다.

다음날도, 그 다음날도 비슷한 희비극이, 혹은 비희극이 변주되었다. 나는 이유도 모른 채 콩고의 광대 노릇을 하고 있었다. 호텔 로비에 물어서 만들었던 여행사 리스트는 하나씩 지워져 이제 하나만 남았다. 처음, 회사의 손아귀가 닿지 않는 곳에 왔다는 해방감과 고릴라를 보면 뭐든 괜찮아질 거라는 이상한 믿음 역시 아프리카의 후덥지근한 공기 속에서 천천히 탈색되어갔다. 나는 전처럼 절박하게 고릴라를 보고 싶다고 애원하지 않았다. 그들이 웃으면 일어나서 등을 돌려 걸어나왔다. 마지막 여행사에서 친절한 흑인 아가씨는 동정어린 눈길로 이렇게 말했다.

"이곳의 여행사들은 여행하는 곳이 아니에요. 당신의 나라로 돌아가세요."

리스트의 마지막 이름을 지웠다. 이제 내가 갈 곳은 없었다. 해가 뉘엿뉘엿 넘어가는 외국인 거주 구역에서 주머니에 손을 넣고 고개를 들어 아프리카의 하늘을 보았다. 회사 밖에서 내가 할 수 있는 일은 무얼까? 누군가의 죽음을 계획하는 일 외에 나는 철저히 무기력했다. 도대체 왜 여기까지 온 걸까?

해가 넘어갔다. 식민시대의 유산일 화려한 저택들이 길을 따라 터벅터벅 걸었다. 낮의 열기도 가라앉고 밤공기는 제법 선선하게 느껴졌다. 문제는 내가 가야할 길을 전혀 알 수 없다는 것이었다.

고릴라는 고사하고 호텔이 어느 쪽인지 조차 알 수 없었다. 처음 했던 스스로의 선택이었다. 그리고 그 결과는 이 모양이었다. 나는 결국 꼭두각시에 지나지 않았던가. 그때 택시가 멈춰 섰다. 80년대 영화에서나 보던 자동차였다. 낡았지만 어쨌든 서툰 페인트칠로 문짝에 택시라고 적혀 있었고, 적어도 움직이는 것 같았다. 내려오는 차창 사이로 기사가 물었다.

"택시?"

기사는 푸근한 인상의 정육점 아저씨 같았고 조수석에는 안경을 낀 상당히 똑똑해 보이는 중년의 흑인이 앉아 있었다. 나는 뒷문을 열었다. 뒷문에도 나이를 짐작할 수 없는 흑인 하나가 앉아 있었다. 비쩍 마른 그는 지금이라도 굶어 죽을 것 같았다.

합승 택시였다. 서울에서도 늦은 밤까지 술을 마시면 지겹게 했던 합승이었다. 술 취한 직장인으로 완벽히 통일된 서울의 합승 택시와는 달리 특이한 인원구성이었다. 타지 않을 이유는 없었다. 무엇보다 나는 여기가 어디인지도 내가 가야 할 곳이 어느 쪽에 있는지도 알지 못했다. 나는 차에 타고 문을 닫았다. 그리고 호텔 이름을 말했다. 택시는 달리기 시작했다. 흔들리는 자동차에서 세 사람의 눈빛이 내게 꽂히는 걸 느꼈다. 문득 내가 잘못된 순간에 잘못된 장소에 있다는 걸 깨달았다. 충분히 긴 하루였지만, 이대로 끝나지 않을 것이 분명했다.

삼인조

지극히 개인적인 생각이지만 세상에서 가장 흥미로운 격언 중 하나는 깨달음은 항상 늦게 온다는 말이다. 정말 그렇다. 그것이 위대한, 어쩌면 인류를 구할 만한 깨달음이든 스스로를 구할 작은 깨달음이든, 짬뽕인가 자장인가의 소소한 선택의 문제이든 동일하다. 그건 결국 실패와 재앙이 우리에게 어떤 교훈을 주기 때문이리라. 인간이란 호되게 처박혀야 정신을 차리는 법이다.

자동차에 속력이 붙자 조수석의 안경이 나를 돌아봤다. 그는 훌륭한 영어로 내게 국적을 물었다. 그 사이 내 옆의 사내가 주머니에서 무언가 꺼냈다. 나는 인도의 암살단을 생각했다. 한 명이 주의를 끌고, 한 명이 목을 조르고, 한 명이 차를 운전한다. 수백 년간 내려왔던 전통적 구성이 이렇게 아프리카에서 재현되다니 조금 감격할 지경이었다. 나는 한국에서 왔다고 답했다. 답과 동시에 내 관자놀이 부근에서 차가운 금속 질감이 느껴졌다. 철컥. 그렇게 권총에 총알이 장전되었다. 순간 론리 플래닛 영문 사이트를 보여주던 여행사 직원이 떠올랐다. 그가 조수석과 운전석 사이에 쪼그려 앉아 모니터를 든 채 "거봐요. 내가 뭐랬어요"라고 말하는 상상을 잠시 했다. 한국에서는 경험할 수 없는 너무나 비현실적인 상황에 공포마저 겁에 질려 도망가고, 어쩐지 웃음이 나오려 했다.

총구는 믿을 수 없이 차가웠다. 어쩌면 저 삐쩍 마른 남자 품에는 조그만 냉동고가 숨겨져 있는지도 몰라. 어수룩한 외국인들을 겁주기 위해 그는 항상 권총을 꽁꽁 얼려두고 있으리라. 마른침을 삼켰다. 침이 목젖을 넘어가는 소리가 마치 전 우주가 굴러 떨어지는 소리처럼 들렸다.

"천천히, 가진 걸 전부 꺼내. 숨기면 죽는다."

뿔테를 밀어올리며 조수석의 아저씨는 이렇게 말했다. 문득 또다시 웃음이 나올 뻔했다. 초등학교 때 굴다리 앞에서 내 돈 이백원을 빼앗아갔던 중학생도 꼭 저렇게 말했었다.

"십 원에 한 대씩."

단지 차이라면 영어라는 것뿐이었다. 어쩌면 돈을 빼앗는 사람들 사이에 전 지구적인 커넥션이 존재하며 누군가에게 통판으로 강의 같은 걸 듣는 건지도 몰랐다. 물론 콩고에서 권총을 든 쪽 보다는 굴다리의 중학생 쪽이 안전이란 측면에서 훨씬 나았지만 말이다.

나는 천천히 주머니에서 지갑을 꺼냈다. 한 손을 치켜들고 저항의 의지가 전혀 없음을 나타내는 비굴한 미소를 얼굴 가득 머금은 채. 지갑을 건네받은 조수석의 남자는 서둘러 돈을 꺼내 세기 시작했다. 나는 문득, 내 머리에 닿아 있는 총구가 떨리고 있다는 걸 깨

닮았다. 총을 너무 차갑게 한 게 분명했다. 본인이 들고 있지도 못할 정도라니. 나는 그의 손가락이 방아쇠에 닿아 있지 않기를 바랐다. 혹시라도 실수로 죽고 싶지는 않았으니까. 물론 그들이 애초에 날 죽일 계획이었다면 총알이 머리를 관통하는 일이 큰 실수는 아닐 것이다. 하지만 피가 튄 택시를 청소하기는 싫을 것이다. 때문에 차 안에서 날 죽일 것 같지는 않았다. 돈을 모두 꺼내 자신의 주머니에 챙긴 남자는 다시 나를 돌아봤다.

"더 없어?"

"돈은 더 없어요."

"여권!"

나는 다시 여권을 끄집어냈다. 도대체 여행자들은 왜 여권에 돈이나 여행자수표를 넣고 다녀서 내게 이런 수모를 당하게 하는가. 그는 여권을 보며 자신의 집에도 한국산 컬러TV가 있다고 말했다. 뭐라고 답해야 하나. 감사 인사? 애국가라도 부를까?

"여권은 돌려주시겠습니까? 다시 발급받기 귀찮아서요."

그러자 조수석의 남자는 픽 웃었다. 무슨 소릴 하는지 알 것 같다는 표정이었다. 당시 콩고에는 한국 대사관이 없었다. 그는 내게 여권을 돌려줬다. 그리고 내 옆자리의 남자에게 알 수 없는 언어로 무언가 말했다. 옆자리의 남자는 내 관자놀이에서 총구를 뗐다. 나는 힐끗 시선을 돌려 그를 바라보았다. 그는 총구를 내 머리에서 뗐을 뿐, 가슴께에 권총을 쥔 채 여전히 긴장한 표정으로 앉아 있었다. 모르는 사람이 봤다면, 자신을 털려는 다른 셋에게 그가 저항하고 있는 줄 알았을 것이다. 조수석에 앉은 남자는 변명하듯 말했다.

"우리는 너희가 빼앗아간 걸 되찾을 뿐이다."

투사라고 불러도 좋을 발언이었다. 그러니까 콩고는 아마도 벨기에의 식민지였을 것이다. 내가 벨기에에 대해 아는 것이라고는 내가 자주 가는 마트에서 파는 벨기에 맥주가 중세시대에 수도사들이 만들던 것이며 제법 맛있다는 정도였다. 내가 뭘 훔쳐갔는지 모르겠지만, 총을 겨누고 있는 사람이 그렇다고 하면 그런 것일 거다. 총 든 사람의 말에 이의를 제기하는 건 분명 암이나 고혈압, 과음이나 흡연보다 건강에 좋지 못할 테니까.

"영어 굉장히 잘하시네요."

내 칭찬에 그는 뿌듯한 표정을 지었다.

"미국 선교사에게 배운 거다. 어릴 때 마을에 미국 선교사가 있었으니까."

갑자기 표정이 어두워졌다.

"원래 전쟁 전에는 교회에서 일했지. 전쟁이 모든 걸 앗아갔어. 내 부인과 아이, 모두. 신은 없다."

제발 살려달라고 비명을 지르고 싶었다. 굳이 콩고에서까지 누군가의 고민을 듣고 싶지 않았다.

"전쟁만 아니었다면 이런 짓은 절대 하지 않았을 거다."

좋은 소식이었다. 어딘가 콩고 구석에 끌려가 묻혀버릴 가능성은 낮아졌으니까. 그렇지만 내 옆에 앉아 있는 친구의 떨리는 손이 그렇게 늘어난 생존 가능성을 모두 상쇄하고 있었다. 안경은 고개를 돌려 앞을 보고 앉았다. 그리고 운전기사에게 무언가 말했다. 그것으로 우리 사이의 화기애애한 대화는 끝났다. 택시에서 마지막 들었던 말은 이것이다.

"한국 TV 좋다. 그리고 한국은 부자 나라다. 당신들은 우리에게 책임이 있어."

정말 애국가라도 불러야 했던 걸까. 그들은 채 내가 뭐라고 답하기도 전에 머리에 주머니를 뒤집어씌웠다. 주머니에서는 희미한 삼 줄기와 콜타르, 그리고 커피향이 뒤섞여 났다. 이를테면, 그것은 아프리카의 향기였다.

밤의 열기

얼마쯤 지났을까? 차가 멈춰 섰다. 나는 친절한 그들의 인도하심을 따라 내가 택시로 착각하고 있던 자동차에서 내렸다. 차에서 내리는 순간 다리가 떨려 제대로 설 수 없었다. 네 개의 손이 힘없는 날 부축해주었다. 이제 자동차에서 내렸으니 죽여서는 안 될 유일한 이유가 사라졌다. 인도의 암살단의 경우를 돌이켜보건대 십중팔구 미리 파놓은 구덩이 앞에 걸어가 생의 마지막 순간을 맞이할 것이 분명했다.

아프리카 오지에서 30여 년의 짧은 생을 마감하는구나.

미련은 없었다. 다만 아프리카에 오고 이렇게 죽음을 맞이하게 된 이 모든 상황이 좀 황당하고, 어이없고, 우스우며, 약간은 쪽팔리기도 했다. 문득 내가 세웠던 모든 계획 덕분에 끝을 맞이한 사람들 역시 마지막 순간에 비슷한 느낌을 느꼈겠구나 하는 뒤늦은 공감이 밀려왔다. 때문에 아프리카의 밤이, 그 밀도 있는 후덥지근한 공기가 더욱 선명하게 몸에 감겨왔다. 그리고 바람에 흔들리는 수풀들이 만들어내는 쏴하는 소리와 함께 아프리카의 짙은 대지의 냄새가 코를 가득 메웠다. 그것만으로도 이곳이 도시와 멀리 떨어진 어딘가라는 것을 알 수 있었다.

떨리는 몸과 힘이 들어가지 않는 다리와는 달리 이상할 정도로 머리는 맑아졌다. 문득 그 이유를 깨달았다. 그들이 날 죽일 생각이라면 머리에 주머니 따위는 씌우지 않았으리라. 모든 살해 계획은 좋은 소설과도 같다. 그것들은 모두 명징하며 간략하다. 모든 살인자들은 훌륭한 작가다. 목표를 위한 가장 효율적인 스토리를 짜고, 자기 합리화라는 이름의 그럴 듯한 캐릭터 구축을 한다. 머리에 보자기를 씌웠다면 분명 이건 하나의 암시인 셈이다. 그리고 그 암시는 적어도 지금 당장 죽지는 않는다고 말하고 있었다. 다리에 힘이 돌아왔다. 갑자기 부축을 받지 않고도 걸을 수 있었다.

잠시 후, 딛고 있는 바닥이 흙에서 단단한 시멘트로 바뀌고 철문이 열리는 소리가 들리는 것과 동시에 코를 찌르는 지린내가 풍겼다. 나는 한 기둥에 수갑이 채워진 채로 묶였다. 누군가 무릎 뒤를 걷어찼다. 지린내가 나는 시멘트 바닥에 코를 박은 채 쓰러졌다. 한낮의 태양에 달궈졌던 시멘트 바닥은 미지근한 열기를 뿜어내고 있었다. 문이 닫히는 소리와 함께 나는 콩고의 알 수 없는 장소, 알 수 없는 공간에 한 무리의 모기들과 남겨졌다. 무의미한 몇 차례의 꿈틀거림으로 모기떼를 쫓아내려 했지만 아무 소용이 없었다. 모기들에게는 오랜만에 찾아온 파티의 밤이었다.

몇 번이나 꿈에서 깨어나 이것이 꿈이라고 생각했고, 꿈이 아니라는 걸 깨닫자 절망하며 다시 잠들었다. 시간은 잠과 꿈에 뒤섞였다.

누군가 내가 쓰고 있던 주머니를 거칠게 벗겨내는 바람에 살포시 들었던 잠에서 다시 깨어났다. 여기가 어딘지 알 수 없었던 나는 눈을 껌뻑이며 멍한 표정을 지었다.

"한심하군."

그 정확한 한국어에 잠시 고국에 있다고 착각한 나는 침을 흘린 입을 닦기 위해 손을 뻗으려 했다. 순간, 고통과 함께 내가 묶여 있다는 것을 깨달았다. 찌릿하고도 묵직한 통증이 어깨와 허리를 타고 온몸을 흔들었다. 잠에서 깬 나는 목소리가 들리는 방향으로 몸을 비틀었다.

"여기가 어디죠?"

"콩고."

내게 말을 하고 있는 사람을 올려다보았다. 덥수룩한 수염을 기른 빡빡머리의 사내가 차가운 눈빛으로 날 내려다보고 있었다.

"어떻게 된 거죠?"

"인신매매. 자네 몸값을 뜯어낼 연락처를 얻기 위해 내가 불려왔지. 반갑네. 난 정이라고 하네."

자신의 성만 밝힌 사내는 가래침을 바닥에 뱉은 후, 발끝으로 문질렀다. 그제야 나는 정이 낡은 양복을 입고 있다는 사실을 깨달았다.

"도대체 왜 날 납치한 거죠?"

"돈이 필요해서."

정의 뒤로는 세 명의 아프리카 사내가 서 있었다. 마치 신기한 동물이라도 보는 것처럼 우리의 대화를 지켜보고 있었다.

"당신이 시킨 건가요?"

"아니. 나는 저 친구가 부탁해서 온 거야."

그는 안경을 쓴 사내를 가리켰다. 안경은 마치 반가운 고향 친구라도 만난 양 미소를 띤 채 한쪽 손에 든 권총을 흔들었다. 안경 뒤로 정육점 주인 같은 뚱보와 왜소한 사내가 싸늘한 표정으로 날 노려보고 있었다.

"이를테면 납치범 측에서 고용한 협상 담당자라고나 할까."

"굉장하게 들리네요."

"별거 아니야. 받게 될 몸값의 20퍼센트를 수수료로 떼는 거지."

"왜 이딴 일을 하세요? 같은 한국인끼리."

"같은 한국인끼리라…… 그렇군. 그렇지만 말도 안 통하는 콩고 사람이 자네 가족을 협박할 순 없잖나."

정은 한심하다는 표정으로 이렇게 답했다. 그는 내게 몸값을 지불해줄 수 있을 만한 연락처를 물었고, 나는 그에게 매니저의 전화번호를 알려줬다. 유능한 그녀라면 이런 상황에서 어떻게 해야 할지 알고 있으리라.

정은 전화번호를 받아 적은 후, 담배를 피우며 세 명의 흑인들과 이야기를 나눴다. 내용은 알 수 없었지만 그들 사이에 다소 논쟁의 여지가 있는 듯했다. 권총을 든 사내들이 총을 들고 대화를 나누는 비정상적인 상황이 지극히 일상적인 일이라는 듯이 정은 무감한 표정을 하고 있었다. 어떤 인생을 살아온 것인지, 어떤 사람인지, 나이가 얼마인지, 아무리 얼굴을 살펴보아도 짐작할 수조차 없었다. 다만 거친 풍파가 남겨놓은 깊은 주름만이 그가 살아온 삶이 결코 평탄하지 않다는 걸 짐작하게 할 뿐이었다. 논쟁은 다른 둘과 왜소한 사내와의 2 대 1 구도가 되었다. 아마도 수익금 배분의 문제 같았다. 왜소한 사내는 억울하다는 표정으로 무언가 강하게 항변했지만 아무 소용이 없었다. 세 사람이 논쟁하는 사이 한 발 뒤로 빠져 있던 정은 내게 물었다.

"보아하니 사업차 온 것 같진 않은데, 자넨 도대체 뭐 하러 여기까지 온 건가?"

"고릴라를 보러 왔어요."

"고릴라?"

"예."

정은 키득거렸다.

"그래서 봤어?"

"여행사를 다녀봤는데 모두 똑같더군요. 비웃어요."

그는 아무도 들려주지 않은 모두가 날 비웃었던 이유를 말해주었다.

고릴라는 내전 지역에 산다. 그들은 총탄이 오가는 전장의 한가운데 있고, 목숨을 걸고 그곳을 여행할 사람은 없다. 전쟁과 반군의 사냥으로 고릴라는 멸종 직전이다. 이곳의 고릴라가 행복할 것이라고 믿던 내 상상은 얼마나 순박한 것이었나.

"〈동물의 왕국〉에서는……."

"그건 팔구십 년대 독재 시절에 찍은 거야. 전쟁 전이지."

"여행사들은……."

"거긴 자원 거래 중개상들이 모이는 곳이야. 그곳에서의 사파리란 자원 사냥이고."

나는 비로소 그들이 날 비웃었던 이유를 깨달았다. 나는 얼마나 많은 것을 모르고 있었나. 우리가 이야기 하는 동안 삼인조의 언쟁도 절정으로 치닫고 있었다. 심각한 그들의 말투에 시선을 돌리자 그는 아무것도 아니라는 듯 나를 보며 물었다.

"고릴라는 왜 보려고 한 거야?"

"사람을 죽였거든요."

순간적으로 그의 눈썹 끝이 올라갔다. 하지만 흥미를 보인 건 아주 짧은 찰나였다. 내 말이 끝나기 무섭게 총성이 울렸던 것이다. 바닥에 왜소한 사내가 쓰러져 있었다. 정은 다시 특유의 지겹다는 표정으로 돌아와 담배를 발끝으로 비벼 끄며 이렇게 덧붙였다.

"잘 왔네. 여긴 살인자의 땅이니까."

"도대체 왜죠? 같은 편이잖아요?"

"저 친구는 르완다에서 온 후투족 난민이거든. 처음부터 다른 둘이 싫어했어."

두 흑인은 왜소한 사내의 시신을 끄집어냈다. 정은 콩고 내전이 일어난 계기가 된 것이 르완다 학살 이후 콩고로 도망쳐온 난민 때문이라고 말했다.

"불쌍하네요. 대학살을 피해 여기까지 도망쳐서 저런 결말을 맞이하다니."

그러자 정은 웃었다.

"저들이 도망쳐 나온 이유는 피해자이기 때문이 아니야. 가해자라서야. 복수가 두려워서."

"그러면 콩고 내전은 결국 종족 전쟁인가요?"

"한마디로 말하면 이런 거야. 백인들이 와서 두 민족 중 소수민족을 골라 식민지에 이용한 후 꼭두각시 독재자를 앉히고 떠나. 독재가 끝나면 다수민족은 복수하려 하고. 그러면 서방은 인권을 이야기하며 소수의 편으로 다시 돌아오고, 다수는 복수가 두려워 도망친 후 인근 국가에서 자기편을 끌어오지. 그러면 주변 나라는 자신의 이권을 위해 뛰어들고, 싸우게 되고, 이런 식으로 내전이란 수렁에 빠져드는 거야. 그렇게 사백만이 죽었지."

이야기를 하며 소매 깃에 까맣게 때가 탄 와이셔츠 끝단을 당겨 옷깃이 평평하게 펴지게 했다. 그 모습을 보자 분명 때가 탔을지언정 화이트칼라 생활이 몸에 익었다는 사실을 깨달았다. 갑자기 호기심이 동했다.

"회사에서 잘린 건가요? 그래서 한국을 싫어하는 건가요?"

"회사! 아, 그런 게 있었지."

그는 인상을 찌푸린 채 무언가 중요한 걸 잊고 있었다는 듯이 고개를 끄덕였다. 그러더니 별 관심 없다는 투로 자리에서 일어나며 이렇게 덧붙였다.

"저 친구들이 주는 물은 마시지 않는 게 좋아. 콜레라에 걸릴 수도 있으니까."

그는 등을 돌려 밖으로 나갔다. 그렇게 홀로 남았다. 구멍 난 슬레이트 지붕 사이로 따가운 햇볕이 쏟아졌다. 창고로 보이는 시멘트 건물의 슬레이트 지붕은 이미 후끈 달아올라 있었다. 죽은 왜소한 사내 덕에 창고 안엔 피비린내가 진동했다. 피 냄새를 맡고 쇠파리들이 모여들었고, 뜨거운 햇살에 창고는 커다란 찜통으로 변했다. 이곳에는 환기를 위한 조그만 창조차 없었다. 살려달라고 소리를 지를까 생각도 해보았지만, 그 말뜻을 알아듣는 사람이 있을 리 없었다. 목이 아팠다. 아프리카의 열기가 온몸 구석구석에 스며들고 있는 것을 느낄 수 있었다.

뚱뚱한 사내가 두 차례 들어왔다. 식사를 가지고 왔지만 먹을 수 없었다. 옥수수 가루로 만든 경단이 들어 있는 스프 같은 것이었는데 더위 탓이었는지 창고 안의 피비린내 탓이었는지 목에 넘기기 무섭게 토해버렸다. 사내는 귀한 음식을 토해낸 대가로 예의 후덕한 표정을 하고서 내 배를 세게 두 번이나 걷어찼다. 그의 발길질은 매서웠다. 장이 끊어지는 듯한 통증 속에서 달궈진 시멘트 바닥이 차갑게 느껴지고 있다는 걸 깨달았다. 열이 오르고 있었다. 이미 창고의 온도가 문제가 되지 않을 정도로 열이 나고 있었다. 식은땀이 자꾸 눈 속으로 흘러들어와 계속 눈을 깜빡여야 했다. 창고 바닥은 이내 내가 쏟아낸 오물과 토해낸 위산, 그리고 끈적끈적한 땀이 피비린내와 뒤섞여 지독한 냄새를 풍겼다. 나를 묶고 있는 수갑이 주는 고통은 점점 심해져 묶인 어깨와 팔의 근육들이 하나씩 뜯겨나가고 있는 것 같았다. 까무룩 멀어지는 의식을 되잡을 때마다 시간은 매초가 1년처럼 길어졌다.

정은 그날 밤 다시 찾아왔다. 창고로 들어온 그는 다짜고짜 이렇게 말했다.

"호텔에 가서 받은 연락처로 전화통화를 했네. 그 아가씨도 그렇고, 자네, 도대체 정체가 뭐야?"

하지만 이미 대답할 수 없었다. 대답 대신 나는 신음과 괴성의 중간쯤 되는 소리를 냈다. 묶여 있는 탓에 생겼다고 믿었던 근육통이 너무 심해져 마치 팔다리를 누군가 대패로 갈고 있는 것 같았다. 두통 때문에 숨 쉬는 것만으로도 머리 전체가 욱신거렸다. 나를 본 정은 심각한 표정으로 다가와 손바닥을 이마에 대고 체온을 확인했다.

"뭐 좀 먹었어?"

나는 간신히 고개를 저었다. 정은 미간을 찌푸렸다. 그는 고개를 갸웃하더니 내가 입고 있는 셔츠의 단추를 풀러 가슴을 확인했다. 가슴엔 어느 사이엔가 좁쌀만 한 붉은 반점들이 돋아 있었다. 정의 표정은 더욱 어두워졌다. 그는 철문을 열어 밖을 향해서 무어라 소리 질렀다. 누군가 뭐라고 대꾸하자 더 크게 소리를 질렀다. 그의 목소리 때문에 두통이 더욱 심해졌다. 나는 입을 반쯤 벌린 채 침을 흘리며 시멘트 바닥에 얼굴을 비볐다. 희미해지는 의식을 붙잡기 위해 가쁘게 숨을 내쉬고 또 들이쉬었다. 그러는 사이, 정의 부름을 받은 두 사내가 창고 안으로 들어왔다. 정은 둘에게 내 상태를 설명해주었다. 나는 오한인지 구토인지 통증인지 지금은 기억나지 않는 어떤 것에 들떠 경련을 일으켰다. 안경은 고개를 가로저었다. 정은 어깨를 으쓱한 후 어쩔 수 없다는 표정으로 한숨을 쉬고 미소를 지었다. 안경은 정에게 웃으며 다가와 어깨를 두드려주었고, 세 사람은 크게 웃었다. 그들의 웃음소리가 주는 울림에 뇌가 머릿속에서 다져지는 것 같았다.

서로 농담을 주고받으며 두 사람은 몸을 돌려 철문을 향했다. 순간 정의 눈이 번뜩였다. 그는 총을 뽑아 두 사람의 뒤통수에 한 방씩 갈겼다. 모두 채 뒤를 돌아보기도 전에 바닥에 피를 뿌리며 쓰러졌다. 나는 갑자기 눈앞에서 펼쳐진 믿을 수 없는 광경에 입을 다물지 못했다. 그는 천천히 쓰러진 두 사람에게 다가가더니 발로 밀어 뒤집어 눕힌 후, 심장과 머리에 한 방씩 확인 사살을 했다. 매캐한 화약 냄새가 비릿한 피비린내와 함께 코를 찔렀다. 눈앞에서 구릿빛 탄피들이 굴러다녔다. 정은 안경의 바지에서 수갑 열쇠를 꺼내 손을 풀어주었다.

"왜죠?"

나는 갈라지는 목소리를 간신히 쥐어짜내며 이렇게 물었다.

"협상을 하기 위해서 전화를 했더니 한 아가씨가 받더군. 사정을 말하고 있는데 10분 후 다시 걸어달라는 거야. 10분 후 다시 거니까 내 이름을 알고 있더군. 내 딸들의 이름도. 그러면서 자네의 생사와 내 가족의 운명이 얼마나 밀접한 관계인지 설득력 있게 설명하데. 내가 묻고 싶네. 도대체 자넨 뭐 하는 인간이야?"

그렇다. 내 매니저는 유능하다. 나는 웃으려 했지만 하이에나처럼 캥캥댈 수 있을 뿐이었다.

"마, 말, 했잖……아요. 살인자라고."

그가 내 어깨를 부축했다. 나는 죽은 두 사람의 시신을 내려다보았다. 이 사람들은 그와 어떤 관계였을까? 나는 고개를 돌려 그의 표정을 살폈다. 그는 콧방귀를 뀌었다.

"이거? 내가 죽인 수만 명에 둘쯤 더해진다고 해도 상관없겠지."

그의 손에서는 희미하게 화약 냄새가 났다. 만약 그가 내 눈 앞에서 두 명을 태연히 죽이는 걸 목격하지 못했다면 수만 명이라는 말 역시 믿지 못했을 것이다. 나는 고통 속에서도 그가 어떤 식으로 대량학살을 했는지 궁금해졌다.

밖은 어두웠다. 그는 나를 부축해 자동차로 데리고 갔다. 나는 조수석에 구겨지듯 앉았다. 창밖을 보았다. 열기가 손끝에 잡힐 듯한, 칠흑 같은 아프리카의 밤이었다. 시동을 걸었다. 그는 가라앉은 목소리로 자신의 이야기를 들려주기 시작했다.

죽음의 재료

정은 한 대기업 주재원이었다. 부장 진급을 앞두고 경력을 쌓기 위해 이곳에 왔다. 그리고 이곳에서 아주 중요한 중책을 맡았다. 그가 하는 일은 콜탄을 사 모으는 일이었다. 콜탄이라는 광물은 탄탈을 만드는 원료이다. 탄탈은 이름에서 알 수 있는 것처럼 탄탈 콘덴서를 만드는 데 가장 중요한 소재이다. 그리고 탄탈 콘덴서는 모든 첨단 전자제품에 들어간다. 2000년 이전까지 콩고는 전 세계에서 채굴되는 콜탄의 대부분을 생산하던 나라였다. 그때까지만 해도 콜탄은 별로 주목받지 못했지만 휴대폰 붐과 함께 갑자기 수요가 폭발했고 가격 역시 폭발했다. 문제는 콩고가 내전 중이라는 사실이었다. 이들의 전선은 금광과 다이아몬드 광산을 따라 형성되어 있었고 여기에 콜탄이 합류하게 된다. 콜탄은 갑자기 콩고 내에서 가장 중요한 광물이 됐다. 전쟁을 위한.

반군은 주민들을 잡아다 콜탄 광산에 몰아넣었고, 정부 측도 크게 다르지 않았다. 결국 수송기에 콜탄이 실려 떠나면 무기가 가득 차 돌아왔다. 그 무기로 다시 콜탄 광산을 차지하기 위해 싸웠고, 그렇게 채취한 콜탄으로 군대를 먹이고 다시 무기를 샀다. 악순환이었다. 그동안에도 선진국들에서는 이른바 IT 인프라를 위한다는 명목으로 보조금까지 받아가며 멀쩡한 휴대폰을 버리고 새 휴대폰을 사는 데 다들 여념이 없었다. 휴대폰은 단지 전자기기가 아니라 패션의 아이콘이자 신분의 상징이었으니까. 그리고 그런 식으로 총알은 장전되었다. 철컥!

물론 정의의 편이 없었던 건 아니었다. 그들은 서구의 여론에 이런 말도 안 되는 상황을 고발했다. 여론은 비등하게 끓어올랐으며 국제 사회는 콩고산 콜탄의 거래를 금지하기에 이른다. 문제는 여전히 탄탈의 수요는 폭증하고 있었고 콜탄의 가장 큰 산지는 이곳 콩고였다. 큰 산지가 정말로 사라질 수 있을까? 중개상들은 더 높은 마진을 붙였고 거래는 은밀해졌다. 반군과 정부군은 공히 국제적인 밀수상들을 고용했고, 그것이 바로 내가 봤던 투어였다. 전자 회사들은 부품 공급에 대한 불안으로 생산 차질이 생겼다. 그래서 정이 이곳에 온 것이다. 그는 전자회사 직원이니까.

도로는 아스팔트로 바뀌어 있었다. 그의 차분한 목소리를 들으며 나를 감쌌던 열기가 서서히 차가워지는 것을 느낄 수 있었다.

"르완다에서 콩고로 거래망을 따라 안정적인 콜탄 공급자를 찾아다녔지. 무슨 시민단체가 위장한 가짜 중개상과 함부로 접촉했던 전임자의 메일이 유럽에 공개되어 외신에 오르내렸고 결국 옷을 벗었거든. 난 애국하고 있다는 자부심도 있었어. 우리 휴대폰은 전 세계로 수출되는 효자 상품이니까. 그래서 사명감에 불타 반군캠프까지 찾아갔어. 안정적인 콜탄 공급처가 아주 절실했거든."

그의 목소리에서 어떤 서글픈 자부심 같은 것이 느껴졌다.

"그곳에서 난 봤지. 내가 살, 아니 회사가 구입할 콜탄이 어떻게 생산되는지. 그리고 내가 지불하게 될 돈이 어떻게 쓰이는지. 그들은 정말 친절했어. 물어보는 건 모두 가능하면 전부 대답해줬어. 회사의 돈이 절실했거든."

우기가 찾아와 엉망이 된 도로와 난민캠프. 텅 빈 병원과 총을 든 소년들. 그리고 유령처럼 콜탄을 캐러 가는 사람들의 행렬. 몸을 파는 것으로 질긴 생명을 이어가는 여자들과 여자아이들. 하지만 그는 감상에 빠지지 않았다. 그들은 흑인들이었고, 남이었으니까.

"거래는 잘됐어. 내가 생각해도 정말 좋은 조건이었으니까. 나는 생각했지. '아, 이제 한국으로 돌아가면 부장이 되겠구나.' 돌아오려고 차를 타며 마음속으로 콧노래를 흥얼거렸지."

그런데 반군 점령지에서 빠져나오는 길, 그의 차가 우기에 진창으로 변한 도로에 빠졌다. 운전사와 통역이 차를 끄집어내기 위해 진흙과 사투를 벌이는 동안, 그는 소변을 보기 위해 수풀 속으로 들어갔다. 그곳에서 그는 커다란 구덩이를 보았다. 그 속에는 빗물에 씻겨 말갛게 된 백골들이 있었다.

"운전기사가 말하더군. '전쟁 중이니까요. 몇 년 사이, 땅 주인이 바뀔 때마다 저런 구덩이는 셀 수 없이 많이 생겼어요.' 난 상관없었어. 내 문제가 아니니까. 서울에 결과를 팩스로 보고하자 부사장에게 전화가 오더군. '수고했어.' 진급과 성공의 길이 눈앞에 보이기 시작했지."

하지만 그는 그날부터 잘 수 없었다. 처음엔 너무 흥분한 탓이라 생각했다. 하지만 흥분이 가라앉고 일상적인 잡무에 시달리고, 계약서대로 거래를 진행시키기 위해 일하는 동안에도 잘 수 없었다. 그는 병원을 찾아갔고 수면제를 얻었다. 그렇게 간신히 잠든 하루 만에 수면제를 끊을 수밖에 없었다. 밤새 악몽에 시달렸던 것이다. 하지만 정은 그런 것에 굴복할 만큼 약한 사람이 아니었다.

"죄책감 따위, 시간이 지나면 바래진다는 거 너무나 잘 알고 있었어. 그리고 자부심도 있었지. 조국과 회사와 가족을 위해 희생한 거니까. 그깟 잠 못 자는 거, 인생을 남들 두 배 사는 거라고 생각하면 되잖아. 하지만 말이야, 난 바보였어. 나도 그랬지만 요샌 다들 자기가 어디서 누굴 위해 일하는지도 모른다니까. 정말이지 아무것도 몰라."

운전대를 잡은 정은 큭큭거리며 웃었다. 그의 낮아지는 목소리만큼이나 몸이 싸늘하게 식고 있었다. 식은땀도 멈췄고, 떨림도 사라졌다. 멀리 지평선 끝에서 도시의 실루엣이 보이기 시작했다. 불꺼진 도시는 검은 성처럼 보였다.

"정말 피곤했지만 그럭저럭 버틸 수 있었어. 한국에 돌아갈 때까지 크게 할 일도 없었으니까. 그렇게 귀국이 한 달 앞으로 다가오자 이제 끝이라고 생각했지. 고국에 돌아가면 아프리카 따윈 잊어버릴 테니까."

하지만 아프리카는 그를 놔주지 않았다. 정부군이 반군의 콜탄 광산을 급습했고 거래에 차질을 빚었던 것이다. 그는 다시 현장으로 달려갔고 정부 측 담당자를 찾아가 새로운 계약을 맺었다. 그리고 새로운 구덩이를 보았다. 그 안에는 안구가 썩어 구더기가 들락거리는 갓 돌이 지난 아기의 시신이 있었다. 아기는 믿을 수 없을 정도로 말라 있었다. 그 순간 그를 지탱하던 무언가가 끊겼다.

"회사에 장문의 보고서를 썼어. 뭔가 바뀌길 기대하면서. 이곳의 상황에 대한 아주 감동적인 설명을 붙여서 혼신의 힘을 다해 썼어. 다 쓰고 읽어봤는데, 정말이지 살아오면서 내가 쓴 글 중 가장 잘 썼다고 자신할 수 있어. 본사에 있는 친구는 내 보고서를 보고 감동해서 눈물을 흘렸다니까. 웃기는 게 뭔지 아나? 회사에서 결정을 내릴 만한 사람은 이미 모두 알고 있었어, 이곳 상황이 어떤지. 회사에선 이렇게 말하더군. '다른 회사도 그렇게 하는 걸, 우리만 안 한다고 달라질까? 아니. 오히려 경쟁에 뒤처져. 선택의 여지가 없어'라고. 그리고 생각해봤지. 우습게도 그들이 옳아."

정의 손이 떨리고 있었다.

"그 전선에서만 민간인이 오만 명이나 죽었어. 내가 사들였던 콜탄을 팔아 구한 무기들이 아니었다면 죽지 않았을 사람들이지."

그의 얼굴이 일그러졌다.

"내 손에 그들의 피를 묻혔던 건 아니야. 누가 나를 처벌할 수도 없고 비난할 사람도 없어. 하지만 내가 거래한 돈으로 산 총에 맞아 정글 어딘가에 버려져 있는 시신들에게 그런 변명이 통할까?"

정은 한 손으로 핸들을 잡은 채 눈가를 훔쳤다.

"더 웃기는, 정말 웃기는 게 뭔 줄 아나? 이 공모 살인의 책임자를 찾을 수 없다는 거야. 누가 그렇게 만들었을까? 아무리 생각해도 정말 모르겠어. 다들 최선을 다한 것뿐인데. 그런데 여자들은 강간당하고 아이들은 굶어 죽고 소년들은 살인을 해. 여긴 아프리카에서 유아 사망률이 제일 낮을걸? 왠지 알아? 아기들은 이미 다 죽었으니까. 정말이지 아무도 책임질 사람이 없어."

정은 울먹이는 목소리로 웃었다.

그는 한국으로 돌아가지 않았다. 아니 돌아갈 수 없었다. 그는 부장이 되는 대신 사표를 썼다. 그날 밤 1년 반 만에 처음으로 꿈도 꾸지 않고 단잠을 잤다. 그 대가로 받은 것은 부인에게서 온 협의 이혼 의사 확인 신청서였다. 그는 늦은 밤 마실 한 잔의 술과 한 달에 한 번 보낼 양육비를 위해서 닥치는 대로 일을 했다. 직접 사람을 죽이는 일도 마다하지 않았다. 오히려 누군가를 직접 죽이는 일은 그가 저질렀던 대량학살의 무게를 조금 가볍게 해주었다. 감당할 수 없는 죄책감을 죄가 구해주는 형국이었다. 국가와 민족, 회사 따위는 아무 소용이 없었다. 우리는 밤의 도시로 들어갔다. 누구도 더 이상 입을 열 수 없었다. 자동차는 병원 앞에 멈춰 섰다. 정이 부축하려 했지만 나는 내 발로 일어설 수 있었다.

"어떻게 된 거야?"

"열이 내려갔어요. 다 나았나 봐요."

그가 놀란 표정으로 이마에 손을 짚었다.

"젠장."

"왜요?"

"자네가 걸린 건 뎅기열이야. 적당히 치료만 받으면 일주일이면 나아. 하지만 이렇게 갑자기 상태가 좋아지는 건 쇼크나 출혈열로 발전한다는 징후야. 보통 이렇게 빨리 낫는 열병을 원주민들은 죽는 열병이라고 불러."

정의 목소리에는 어떤 불길함이 감돌았다.

나는 그의 도움으로 입원했다. 외국인 전용 병원이었던 탓에 시설은 깨끗했다. 의사가 불어로 무언가 설명했지만 알아들을 수가 없었다. 나는 환자복을 갈아입고 약을 먹은 후 병실에 딸린 화장실로 갔다. 다시 떨림이 시작되고 있었다. 도무지 멈출 것 같지 않은 떨림이었다. 그것은 열기와 함께 내장을 뒤흔들기 시작해서 심장과 팔다리로 퍼지고 있었다. 나는 알 수 있었다. 이 떨림은 단순히 뎅기열 때문만은 아니었다. 나는 두려워하고 있었다. 무엇을 두려워하는지 나조차 알 수 없었다. 더 이상 회사 때문은 아니었다. 그것보다 더욱 거대한, 훨씬 압도적인 무언가가 있었다. 너무나 광범위하기에 어디로도 달아날 수 없을 정도로 거대한 것이었다. 심지어 콩고에 와서도 떨쳐내지 못했다. 하지만 그게 무엇인지 알 수 없었다. 실체를 알 수 없는 공포가 너무나 선명하고 강렬해서 머리카락 한 올 한 올마저 겁에 질려 떨고 있었다.

나는 변기를 움켜잡았다. 그리고 토했다. 노란 신물과 함께 피가 나왔다. 잇몸에서도 피가 나왔다. 출혈이 시작되고 있었다. 떨림은 파도처럼 번져나갔다. 때문에 모든 것들이 요동치기 시작했다. 심지어 변기에 토했던 모든 오물들마저 떨고 있었다. 오물들이, 내 피가, 변기가, 화장실이, 병원이, 아프리카가 내가 속한 세계 전체가 떨고 있었다. 내가 속한 세계 어디에도 있는 것, 결코 벗어날 수 없는 것. 나는 깨달았다. 이들이 두려워하고 있던 건 나였구나. 나는 나 자신이 두려웠다. 침대 위에 쓰러졌다. 그리고 눈을 감았다. 제발, 제발, 꿈꾸지 않기를 기도했다.

그렇게 내 생애에서 죽음과 가장 가까웠던 일주일이 시작되었다. 다시 열이 올랐고, 잇몸과 코에서 피가 나왔으며, 복수가 차서 제대로 호흡할 수도 없었다. 의식이 자꾸 까무룩 멀어졌다. 혈변을 싸고 수액을 맞으며 잠깐 정신을 차릴 때마다 생각했다. 도대체 왜 콩고에 왔을까? 물론 고릴라 때문이었다. 왜 고릴라였나? 그깟 고릴라가 내 삶과 무슨 상관이 있다고. 현경, 그녀 때문이었다. 내가 그녀를 사랑했을까? 아니라고 믿고 싶었다. 하지만 정말 그랬다면 여기까지 오지 않았을 것이다. 한 여자를 자살로 몰아넣고 내 삶의 바닥을 본 후, 콩고에 와서 머리에 총구가 닿고 시멘트 바닥에 버려졌다가 열병 속에서 간신히 깨닫게 됐다. 아니, 간신히 인정할 수 있었다. 나는 내가 생각했던 것보다 훨씬 그녀를 사랑하고 있었음을. 현경이 옳았다. 만약 어떤 식으로든 사랑하지 않았다면 그녀에게 그 많은 선물과 돈을 쏟아 부을 이유는 없었다. 단지 그 사실을 인정할 용기가 없었기에 돈으로 감추고 있었던 것뿐이다.

내가 얼마나 어리석은지 새삼 깨달았다. 어떻게 그걸 모를 수 있었을까. 자연스러운 죽음의 달인. 심지어 자신의 아이와 사랑하는 사람마저 자연스럽게 죽여버리는 달인. 그러면서 결코 자신의 손엔 피를 묻히지 않는 인간. 그게 나였다. 감은 눈꺼풀에서 열기가 느껴졌다. 나는 열병 속에서 강렬히 원했다. 스스로 불타버렸으면. 그래서 재조차 남지 않았으면.

원점

한국으로 돌아왔다. 체중이 15킬로나 줄어 있었다. 하지만 괜찮았다. 살아남았으니까. 콩고는 내게 평안을 줬다. 느낄 수 있었다. 이제 모든 것이 명확해지리라. 나는 한없이 가벼워졌으니까.

인천공항은 떠나기 전과 변한 게 없었다. 강철과 유리, 햇살이 가득한 찬란한 곳이었다. 바닥은 거울처럼 번뜩였고 사람들은 모두 말끔했다. 어디에나 평범한 사람들이 있었다. 그들은 굶주리지도, 겁에 질리지도, 위협적이지도 않았다. 나는 그제야 콩고에서 본 사람들의 눈빛에 살기 같은 것이 어려 있었다는 것을 깨달았다. 하지만 이곳의 사람들에게 그런 흔적을 찾아볼 수 없었다. 어떤 사람은 피곤해 보였고 어떤 사람은 생기에 넘쳤지만, 모두 평안해 보였다. 한 무리의 신혼부부와 친구들이 공항 앞에서 웃음을 터뜨렸다. 나는 그들이 무서웠다.

돌아오는 길, 남아공과 홍콩을 거쳐 두 차례 환승을 하며 깨달은 사실이 있다. 나는 이미 내 짐들을 감당할 수 없었다. 줄어버린 체중만큼이나 형편없어진 체력 탓에 누군가 마중 나올 사람이 필요했다. 홍콩공항에서 전화기를 들었다. 가장 먼저 매니저가 떠올랐지만 부르고 싶지 않았다. 그녀는 회사 사람이었으니까. 대신 지갑에서 반장의 명함을 찾아냈다. 어쩌면 친구라고 부를 수도 있을까? 그는 내가 아는 한 가장 평범하고 좋은 사람이었다. 지금 내겐 좋은 사람이 필요했다. 어떤 긴장도 불안감도 주지 않는, 콩고에서 본 것들이 지극히 국지적이고 예외적인 불행에 지나지 않는다고 느끼게 해줄 그런 평범한 사람이 필요했다. 나는 그에게 연락을 했다. 마중 나온 그는 쓰러지기 직전의 내 몰골을 보고 걱정스러운 표정으로 물었다.

"콩고에는 도대체 뭐 하러 간 거야?"

"회사 때문에."

절반은 사실이었다. 트렁크에 짐을 넣던 그는 고개를 절레절레 흔들었다.

"컨설턴트로 먹고 사는 일도 쉬운 게 아니구나."

아무렴.

나는 그의 차 조수석에 탔다. 무릎이 떨리는 걸 느낄 수 있었다. 운전석에 앉은 그는 집 주소를 물어본 후 자신의 핸드폰을 꺼내 자동차 거치대 위에 올려놓았다. 그리고 핸드폰의 내비게이션을 켜서 주소를 입력했다.

"번호이동으로 새로 질렀어. 아, 내비 하나 새로 사는 것보다 싸다고 해서. 실시간 교통정보도 연동되고."

주소를 입력하자 '띠리링'하고 맑은 안내 음이 울렸다. 하지만 내 귀에는 '철컥'하고 또 한 발의 총탄이 장전되는 소리처럼 들렸다. 저 안에 들어 있는 작은 콜탄은 탄피가 씌워진 납탄으로 변해 지금 누구 총에 장전되어 있을까?

"근데 화면이 너무 작아. 아무래도 내비를 새로 사고 약정 끝나면 핸드폰도 새로 질러야 할까봐. 이건 DMB도 안되거든. 완전 후졌어."

총성과 함께 작은 금속 조각 하나가 공기를 가른 후 누군가의 살과 뼈를 꿰뚫고 지나가는 환영이 떠올랐다. 난 궁금했다.

"만약 그 핸드폰으로 누군가 죽일 수 있다면 믿겠어?"

그는 웃었다.

"재밌네. 액정을 이 따위로 만든 놈을 죽여버리고 싶긴 해. 왜? 암살자라도 소개해주려고?"

나는 웃었다. 아주 크게. 그 역시 따라 웃으며 차에 시동을 걸었다. 우리는 고속도로에 들어섰다. 나는 콩고에서 봤던, 그리고 들었던 것들을 이야기했다. 고릴라와 다이아몬드, 내전과 콜탄, 그리고 핸드폰. 그는 평범한 사람이었다. 암살자가 아닌 일반인의 양심을 가진 그라면 내가 찾지 못한 어떤 답을 알고 있을 것 같았다. 나는 죽음을 너무나도 담담하게 받아들이는 경향이 있었다. 필요에 의해 죽음에 대한 감정적 반응을 거세시켰다. 하지만 그는 달랐다. 아주 상식적이었고, 고작 반년을 일한 인턴들의 운명을 걱정할 정도로 착한 사람이었다. 상식적인 삶이 내게 가장 상식적인 답을 들려줄 것이 분명했다.

자동차는 영종대교를 건너고 있었다. 내 이야기가 끝나자 자동차 안은 다시 조용해졌다. 그는 잠시 말이 없었다. 그러다 갑자기 어깨를 으쓱하고 내게 불쾌한 시선을 던졌다.

"그래서? 내가 핸드폰 바꾼 게 잘못됐다는 거야?"

백미러로 찡그린 그의 표정이 보였다. 나는 당황스러웠다.

"아니, 그게 아니야. 그냥 이 상황을 말해주고 싶었어. 뭔가 말도 안 되잖아, 이런 건. 어떤 생각인지 그저 상식적인 의견을 듣고 싶어."

"의견은 무슨, 얼어 죽을. 그 나라 사람들이 그렇게 사는 건 그쪽 사정이고. 어쩔 수 없는 거잖아. 지들이 총질하고 죽는 게 우리랑 무슨 상관이야."

그건 그들의 사정일 뿐이었다, 어쩔 수 없는. 그게 상식이었다.

"나라고 핸드폰 바꾸고 싶겠어? 하루 종일 회사에서 시달리면 미칠 거 같아. 뭐라도 질러야 숨통이 트인다고. 그리고 할부 갚아야 하지, 아주 족쇄라고. 쳇바퀴야. 나도 좋아서 이딴 거 지르는 거 아니야. 로또라도 당첨되면 모르겠다. 여유가 되면 콩고 사람들을 도와주고 하겠지만 당장은 나 먹고 살기도 죽겠어. 넌 컨설팅해서 떼돈을 버니까 모르겠지만 회사에서 내 모가지 간수도 힘들다고. 콩고 놈들은 바나나나 따먹으라고 그래. 걔들은 카드 값은 안 갚아도 될 거 아니야."

그날 밤 이후 계속된 두려움의 정체를 깨달았다. 평범한 사람들에게 지구 반대편의 죽음은 어쩔 수 없는 것이다. 회사의 심벌을 떠올렸다. 그 심벌을 보여줬던 남자는 이렇게 말했다.

'다이아몬드 형은 결코 서 있을 수 없죠. 그래서 뭔가 지탱해줄 삼각형들이 필요한 겁니다. 전체적으로 다시 세상의 그림을 삼각형으로 만들…… 그건 다양하죠. 정말 다양해요. 세상에 그런 존재들은 세상에 너무 많으니까.'

콩고 역시 작은 삼각형들이었다. 두 개의 작은 삼각형. 한 사람의 부를 위한 두 명의 죽음. 사백만의 죽음으로 누가 얼마만큼 부자가 됐던 걸까. 그리고 그 부는 다이아몬드를 타고 흘러내린다. 마치 피처럼. 그 다이아몬드의 구성원들은 침묵한다. 자신들의 삶을 유지하는 대가로. 죽음은 자신의 죄가 아니다. 처벌받을 이유도, 책임질 일도 없다. 무엇보다 그 대가를 그들 역시 향유하고 있으니까. 피는 달다. 원래 세상이란 그런 거니까. 어쩔 수 없으니까. 나는 완벽하게 깨달았다.

내 머리를 겨눴던 권총은 내가 현경에게 사줬던 가방이었고, 내 머리를 겨눈 총알은 내 휴대폰이었다. 마치 그녀를 다리에서 밀어 넣었던 것이 내가 사준 귀걸이이며, 뱃속의 내 아이를 죽인 게 그녀에게 사준 목걸이였던 것처럼.

어느 날 두 대의 비행기가 한 부자 나라 건물에 충돌한다. 그리고 그 배후 인물로 한 테러리스트와 한 독재자의 이름이 언급된다. 누가 그들에게 자금을 지원했는가? 누가 그들의 공모자인가? 그들은 과거의 어느 날 부자 나라에서 놀러가기 위해 자동차에 기름을 가득 채운 채 어딘가 떠났던 사람들이며, 자신의 재산을 늘리기 위해 석유회사 펀드에 투자했던 사람들이며, 빈 방에 전등을 켜놓았던 사람들이며, 이렇게 말했던 사람들이다.

"어쩔 수 없어요. 세상은 원래 그런 걸요."

손이 떨렸다. 그들은 죽는 순간까지 알 수 없었을 것이다. 자신들이야말로 그날 벌어진 진정한 배후 세력 중 하나였음을.

나는 처음으로 회사 전체를 보았다. 눈을 돌리면 어디에나 회사가 있었고 정말 많은 사람이 회사를 위해 일하고 있었다. 도무지 가늠할 수 없는 수의 사람들이 회사의 직원으로 존재했다. 그들은 심지어 자신이 회사를 위해 일을 하고 있다는 것조차 몰랐다. 회사는 정말 거대했으니까. 너무나 거대해서 회사의 머리와 꼬리를 보기 위해서는 지구를 가로질러야 했으니까. 나는 내 고객들을 떠올렸다. 그들이 죽어도 되는 이유를 찾던 시절을 말이다. 예외는 없었다. 심지어 펀드에 가입하거나 저축하는 것만으로도 우리는 살인의 공모자가 될 수 있었다. 어제 먹은 커피믹스가 누군가를 찌를 칼로 변할지도 몰랐다. 빠져나갈 방법은 없었다. 보이지 않는 회사의 그물은 이미 우리 삶을 송두리째 지배하고 있었다.

첫 번째 암살단이 있었다. 그들은 종교 때문에 생겼고, 결국 종교를 이용했다. 권력을 집중했으며 조직적인 활동을 했다. 천혜의 요새를 지니고 있었으며 전설에 가까운 악명을 자랑했다. 그리고 멸망했다. 그들의 범행은 세상이 다 알았기에 언젠가 책임을 져야 했다.

두 번째 암살단이 있었다. 그들은 돈을 위해 일했고 철저히 비밀을 지켰다. 살인을 분업화했으며 실체를 파악하기 힘들게 위장했다. 집중된 권력도, 지휘자도 없었다. 그러나 멸망했다. 그들조차도 직접적인 살인의 책임을 피할 수 없었기 때문이다.

그리고 세 번째 암살단이 생겨났다. 그들은 살인의 절차를 분업화했으며 의사결정권을 모두에게 나눠줬고 관료제와 복잡한 자본, 다층적인 신분과 구조로 위장했다. 누가 누군지 알 수 없는 상황이 시작됐다. 살인은 계속 됐지만 이제 누구도 암살단의 죄를 물을 수 없다. 모두 공모자며 모두 종범이었고 모두 교사범이었다. 지엽적인 사건에 대해 개인에게 책임을 묻고, 누군가를 비난할 수는 있다. 그래도 암살단 자체에는 아무 상관이 없다. 왜냐면 심지어 구성원들조차 존재를 인식하지 못하는 조직이니까. 이제야 간신히 이해할 수 있었다. 이 암살단에 얽힌 궁극적인 비밀을. 왜 누구도 회사를 위협할 수 없는지. 우리가 속한 암살단은 진정한 의미에서 불멸의 존재였던 것이다.

나는 고개를 돌렸다. 차창 너머로 내 얼굴이 비쳐 보였다. 너는 몇 명을 죽였지? 한때는 내가 죽인 사람의 수를 안다고 생각했다. 그러나 나는 아무것도 모르고 있었다. 존재만으로 생기는 죄. 나는 드디어 원죄의 의미를 깨달았다. 크리스마스 밤에서 여기까지 참 오래, 그리고 멀리 온 셈이었다. 결국 우리의 위대한 회사만이 모든 걸 알고 있었다. 받아들이거나, 체념하거나. 분명히 깨달았다. 회사는 진정으로 날 위하고 있었고, 내가 생각했던 위협들은 모두 나의 불안과 소심함으로 비롯된 것이었다. 나는 회사의 방아쇠였으며 도화선이었으며 죽음의 배달부이자 가장 평범한, 그저 평범한 구성원

일 뿐이었다. 희미했던 모든 것이 명확해졌다. 나는 평범하다. 정말 지독히 평범할 뿐이다.

집에 돌아와 샤워를 했다. 거울 앞에 있는 남자는 믿을 수 없이 말라 있었다. 괜찮아 보였다. 적어도 콩고에서 본 움막집의 사람들보다는.

콩고를 떠나기 전날 그들의 움막집에 가봤다. 마운틴고릴라 대신 내가 한 선택은 바로 그것이었다. 비행기에서 봤던 야트막한 봉분 같은 수풀들의 정체가 바로 이 움막촌이었다. 집은 생각보다 좁았다. 한 평 남짓한 맨땅 위에 수숫대와 수풀로 지어진 집이었다. 그 안에는 수풀로 된 침상이 있었다. 그게 다였다. 구석에 처박혀 있는 찌그러진 냄비와 몇 가지 어설픈 살림살이가 있긴 했지만 쓰레기에 가까웠다. 침상 위에는 비쩍 마른 한 여자가 누워 있었다. 그녀는 인기척을 느끼고 고개를 돌렸다. 고개를 돌리는 그 동작만으로도 너무 힘겨워서 뼈와 거죽뿐인 그녀의 몸뚱이가 부스러질 것만 같았다. 육체가 영혼의 무게를 감당하지 못하고 휘청거렸다. 같이 간 통역이 말했다. 이 여자는 전쟁으로 남편과 아이를 잃고 여기로 도망쳐 왔다고. 누군가 돌봐줄 사람이 없으므로 곧 죽을 것이라고. 삐쩍 마른 얼굴에 퀭한 눈만이 더욱 두드러졌다. 눈가 주위로 파리들이 맴돌았다. 자신들이 알을 깔 차례를 기다리면서. 눈은 탁하게 빛나고 있었다. 그런 눈빛을 죽음이라고 부를 수 있을까? 숲속의 마운틴고릴라들도 이와 비슷한 표정이리라. 킹콩이 엠파이어스테이트 빌딩에서 떨어져 내린 후, 얼마나 많은 것들이 떨어져 내렸을까?

나는 그곳을 도망치듯 빠져나왔다. 그곳에서 죽음은 대량생산되고 있었다. 우리 삶의 최악의 것들이 조립되는 공장이었다. 이걸로 됐다. 내가 죽인 것은 아무것도 아니다. 알고 있다. 죄가 사라지는 건 아니다. 하지만 그것만으로도 살 수 있을 것 같았다. 모두 같았으니까.

시차로 인해 잠이 오지 않았기에 해가 뜨기 전까지 홀로 음악을 들었다. 컴퓨터로 가장 많은 빈도수로 들었던 음악을 추려 재생 목록을 만들었다. 음악들은 흘러나와 내 몸을 꿰뚫고 지나갔다. 마치 내가 저질렀던 죄처럼. 순간 무언가 깨달았다. 나는 내가 좋아하던 음악들의 리스트를 확인했다. 그리고 그것들 중 몇 가지를 골라 신중히, 가사 하나 하나를 되새겼다. 비로소 예린을 제대로 알게 됐다. 정말 놀라운 발견이었다. 놀라웠지만 그뿐이었다. 이미 아프리카에서 돌아오는 비행기에서 그녀에 대한 마음을 결정지었다. 다만 그 마음을 확고하게 해주는 사소한 발견이었을 뿐이다. 해가 뜨자 나는 그녀에게 연락했다.

오랜만에 본 예린은 걱정스러운 표정으로 앉아 있었다. 그녀는 여전히 아름다웠고, 사랑스러웠다. 평생 봐도 질리지 않을 얼굴이었다. 난 미소 지었다.

"그렇게 걱정할 것 없어. 난 어느 때보다 좋으니까."

"그렇게 안 보여요. 도대체 어딜 다녀온 거예요?"

"여행. 보고 싶은 게 있어서. 보진 못했지만."

우리는 잠시 그렇게 앉아 있었다. 나른한 날이었다. 창밖에는 햇살이 쏟아지고 있었다. 기억난다. 여기서 나는 처음 살인자가 되기로 결심했었다. 그때 보았던 공정무역 마크도 변함없었다. 공정함. 저들은 굶어 죽는 한이 있어도 자신들이 먹을 옥수수를 키우지 못한다. 우리가 마실 커피를 키워야 하므로. 그들에게 얼마의 돈을 더 쥐여주면 공정함도 살 수 있다. 우리는 그렇게 공정해진다.

서울은 변함없었다. 하긴, 무언가 변하기에는 너무 짧은 시간이었다. 하지만 나는 마치 평생을 콩고에서 보내고 온 기분이었다. 열병과 함께 내 안의 무언가가 늙어버렸고, 이 자리엔 조로한 내가 있었다. 고개를 돌려 예린을 보았다. 내 침묵에 말이 없던 그녀가 입을 열었다.

"뭘 보는 거예요?"

"당신."

"왜요?"

"아름다워서. 보고 있으면 울어버릴 거 같아."

쓸데없는 농이라고 생각했는지 그녀는 피식 웃었다. 나도 따라 웃었다. 웃음 끝에 이렇게 물었다.

"회사에서 보낸 거야?"

그녀가 내 눈을 응시했다. 연기라면 칭찬받아 마땅한 표정으로 그녀는 이렇게 되물었다.

"그게 무슨 소리예요?"

"상관없어. 어차피 회사에서 일하는 사람들 중 대부분은 자기가 어디서 일하는지 모르니까.”

“도대체 무슨 소릴 하는 거예요?”

난 대답 대신 벨벳 언더그라운드의 〈Candy says〉를 나지막이 불렀다. 그녀의 표정이 변했다. 그 노래에서 캔디는 이렇게 말한다.

‘나는 거창한 결정이 싫어. 끊임없이 마음속에서 번복하게 하니까.’

이 구절까지 부른 나는 스완 다이브의 〈Groovy Tuesday〉를 나지막이 불렀다. 그녀의 표정이 더욱 슬프게 변했다. 그 노래에서 나오는 그루비한 그녀는 전화를 해서 이렇게 말한다.

‘비틀즈 음악에서 나오는 예~ 예~ 예~ 하는 후렴구 너무 좋지 않아?’

모두 그녀가 했던 말이다. 그녀의 존재가 너무나 사랑스럽고 익숙했던 건 당연했다. 그녀는 내가 좋아했던 모든 노래에 등장하는 이미지들의 총아였으니까. 뿐만 아니라 내가 사랑하던 옛날 영화들의 캐릭터였으며, 내가 읽던 책의 여주인공들이었다. 그녀는 내 취향의 모든 것이었다. 마치 현경이 사랑했던 샤넬이나 구찌나 루이뷔통처럼 말이다.

“그건…….”

난 그녀에게 괜찮다는 표정을 지어 보였다. 이건 작은 농담 같은 것이다. 누군가는 이런 걸 브랜드의 이미지, 혹은 마케팅이라고 부를 것이다. 정말 괜찮았다. 그리고 여전히 그녀를 사랑했다. 그것이 설사 만들어진 이미지일지라도.

“괜찮아. 화난 게 아니니까. 그냥 말하고 싶었어.”

이곳에서 매니저를 처음 만났다. 이 일을 하지 않았다면 어땠을까. 아마 초라한 학점으로 거기에 어울리는 어딘가에 취직했을 것이다. 그래서? 거기에 어울리는 평범한 여자와 지금쯤 결혼했을 것이다. 그리고 아이가 있을지도 몰랐다. 있다면 지금쯤 말을 할까? 걸어 다니기 시작할까? 다른 선택을 한 나는 아마도 지금의 나 같은 인간에게 치여 시달리고 있을 게 분명했다. 다이아몬드의 아래쪽 면에 해당했을 테니. 그러면 세상이 돌아가는 사정이나 회사의 존재 따위는 전혀 몰랐을 것이다. 매일 넥타이를 매고 출근하고, 부인과 카드 값 문제로 싸우고, 딱히 더 불행해 보이지는 않았다. 아니, 사실 그쪽이 조금 더 행복해 보이는 것 같았다. 하지만 그건 선택하지 못한 길에 대한 미련 때문이리라. 늘 택하지 못한 것들은 찬란해 보이니까. 예린 역시 그랬다. 그녀가 지금 그토록 사랑스럽고 아름답게 보이는 건, 아마 그녀가 내가 택하지 않을 길이기 때문이리라.

"내가 얼마나 당신을 사랑하는지. 그리고 얼마나 당신을 그리워하게 될지."

그녀에게 문제가 있으리라 생각하지 않는다. 만약 그녀가 회사에서 준비한 것이라면 그녀는 완벽할 것이다. 그게 아니라 해도 그녀는 여전히 좋은 사람이며 나에게 귀여운 거짓말을 했을 뿐이다. 누구도 그걸로 그녀를 비난할 수는 없다. 나는 알고 있었다. 이 순간의 선택을 평생 후회하리라는 것을. 하지만 현명한, 합리적인 선택이 지금의 나란 괴물을 만들었다. 그러므로 이제 후회할 선택이 남긴 삶이 내게 무엇을 남겨주는지 볼 차례였다. 나는 내 죄의 무게로 고통받으며 살아갈 것이다.

그녀는 말이 없었다. 슬픈 표정은 더욱 슬픈 무언가로 바뀌었다. 보고 있는 것만으로도 마음이 아팠다. 그녀의 눈에 눈물이 고였다.

"당신은 좋은 사람이야. 그러니까 내 부탁 좀 들어줄래? 웃어줘. 오래 기억하게."

그녀는 미소 지었다. 미소 짓는 뺨 위로 눈물이 흘러내렸다. 그 모습이 마치 가슴속에 하나의 사진처럼 박혔다. 불타는 인두로 가슴을 지진 것처럼 선명하고 고통스러운 낙인으로 수많은 날들이 지나고, 심지어 세상의 끝이 와도 결코 변하지 않을 것처럼.

돌아와 몸을 욕조 속에 뉘였다. 짧은 대화를 나눴을 뿐이었지만 완전히 소진된 기분이었다. 욕조에 누워 벨벳 언더그라운드의 노래를 불렀다. 그 노래에서 가장 좋아하는 가사는 첫 구절이다.

캔디는 말하지. "내 몸을 싫어하게 됐어. 그것이 세상에 갈구하는 모든 걸 증오해."

내게 딱 어울리는 가사였다. 그래서 내 몸이 콩고에서 그토록 불타올랐을 것이다. 그건 분명 증오의 불꽃이었다. 감상적인 생각들이 유령처럼 떠돌고 있었다. 그렇다고 감상에 젖어 욕조 안에서 동맥을 끊을 생각은 없었다. 난 살아남았고, 앞으로도 쭉 살아갈 것이다. 발밑에 붉은색 핏빛 발자국을 남기면서. 그냥 내 몸이 싫을 뿐이다. 그건 죄로 가득 차 있다. 존재만으로 생기는 죄들로.

허리에 수건을 차고 욕실에서 나왔을 때 매니저가 와 있었다. 그녀가 오리라는 걸 알고 있었지만 예상보다 빨랐다. 그녀는 마치 TV 속에서 김혜자 씨가 아프리카 어린이들을 보고 짓던 표정을 하고 있었다. 내가 콩고의 난민촌에서 저런 표정이 아니었길 바랄 뿐이다. 나는 고개를 숙였다. 앙상한 내 갈비뼈가 보였다.

"도대체 콩고에서 무슨 짓을 하다 온 거예요?"

"아무것도 안 했어. 그냥 누워 있었어. 친절한 의사들이 매일 찾아왔지."

그녀는 다가와 내 갈비뼈를 만졌다. 부드러운 손의 감촉에 반사적으로 눈이 감겼다. 나는 미소 지었다.

"오, 섰다."

그녀는 웃음을 터뜨렸다.

"진짜 못 말려."

그녀는 날 툭 쳤다. 그것만으로도 나는 휘청거렸다. 걱정스러운 표정으로 그녀는 휘청거리는 날 붙들었다.

"일, 그만둘 거예요?"

"아니."

"정말이에요?"

"응."

나는 고개를 크게, 아이처럼 끄덕였다.

"정말 걱정했던 거 알죠?"

나는 다시 고개를 끄덕였다. 그녀가 걱정했던 게 나였을까, 아니면 내가 그만두는 거였을까? 그런 질문은 그만두기로 했다. 어차피 답을 알 순 없을 것이다.

“살아 돌아와서, 그리고 당신을 봐서 정말 기뻐.”

나는 아주 자연스럽게 그녀를 포옹했다. 수건 너머로 발기한 성기가 그녀의 몸에 닿았다. 어쩔 수 없었다. 내가 지닌 몇 안 되는 솔직한 것들 중 하나였으니까. 그녀는 웃었다.

“왜 그녀랑 헤어진 거죠? 그 여자, 정말로 사랑했다고요, 당신을.”

“알아. 나도 그랬으니까. 단지 좀 단순하게 만들고 싶었어. 내가 감당하기엔 너무 복잡해. 이 모든 것들이.”

확실한 무언가를 만들기 위해 콩고로 떠났다. 그리고 깨달았다. 내가 죄인이라는 것과 내 죄는 내가 짊어지고 가야 한다는 걸. 하지만 그녀에게 이런 것까지 말할 필요는 없었다. 난 그녀의 머리를 어루만졌다. 그녀는 가만히 있었다.

“혹시, 회사 따위는 없고, 다 내가 지시 내리는 거고, 내 장난일 거라고는 생각 안 해봤어요?”

예상 못했던 흥미로운 견해였다. 솔직히 상상하지 못했었다. 나는 머릿속으로 그 가능성에 대해 상상했다. 우리는 포옹한 채 잠시 그렇게 서 있었다.

“상관없어. 생각해봤는데 달라지는 건 없는 거 같아.”

나는 이렇게 말한 후 그녀의 원피스 단추를 풀기 시작했다. 그녀는 내 허리를 감고 있는 타월을 당겼다.

그녀는 환상적이었다. 아마 당신은 이해할 수 없을 것이다. 그녀는 내 모든 욕망의 끝이었다. 오랫동안 상상했었고, 자위의 대상이었다. 딱 하나, 상상과 다른 게 있었다. 그녀의 가슴은 딱딱했다. 믿을 수 없을 정도로. 나는 이유를 물었다. 그녀가 슬픈 표정으로 답했다.

"섬유화가 된 거래요. 가끔 드물게 수술 후유증으로 이런 경우도 있다고 하더라고요. 다시 수술 받으려고요."

그것 외엔 모든 게 완벽했다. 적어도 그녀는.

나는 지나치게 약해져 있었고, 금세 이 모든 게 힘에 부쳤다. 그녀는 그런 날 끌어안고 울었다. 난 괜찮았다. 이제 괜찮지 않을 일은 아무것도 남아 있지 않았다. 그녀의 울음이 그친 후, 우리는 한참을 그렇게 더 누워 있었다. 그녀가 갑자기 일어나 밥을 해주겠다고 말했다. 잔뜩 만들 테니까 아무것도 남기지 않고 전부 먹으라고 명령하듯 말했다. 예전의 그녀로 돌아온 것처럼 보였다. 그래서 기뻤다. 나는 무언가 만드는 그녀의 분주한 소리를 들으며 등을 돌려 벽을 응시한 채 물었다.

"하나 궁금한 게 있는데 물어봐도 돼?"

"좋아요. 딱 하나만."

"너무 야박하다."

"같이 잤다고 모든 걸 술술 털어놓을 여자로 생각한 거예요?"

그녀의 목소리가 높아졌다. 웃음이 나왔다.

"아니."

"좋아요. 뭐예요? 궁금한 건."

벽지가 만들어내는 무의미한 패턴을 응시하며 잠시 생각했다.

앞으로도 그녀에게 무언가 물어볼 기회는 많이 있을 것이다. 다만 지금 알고 싶은 것이 무엇인지 확실하게 해두고 싶었다. 나는 깊이 심호흡을 했다. 그리고 천천히 눈을 감았다.

"회사에선 도대체 왜 날 택한 걸까?"

대답이 곧바로 돌아오진 않았다. 어려운 질문이었다. 그래도 그녀는 내게 거짓말을 하지는 않으리라.

"그래, 살인 계획을 짤만한 능력이 있긴 하지. 필요한 만큼 잔머리도 있고, 적당히 돈도 좋아하고. 속물이고. 하지만 그런 사람은 많지 않을까? 굳이 내가 아니어도."

그녀는 갑자기 싱크대의 수도를 틀었다. 저 물소리에 그녀가 감추고 싶은 것은 무엇일까?

"당신은……."

수돗물 흐르는 소리 사이로 그녀의 한숨소리가 들렸다.

"자기 합리화를 잘하니까, 회사에서 모든 걸 믿고 맡길 수 있잖아요. 아무리 견디기 어려운 일을 맡겨도 극복하잖아. 늘 그런 식으로 생각하지 않아요? 이건 어쩔 수 없다고."

결국 모든 살인자들은 같은 변명을 한다. 아마 히틀러 밑에 있던 모든 SS친위대는 같은 변명을 했을 것이다. 그리고 그건 거슬러 거슬러, 기독교인들을 죽이던 네로의 검투사들이나, 진시황 밑에서 분서갱유를 했던 사람들 역시 같았을 것이다. 그리고 아마 인류 최초의 살인자도 같은 생각을 했을 것이다. 회사는 그걸 알고 있었다. 나는 벽을 보며 웃었다. 다행이었다. 콩고의 열병이 내 안의 모든 것을 불태웠으니까. 그래서 눈물조차 나지 않았으니까.

나는 그렇게 침대에 웅크린 채 그녀가 요리하는 소리를 들었다. 나는 결국 평범한 사람이었다. 내가 다른 것은 살인자들의 논리를 너무 잘 이해하고, 받아들이기에 회사에서 솔직하게 알려준 것뿐이었다. 기만하지 않더라도 받아들일 수 있으니까. 다른 사람들은 회사의 배려 아래 아무것도 모르는 척하며 시키는 대로 행동하고 있었다. 그 편이 편하니까. 자신들의 책임이 아니니까. 고작 그 차이다.

나 역시 세상에 존재하는 수많은 평범한 사람 중 하나였다. 그 평범한 비겁함이 날 살아남게 했다. 자랑스러웠다. 너무나 자랑스러워서 점점, 점점, 내 안으로 말려들어가 작은 고치만 남아버릴 것 같았다. 아니, 작은 점이 되어버릴 것 같았다. 그렇게 원점으로 돌아왔다.

변명하겠다. 내가 정말 잘하는 것들 중 하나니까.

"모든 건 어쩔 수 없었다. 정말이지 어쩔 수 없었다."

종장

이제 글을 마무리할 생각이다. 회사가 이 글에 대해 어떻게 생각할까? 나도 모르겠다. 만약 이 글이 세상에 공개되면 나 역시 자연스러운 죽음을 당할지도 모르겠다. 결국 그 누구도 마지막엔 죽기 마련이다. 아마도 당신들은 이 글을 믿지 않을 것이다. 회사의 존재를 어떤 비유나 상징이라고 생각하겠지. 하지만 콩고에서 돌아온 후 쓰지 않을 수 없었다. 마치 대숲을 향해 왕의 비밀을 외쳤던 복두장처럼, 내가 알아야 했던 것들을 가슴에 묻어둘 수는 없었다. 나는 내가 알아야 했던 비밀이 주는 고통을 잊기 위해 이 글을 쓴다. 이게 내가 회사에 저항하는 방식이다. 비록 그것이 회사에 조그만 흠집도 내지 못하리라는 것을 알지만. 당신도 알았으면 좋겠다. 회사는 존재하고 우리는 그 속에서 산다. 서울에서 콩고까지. 예외는 없다.

한 가지 재미있는 사실을 알게 됐다. 2차 대전 중 군수물자의 가장 주요한 공급처는 콩고였다. 2차 대전 중 나가사키와 히로시마에 떨어졌던 원자폭탄의 우라늄도 모두 콩고에서 생산된 것이었다. 번쩍! 그렇게 수많은 목숨이 무로 화했다. 히로시마에 원폭을 투하했던 비행기의 이름은 '에놀라 게이'였다. 조종사는 자신의 어머니의 이름을 땄다. 콩고에서 캐어져 커다란 쇠붙이 덩어리 안에 담겨진 원폭의 이름은 '리틀 보이'였다. 무서운 어머니에 무서운 아들인 셈이다. 조종사는 종전 후 죽는 순간까지 명령을 이행했을 뿐이며, 원폭의 사용은 전쟁을 일찍 종식시켜 수많은 사람들의 희생을 막았다고 말했다. 콩고에서 끌려나온 우라늄은 단 한 번의 번쩍임으로 히로시마 인구의 3분의 1을 죽였다. 이걸 어떻게 받아들여야 할지 모르겠다. 모르겠다면 답은 하나이다.

어쩔 수 없는 일이었다.

결국 나는 매니저와 결혼했다. 청혼할 때 줬던 반지는 원래 에린에게 주려 했던 것이었다. 그녀가 그걸 알고 있는지 모르겠다. 어쨌든 기뻐했다. 혹은 적어도 그렇게 보였다. 다이아몬드는 영원한 거니까. 그건 어쩌면 콩고에서 온 것인지도 몰랐다. 그렇다면 그녀의 손가락엔 정글 속 어딘가에 하얗게 백골이 된 누군가의 목숨이 걸려 있는 셈이다. 아주 찬란하게. 우리의 모든 일상엔 이런 식으로 유령이 맴돌고 있다. 하지만 그 유령을 아무도 두려워하지 않는다.

신랑 측 친구가 거의 없었던 것만 제외하고는 평범한 결혼식이었다. 웨딩 플래너는 능숙하게 "요즘 제법 이런 경우들 있어요"라고 답한 후, 기념 촬영 때 신랑 측에서 사진을 찍을 그녀의 남자친구들과 사무실 동료를 배정했다. 그리고는 내 또래 사촌들에게 대신 서달라고 부탁했다. 그래서 제법 그럴듯한 웨딩사진이 나왔다. 남들처럼 한 시간 만에 뚝딱 결혼했고 정작 결혼식 날엔 정신이 없었기에 남는 건 오직 사진뿐이었다. 그나마도 집들이 때 몇 번 펴 본 것이 고작이었지만.

이제 내 부인이 된 매니저는 결국 가슴에서 식염수 주머니를 빼냈다. 섬유화가 너무 심해져서 재수술을 받아야 했지만 나는 작은 가슴으로도 상관없다고, 괜찮다고, 우리 삶의 위선은 이미 충분하다고, 그렇게 말했다. 하지만 작은 가슴으로도 충분하다고 했던 내 말은 거짓이었나 아니었나, 끝까지 결론을 내지는 못했다. 가슴은 상관없다고 말했지만 나는 여전히 큰 가슴이 나오는 포르노들을 본다. 이것 역시 깊이 생각하지 않기로 했다. 많은 다른 문제들처럼 말이다. 변명을 하기 싫다면 모르는 척하면 됐다. 다른 사람들처럼.

결혼하면서 알게 된 사실 중 하나인데, 그녀는 의외로 교회에 다니고 있었다. 내 몽정의 악마도 역시 평범한 보통사람이었던 것이다. 결국 그녀의 전도로 나 역시 교회에 다니게 됐다. 만약 원죄에 대한 크리스마스의 기억이 없었다면 결코 나가지 않았을 것이다.

교회에 다니면서 또 의외로 날 놀라게 했던 것 중 하나는 기독교라는 종교가 꽤 합리적이며 계산적인 메커니즘을 가지고 있다는 사실이었다. 고등학교 때 암기하듯 외웠던 기독교와 그리스 철학이 자본주의를 낳았다는 말뜻을 비로소 이해하게 됐다. 그러니까 일주일 중 엿새를 실컷 죄를 짓고 살다가 일요일 날 가서 예수님을 주님으로 인정하고 회계하면 모든 죄는 사라지는 것이다. 왜냐하면 우리의 절대자는 늘 사랑으로 넘치기에 모든 죄를 용서해주신다. 그리고 천국에 갈 수 있다. 나쁘지 않았다. 하지만 우리가 모르는 죄는, 그래서 용서받지 못한 죄들은 어떻게 되는 걸까? 모르겠다. 하여간 내가 죽는 시간을 택할 수 있다면 일요일 오후를 고르고 싶다. 그렇다면 천국은 예약된 거나 마찬가지이다.

교회에서 배운 새로운 사실 중 하나는 우리의 핸드폰 때문에 죽었던 수백만의 아프리카 사람들은 주님을 영접하지 않았기에 지옥에 간다는 것이었다. 다행히 내 머리에 총을 겨눴던 일행 중 하나는 천국에 갈지도 몰랐다. 영어에 능통했던 그 흑인은 교회에 다녔었다. 우리 교회 전도사님은 이렇게 말할 것이다. 그러므로 선교사들을 더욱 더 보내서 그들도 천국에 가야 한다고. 그렇지만 내전을 일으켰던 장본인들은 그 선교사들에게 배운 사람들이었다. 심지어 그들 대부분은 교회의 돈으로 서구사회에 유학까지 다녀온 사람들이었다. 놀랍지 않은가? 결국 천국도 우리 차지다. 하긴 그들에게 달라지는 건 없으리라. 내가 본 그곳은 이미 지옥이었으니까.

지난 주 목사님은 산상수훈을 설교하셨다. 왠지 산상의 노인이 생각나는 이 산상수훈은 예수님이 산 위에서 발표한 여덟 가지 복에 관한 이야기이다. 그 첫 구절은 이렇게 시작된다.

심령이 가난한 자는 복이 있나니 천국이 저희 것이요.

나는 도무지 심령이 가난한 자라는 말의 뜻이 이해가 가지 않았다. 목사님은 하나님을 갈구하고 어쩌고 하는 말을 길게 늘어놓았지만 하나님을 갈구하는 게 심령이 가난한 거라니 앞뒤가 맞지 않았다. 그래서 자료를 찾아봤다. 그거야말로 변명하는 것과 누군가를 죽이는 계획을 짜는 것 다음으로 잘하는 일이니까. 이 구절이 나오는 마태복음서보다 먼저 쓰인 누가복음서에서 같은 구절이 등장하는데, 그곳에서는 '심령'이 빠지고 그저 '가난한 자는 복이 있나니'라고 적혀 있다. 누가복음보다 나중에 나온 마태복음이 다른 이유는, 복음서를 적은 저자가 일하던 마태오 교회의 신자들이 주로 부자였기 때문이라고 한다. 누가복음서를 참고했던 저자는 사랑하는 신도들을 천국에 보내기 위해 '심령이'라는 구절을 덧붙였단다.

이제 부자들에게 천국의 문이 열렸다. 약 2천 년 후, 이윤추구가 결코 죄가 아니며 합리적이기만 하다면 충동과 탐욕이 기독교 정신에 부합한다고 주장하는 막스 베버가 나타나기 전까지 수없이 등장하게 될 면죄부 중 하나였다. 베버는 부의 축적이야 말로 프로테스탄트의 정신에 부합한다고 생각했나. 죄가 아니다. 합리적이기만 하다면. 그 토대 위에 지금의 우리 삶이, 회사가 만들어진다. 하지만 나는 무엇이 합리적인지 모르겠다. 콩고의 죽음이? 우리를 둘러싼 이 침묵이? 하여간 우리는 그렇게 천국에 간다. 행복해서 눈물이 날 지경이다.

지난 달 드디어 내가 자연스러운 죽음을 안겨준 사람의 수가 오십 명을 넘었다. 물론 돼지 열다섯 마리를 제외하고 그렇다는 거다.

셀 수 있는 건 그렇다 치고 내가 생활하면서 죽였을지도 모를 셀 수 없는 사람들은 어떻게 할 것인가?

어쩔 수 없다.

매니저는 나와 결혼한 후 여섯 달 만에 첫 아이를 낳았다. 인생은 아름다운 것이다. 그 애는 딸이었다. 그녀는 우리 아이를 착하고 예쁜 아이로 키울 것이라고 말했다. 아이는 정말 작고 손대면 사라질 것 같이 연약하고, 코끝이 시리도록 사랑스럽다. 가끔 그 아이를 보면 태어나지 못한 아이가 떠오른다. 사내아이였을까, 딸이었을까? 나는 작고 연약한 아이를 품에 안은 채 이 아이가 자라서 또 얼마나 많은 사람들을 죽음에 몰아넣을까 상상해봤다. 현기증이 났다. 다만 가능하면 오래 살아남아 나보다, 남들보다, 적은 수의 사람을 죽이기 바랄 뿐이다. 착하다는 뜻은 아마 그런 것이리라.

아이를 낳고 좋아진 점이 있다면, 그녀도 많이 물러져서 이제는 전보다 회사에 관한 이야기를 꽤 쉽게 들려주곤 한다는 것이다. 그래서 결국 그녀의 외모에 대한 답도 알아내고야 말았다. 어떻게 회사에서 내가 가장 섹시하다고 생각하는 얼굴을 만들어냈냐는 물음에 웃으며 이렇게 답했다.

"간단해요. 당신이 콘도에 갇혀서 매일 일본 포르노를 다운받을 때 선호하는 여배우의 유형과 최대 다운로드 수, 최다 실행 빈도 등을 합산해서 얼굴 인식 프로그램이 유형 분석을 통해 만들어낸 얼굴이에요. 유명 브랜드에서 소비자의 소비 패턴을 연구하는 거랑 비슷하죠."

웃었다. 취향마저 분석할 수 있는 세상이다. 욕망이라고 예외일 이유는 없었다. 다만 너무나 시시한 방법이어서 조금 김이 빠졌다. 꽤 오래 궁금해하고 있었던 거니까. 회사 역시 그저 평범한 시장 조사를 토대로 움직일 뿐이었다. 특별하고 절대적인 힘은 없었다. 이제 회사는 전처럼 두렵지는 않다. 다만 회사보다 나 자신이 훨씬 두려울 뿐이다. 그리고 평범한 사람들이 가장 두렵다.

그것들 외에 지난 3년간 별 다른 일은 없었다. 때때로 과거를 돌이켜보고 했던 선택들에 대해 생각해본다. 하지만 예전에 매니저가 내게 말해줬던 것처럼 내 변명이 변함없을 거란 걸 알고 있다. 그게 나란 인간이다. 아주 오래 전, 현경이 죽고 만났던 회사 사람에게 들었던 말이 가끔 생각난다. 그 쇠불암 인상의 남자 말이다. 결국 모든 걸 받아들이거나 체념하거나 둘 중에 하나인 것이다.

그럼에도 때때로 악몽을 꾸는 밤이 있다. 내가 아는 모든 사람을, 심지어 내 아이까지도 내 손으로 죽이고 혼자 남는 꿈이다. 그런 꿈을 꾸고 잠에서 깨면 현실과 꿈이 잘 분간이 가질 않는다. 침대 옆에 누워 있는 그녀가 숨을 쉬고 있다는 것을 확인한 후에야 간신히 안도하곤 한다. 그러면 일어나서 아기 침대에 누워 있는 딸의 얼굴을 오랫동안 바라본다. 그리고 거실에 나와 혼자 운다. 불 꺼진 거실에서 숨죽여 우는 내 울음소리는 많은 상념과 기억을 떠올리게 한다. 이제는 잊었다고 믿고 싶은 것들 말이다. 그러면 온몸이 떨릴 정도로 두려움에 휩싸인다. 정말 두려운 것은 이미 한 번 죽여봤으므로 또 죽이는 것 역시 어렵지 않으리라는 사실이다. 그것도 아무렇지도 않게 말이다. 저들에 대한 내 사랑은 사랑일까? 그 사랑으로 또 누군가 죽어야 하는가? 어쩌면 저들 역시 회사에 날 묶어두기 위한 또 다른 계획이 아니었을까? 그러면 악몽은 현실이 됐고, 지상은 또 다른 지옥처럼 느껴졌다. 그것 외엔 대체로 행복했다. 결국은 해피엔딩이라 할 수 있을까?

얼마 전 첫돌이 지난 아이를 데리고 나들이를 갔다. 햇빛이 찬란한 공원에서 유모차를 밀다 멈춰 서서 내 손을 봤다. 노동의 흔적이 없는 고운 손이었다. 나는 손을 들어 냄새를 맡아봤다. 비누 냄새가 났다. 주변엔 나 같은 사람들이 제법 많이 보였다. 다들 행복해 보였다. 어디선가 아이의 웃음소리가 들렸다.

행복이다. 피비린내에 겨운 행복이다.

| 제6회 세계문학상 심사평 |

자살 가장한 타살 일삼는 사회에 대한 통렬한 비판

제6회 세계문학상 본심에 오른 3편은 늘어난 응모작들의 수준과 개성을 대변하듯이 서로 다른 특성과 장르로 차별화되면서 일정 수준을 유지하였다. 특히 장편소설 시장의 수요로 인해 1억 원 고료 장편소설 문학상이 늘어나는 상황에서 세계문학상의 권위에 합당한 당선작을 뽑기 위해 장편소설의 장르적 특성과 개성적 목소리의 담보를 가장 중요한 심사기준으로 삼았다. 무엇보다도 고무적인 것은 이제 자신의 목소리로 자신이 하고 싶은 이야기를 아무런 눈치 보지 않고 자유롭게 펼치는 다양한 서사주체들이 당당하게 출현한 것이다. 이들에 의해 한국장편소설의 미래는 밝아질 것이다. 다만 '성찰'이 아닌 '아이디어'로 승부하려는 태도의 증가는 다소 우려할 만하다.

〈태양의 향기〉는 영어 열풍이 불고 있는 오렌지 타운을 배경으로 인간들의 욕망과 물질에 대한 차갑고도 냉정한 비판이 깊이 있고 진지하게 이루어진 것이 장점이다. 21세기 문명에 대한 고현학을 보여주면서도 재치 있는 언어유희로 작가의 내공이 만만치 않음을 보여준다. 그러나 일단 가독성이 너무 떨어지고, 구성 자체가 평면적인 에피소드의 나열에 치중해서 장편소설적 플롯이나 갈등이 잘 형상화되지 못했다. 도표나 그림, 아이콘 등의 사용이 소설에 잘 녹아들지 못했고, 천문대를 중심으로 한 인간관계들의 진정성이 좀 더 강조되었다면 주제나 인물의 형상화가 보다 분명해졌을 것이다.

〈쉬운 여자〉는 논쟁적인 작품이다. 소위 '헤픈 여자'로 낙인찍힌 여주인공을 통해 그 속에 담긴 도발적인 여성성을 아이러니하게 구현하고 있다. 외형적 쉬움과 내면적 어려움의 갈등과 분열이 잘 드러나기 때문이다. 이런 개성적인 여성인물을 통해 어려운 척하고 진지한 척하는 남자들이나 세상에 한 방 날리는 청개구리 전법을 재치 있게 구사한다. 하지만 옷을 전혀 입지 않고 중요한 이야기를 하는 듯한 불편함이 계속 주제의 발목을 잡는다. 문단 개념 없이 문장만으로 이어지는 서술들도 소설의 긴장을 떨어뜨린다. 또한 상상이나 허구로 처리된 결말부분의 폭발력이 약해서 허무하고 손쉬운 마무리가 되어버렸다.

당선작인 〈컨설턴트〉는 미드 범죄 스릴러 〈CSI〉를 연상시킬 정도로 잘 읽히고 재미있다. 완전범죄로 살인을 하기 위한 '킬링 시나리오'를 대신 써주는 작가를 주인공으로 내세워서 자살을 가장한 타살을 일삼는 사회나 구조에 대해 비판한다. 죽음조차도 하나의 서비스 상품이거나 이른바 구조조정의 대상이 되는 세태를 알레고리적으로 보여주면서 구성원 개인의 자각과 저항까지도 유도하는 결말이 진지함과 깊이까지 담보하고 있다.

존재 자체가 원죄인 구성원들의 실존적 딜레마를 강조함으로써 손쉬운 사회 비판으로부터 벗어난 것도 장점이다. 살인을 기획하는 과정의 디테일이나 정보가 흥미롭고, 서사적 논증이나 추리에 바탕을 둔 플롯도 탄탄해서 장편소설적 스케일에 부합한다.

다만 주인공의 콩고 여행 체험 이후로 급물살을 타는 결말로의 이행이 지나치게 계몽적이어서 오히려 부담스럽고 작위적이다. 거친 문장도 좀 더 가다듬을 필요가 있다. 하지만 이런 단점을 보완하고도 남을 정도로 국제암살사나 당대 문화코드에 대한 인문학적 접근이 이루어짐으로써 장르문학과 본격문학의 접합이 잘 이루어지고 있다. 선이 굵고 재기 발랄한 신인작가의 탄생에 기대가 크다.

— 김화영 박범신 윤후명 구효서 김형경 은희경 하응백 우찬제 김미현

| 제6회 세계문학상 심사 과정 |

총 281편 사상 최다… 최종 3편 중 투표로 결정

지난해 5월 제6회 세계문학상 공모요강을 고지한 뒤 12월 24일 마감한 결과 모두 281편이 접수됐다. 장편소설을 공모하는 역대 한국의 문학상 사상 가장 많은 응모작 기록을 세운 뜨거운 열기였다. 심사위원단은 지난해와 마찬가지로 세계문학상만의 독특한 구성인 노·장·청 9명으로 꾸렸다.

지난해 12월 28일, 1차 예심위원 6명에게 응모작들을 배분한 뒤 1월 8일, 예심위원들이 각 1편 이상 선정한 1차 예심 통과작으로 〈태양의 향기〉, 〈쉬운 여자〉, 〈Mr. Ivan〉, 〈컨설턴트〉, 〈백학〉, 〈개의 발자국을 따라 걷다〉 등 모두 6편을 뽑아냈다. 1월 14일 진행된 2차 예심에서는 열띤 토론을 거친 끝에 최종심에 올릴 〈태양의 향기〉, 〈쉬운 여자〉, 〈컨설턴트〉 등 3편을 선정했다.

최종심 후보작 3편은 원로 심사위원단에 넘겨졌다. 마지막 최종심은 1월 28일 오후 5시 서울 태평로 한국프레스센터 19층 석류룸에서 열렸다. 이 자리에는 예심을 맡았던 소장 심사위원 6명과 원로 심사위원 3명 등 모두 9명이 참가했다.

최종심에서는 1시간여 동안 심사위원들이 후보작들에 대한 의견 개진에 이어 전체 토론을 한 뒤 마지막 무기명 투표에 들어갔다. 그 결과 〈컨설턴트〉가 과반의 표를 얻어 최종 당선작으로 확정됐다. 응모해주신 모든 분들께 감사드린다.

— 조용호(〈세계일보〉 문화부 선임기자)

| 작가의 말 |

그렇게 세상을 보게 된 한 인간의 이야기

그해 가을, 내 눈앞에는 검붉은 흑색에서 시작해 짙은 보라, 그리고 진한 파랑, 그 뒤 부드러운 파스텔 톤의 파란색에서 다시 보드라운 느낌의 치자 빛깔로 이어지는 색의 스펙트럼이 펼쳐져 있었다. 완만하게 돌아가는 살구색의 반구형을 따라 그 빛깔의 향연은 동심원으로 흩어지고 그 위를 몇 개의 푸르른 정맥이 지나가고 있었다. 나는 카데터를 들어 올렸다 내릴 때마다 생각했다.

'아, 아름답다.'

그것은 어머니의 배였다. 어머니의 배는 내가 들어 있던 오래 전 그 시절처럼 한껏 부풀어 있었다.

그 가을, 어머니는 병원에 계셨다. 전이된 종양 때문에 간은 천천히 그 기능을 멈췄고 대신 복수가 차올랐다. 차오른 복수가 폐를 눌러서 제대로 숨조차 쉴 수 없었기에, 어머니는 매번 밭은 숨을 내쉬었다. 단지 숨을 쉬기 위해 일주일에 두 번씩 링거 병 두 개만큼 복수를 뽑아야 했고, 나는 그 곁에 앉아 기포가 생기지 않고 복수가 잘 빠져나올 수 있도록 카데터를 들어 올리곤 했었다. 결국 몇 번이나 복수를 빼내기 위해 중지 길이만 한 바늘이 꽂혔던 배를 따라 아름다운 내출혈이 꽃처럼 피어났다.

집으로 돌아오는 길, 황혼을 받아 핏빛으로 물든 성내천에서는 시궁창 냄새가 코를 찔렀고, 바람 부는 강둑에 서서 나는 참지 못하고 아스팔트 바닥에 먹은 것을 쏟아냈다. 문득 깨달은 것이다. 언젠가 나는 이 모든 것을 글로 써서 먹고 살겠구나. 스스로가 견딜 수 없이 혐오스러웠다. 그리고 자신을 결코 용서할 수 없었으므로 그 혐오는 내 안에서 매일 조금씩 자라났다.

내가 처음 소설을 쓰게 된 것은 어머니 때문이었다. 형과 내가 중학교에 입학한 후 자신만의 시간을 갖게 된 어머니는 고등학교 시절 접었던 꿈을 다시 꽃피우기로 결심하셨다. 그것은 자신의 이름을 단 소설책을 출판하는 일이었다.

공부 같은 건 조금의 관심도 없었을 뿐 아니라 오지랖까지 넓었던 나는 어머니 습작의 최초 독자 노릇을 자처했다. 그렇게 참견하다보니 어느새 어머니를 따라서 습작을 쓰고 있었고 아주 자연스럽게 우리 모자는 같은 꿈을 꾸게 되었다. 다행히도 곧잘 읽을 만한 문장들을 만들어냈고 어머니는 내가 쓴 글에 대해서 매우 대견해하셨다. 비록 그 결과물이 자의식 과잉과 치기로 똘똘 뭉친 소설이라고 부르기에도 부족한 어떤 것이었지만 말이다. 그 무렵 나는 세상 따위에는 관심 없었고, 오직 자신 외에 다른 것은 눈에 보이지도 않았으므로 제대로 된 글을 쓸 턱이 없었다.

돌이켜보면 어머니는 내가 어떤 글을 쓰더라도 용서하셨을 것이다. 심지어 자신의 죽음을 소재로 글을 쓰고 그것을 팔아먹더라도 자식의 성공에 조금이라도 도움이 될라 치면 함박웃음을 머금고 기뻐하셨을 분이다. 우리의 모든 어머니들이 그런 것처럼.

그렇지만 난 결코 자신을 용서하지 못했다. 7년간의 투병 끝에 어머니가 돌아가시고 나자 나는 천천히 문장을 잃었다. 어느 날부턴가 품사들이 제자리를 찾지 못했고, 엉뚱한 술어와 종결어미들이 뒤따랐다. 명사들의 철자는 틀리기 일쑤였고 끝내 제대로 된 문장 하나를 쓰기 어려워 구와 절로 문장을 마무리하고 쉴 새 없이 쉼표를 붙이는 나쁜 습관마저 들었다. 한동안 철저히 짧은 단문과 문장이지 못한 미숙아들이 내 글을 지배했고 여전히 그 그림자에서 자유롭지 못하다.

하지만 그 덕에 이글을 쓰게 된 것이 아닌가 싶다. 나는 이 소설의 주인공만큼이나 이기적이고 위선적인 인간이기에 스스로를 경멸하게 되고 나서야 간신히 세상 밖의 사람들에게 눈을 돌릴 수 있었다.

이 글은 그렇게 세상을 보게 된 한 인간에 대한 이야기이다.

때문에 이 소설을, 한때 같은 꿈을 꾸었던, 이 책의 출판을 누구보다 기뻐할, 내 눈을 뜨게 해주신, 그러나 감사의 말조차 전하지 못하는 그분께 바치고 싶다.

임성순

컨설턴트

1판 1쇄 발행 2010년 4월 20일
1판 10쇄 발행 2025년 1월 2일

지은이 · 임성순
펴낸이 · 주연선

(주)은행나무

04035 서울특별시 마포구 양화로11길 54
전화 · 02)3143-0651~3 | 팩스 · 02)3143-0654
신고번호 · 제 1997 — 000168호(1997. 12. 12)
www.ehbook.co.kr
ehbook@ehbook.co.kr

ISBN 978-89-5660-339-1 03810